EXTRALEBEN III – ENDBOSS

CONSTANTIN GILLIES

EXTRALEBEN III

ENDBOSS

CSW | Verlag

Bibliografische Information Der Deutschen Bibliothek
Die Deutsche Bibliothek verzeichnet diese Publikation
in der Deutschen Nationalbibliografie;
detaillierte bibliografische Daten sind im Internet
unter http://dnb.ddb.de abrufbar

1. Auflage, Mai 2012

Weidenstraße 15, 71364 Winnenden
www.csw-verlag.de

Lektorat Ulrike Floßdorf
Umschlaggestaltung Sebastian Bach
Gestaltung und Satz redtrump.weimar
Druck und Bindung Dimitar Blagoev Printing House, Sofia
Schriften Thesis von LucasFonts, Digital-7 von Alexander Sizenko
C64 Pro von Style, Green Screen von James Shields

ISBN 978-39412871-0-5

Printed in Bulgaria

Natürlich tut der Beifahrer so, als ob er nichts bemerkt hätte. Hat er aber doch, denn um sie zu übersehen, sind die Flecken viel zu groß: zwei rostbraune Punkte, so rund wie Erbsen. Der dritte Punkt ist zu einem Streifen verschmiert, als ob jemand versucht hätte, sich mit einem Finger am Gehäuse des Rechners festzuhalten, und dann mit Gewalt weggerissen wurde.

Nick hat den Lichtpunkt seiner Taschenlampe nur beiläufig über die Stelle gleiten lassen, aber das reichte. Seine Hand fing sofort an zu zittern, weil er auch gemerkt hat, was los ist. Ich schaue zu ihm rüber. Doch anstatt mit mir zu reden, beugt er sich noch tiefer runter zum Boden des Cockpits, so, also könnte er sich da vor dem ganzen Chaos verkriechen – vor den plärrenden Funkgeräten, dem Gestank der Dieselgeneratoren, den banalen Gesprächen der Feuerwehrleute, die von einem Bein aufs andere steigen, weil sie endlich nach Hause fahren wollen.

Vorsichtig leuchtet Nick den Rest des Rechners ab, der zwischen dem Sitz des Copiloten und dem Kabinenboden festklemmt. Genau, Alter, jetzt bloß nicht nochmal die Stelle mit den Flecken erwischen! Beim Aufschlag muss der Computer durch die halbe Maschine geflogen sein, denn an der Seite ist das massive Gehäuse aufgeplatzt. Wie ein Arzt, der nach dem Puls sucht, legt Nick seinen Finger in den Spalt und friemelt ein paar gelbe Drähte raus. Hauptplatine gebrochen, nichts zu machen.

»Ein IBM einundfünfzig-zehn«, murmelt er. Es folgt ein gespieltes Lachen. »Er ist tot, Jim. Lass mal das Tape suchen.«

Ich könnte ihm eine reinschlagen. Er weiß genau, woher die Flecken kommen: Es ist Blut. Es ist das Blut unseres Chefs.

Nintendo®

GAME BOY™

❋01 T-8:16:07

Vor drei Stunden hatte Nick noch mit ihm gesprochen. Da hätten wir eigentlich schon merken müssen, dass etwas nicht stimmt. Denn John, unser Chef, telefoniert so gut wie nie, synchrone Kommunikation ist total unter seiner Würde. Der schickt höchstens eine Nachricht übers Datacorp-Netz oder – besser noch – beauftragt irgendeinen seiner Lakaien damit, die Instruktionen zu uns rüberzuschieben. Meint er natürlich nicht böse, er arbeitet eben nur amimäßig effizient. Doch diesmal nicht, diesmal rief John uns an, diesmal war etwas anders.

So gegen zehn riss Nick dann bei mir fast die Klingel ab. »Notfall – bitte Dienstkleidung!«, krakelte er gut gelaunt in die Gegensprechanlage. Seit Sabina das Kind bekommen hat, kann er überhaupt nicht genug von diesen Alarmeinsätzen kriegen. Als ich runterkam, schubste er mir schon grinsend die Tür seines seelenlosen schwarzen Mittelklasse-Dienstwagens auf.

»Willkommen, Agent 4125.« Da mein Vorrat an geistreichen Retro-Retourkutschen für diese Woche schon aufgebraucht war, ließ ich ihn abblitzen.

»Dann wollen wir mal hoffen, dass die *mission* nicht zu *impossible* wird. Worum gehts?«

Nick krempelte sich den Kragen seiner roten Multifunktions-Regenjacke hoch, die jede Funktion erfüllt, bis auf cool aussehen.

»Major Tom machts mal wieder spannend«, erklärte er. Im Auto war es schön warm, und die Scheibenwischer surrten friedlich, während sie den prasselnden Nachtregen zur Seite schoben. Tür zu. Nick gab Gas, leider im zweiten Gang, sodass die Kiste fast absoff.

Bei uns intern heißt John nur Major Tom, erstens, weil er aussieht wie so ein perfekter amerikanischer Astronaut-Schrägstrich-Top-Gun-Jetpilot, und zweitens, weil er halt über den Dingen schwebt, manchmal sogar ziemlich weit, sodass für uns nur der lästige Kleinkram am Boden übrig bleibt. Deshalb war ich auch nicht besonders neugierig auf seine neuesten Anweisungen.

»Heißt?«, maulte ich zu Nick rüber.

Anstatt zu antworten, fingerte er kurz auf den Knöpfen der Mittelkonsole rum, bis er das Navi-Display endlich dazu kriegte, surrend ins Armaturenbrett abzutauchen. Das bedeutete: Er kennt den Weg, unser Termin würde also ein Heimspiel werden.

»Das Übliche: irgendeine alte Kiste, irgendein staubiges Tape. Wir sollen die Daten rausholen, auf ein modernes System migrieren, fertig«, leierte Nick runter. »Und jetzt kommt der Hammer: Major Tom wartet in Falkenhain mit dem Kram auf uns – am Flughafen!«

»Echt? Da kann man noch landen?«

Vor Jahrzehnten hatten wir uns den Flughafen mal am Wochenende angeschaut, als Teenies, um das zu tun, was coole Teenager unter keinen Umständen am Wochenende tun: anderen Leuten zugucken, wie sie ihre Modellflugzeuge steigen lassen. Falkenhain wurde im Zweiten Weltkrieg als Notflughafen angelegt. Schon bei unserem Besuch damals wuchs zwischen den Betonplatten der Piste büschelweise Löwenzahn raus. Das ist echt der Arsch der Welt, ohne Tower und so.

»Anscheinend wird die Piste noch benutzt«, sagte Nick und kippte seinen Kopf ein bisschen zur Seite, sodass sein Ohr auf seinen Dienstrechner zeigte, der in der Ablage zwischen den

Sitzen steckte – neben zwei gedruckten Stadtplänen, die er dort immer noch als nostalgische Dekoration aufbewahrt.

»Ach ja, und Major Tom sagt, dass wir erst mal unsere Rechner ausmachen sollen«, erklärte der Beifahrer, der an diesem Abend leider der Fahrer war. Ich drehte mich zu ihm um, aber anstatt Johns seltsame Anweisung zu erklären, knirschte Nick nur ein bisschen mit dem Kiefer. Von seinem Begrüßungsgrinsen war nichts mehr übrig.

Nintendo®

GAME BOY™

❄02 T-8:15:17

Deutschland ist ein sommerfeuchtes Land. In Erdkunde haben wir ja original nur Mist gelernt, zum Beispiel wie viele Toiletten es in Algerien pro Einwohner gibt und so. Aber das mit der Sommerfeuchte, das stimmt einfach. Der Regen fiel in ganzen Vorhängen runter, so, als ob jemand auf dem Autodach steht und alle paar Meter einen vollen Eimer gegen die Scheibe pfeffert. Sobald der Wagen auch nur in eine kleine Senke abtauchte, prasselte das Wasser aus den Pfützen von innen gegen die Kotflügel.

Vor zehn Minuten waren wir durch das letzte trostlose Kaff gerauscht, vorbei am verrammelten Quelle-Shop, einer Bushaltestelle und zwei Dutzend Kinderschänder-Häusern – das sind die, die in den Sechzigern von außen mit Kacheln zugehauen wurden. Ist natürlich total unfair, der Schändungsverdacht, aber irgendwie denkt man bei diesen düsteren Klötzen automatisch, es seien Tatorte. Passend zum Klischee müsste innen natürlich alles schön mit Eiche rustikal zugestellt sein.

Mittlerweile war die Landstraße so schmal geworden, dass die Leitpfosten nur Zentimeter vom Fenster entfernt vorbeiflogen. Es gab nicht mal mehr einen Mittelstreifen. Schon zweimal hatte Nick voll in die Eisen steigen müssen, weil jemand mit Fernlicht um die Kurve geschossen kam und uns geblendet hatte, was ihn natürlich jedes Mal voll aus dem Konzept brachte. Er fährt so was von mies, er ist nicht umsonst der *Bei*fahrer. Sein Nervensystem ist einfach nicht dafür gemacht, Informationen in drei Dimensionen zu verarbeiten. In seinem Hirn zuckelte die Straße wahrscheinlich so daumenkinomäßig vorbei wie damals die Strecke bei *Hard Drivin'*. Und dann auch noch der Regen, der brachte ihn erst recht ans Limit. Fehlte nur noch laute Musik, und schon wären wir in einer Folge vom »Siebten Sinn« gelandet, in der der junge »Kraftfahrer« darauf hingewiesen wird, wie gefährlich so eine nächtliche Discofahrt sein kann, und in der mindestens einmal das Wort »Obacht« fällt.

Das Letzte, was Nick jetzt brauchte, war Ablenkung. Deshalb hielt ich das Gespräch kurz.

»Zuhause alles okay?« Geht es der Frau, die ich mein halbes Leben lang geliebt habe, auch wirklich gut?

Nick brummte nur kurz. Auf einmal ließ der Regen kurz nach und wir konnten ihn sehen: diesen blauen, pulsierenden Nebel, der über den Baumwipfeln lag. Es waren Blaulichter von Einsatzfahrzeugen. In diesem Moment wussten wir, dass Major Tom nicht planmäßig zur Erde zurückgekehrt war.

#03 T-8:15:12

Flugzeugabsturz – das klingt ja immer spektakulär. So nach gigantischem Feuerball, verkohlten Trümmern, einer »Schneise der Verwüstung« und dem ganzen anderen Katastrophenkram, den die Reporter im Fernsehen immer abspulen. Doch in echt sieht ein Flugzeugabsturz ganz anders aus. Da wird das Ganze ordentlich verwaltet.

Direkt neben dem Straßengraben hatten die Bullen ihr Absperrband gezogen, und sofort, als wir anhielten, kam ein Mann namens »Bundesstelle für Flugunfalluntersuchung« wild gestikulierend auf uns zugerannt – diese Worte schrie er uns jedenfalls zur Begrüßung ins Ohr. Nick tat ganz entspannt und nahm den Typen zur Seite. Mit solchen Schnäuzerchen kann er gut, die wickelt er richtig um den Finger, so von deutschem Spießer zu deutschem Spießer. Ja, das sei eine dienstliche Angelegenheit, versicherte er dem Mann namens Bundesstelle. Genau, Datacorp Limited. Eine englische Firma? Nein, genauer gesagt die britische Tochter einer amerikanischen Firma. Aha. Die Maschine gehört Ihnen? Nein, nicht uns persönlich, aber wir haben hier ein Schreiben, das ... Nick zog einen Wisch unter seiner Jacke raus. Der Beamte musterte pseudofachmännisch unser Berechtigungsschreiben, ohne auch nur ein Wort zu verstehen. Nick hatte es hyperkorrekt in so eine Büroklarsichthülle gesteckt, und genau das hats anscheinend gebracht. Jedenfalls ließ uns der Clown nach einer knappen Minute durch, natürlich nicht ohne streng zu gucken und was von »Vorbehalt« zu faseln.

Der Krampf in der Magengegend löste sich, und der Kopf fing an, sich eine bequeme Deutung für die Dinge zurechtzulegen: Die hätten uns niemals so durchmarschieren lassen, wenn hinter den Absperrbändern wirklich verkohlte Leichen lägen. Wahrscheinlich hatten sie John nur vorsichtshalber ins Krankenhaus gebracht. Da ist er bestimmt von der Trage gesprungen, hat sich ein bisschen Dreck von der Sakkoschulter gewischt und ist gleich wieder trainieren gegangen, so wie unsere Actionhelden früher. Die hatten schließlich auch keine Zeit zu bluten. Genauso cool würde John die paar Fleischwunden wegstecken. Irgendwie war *er* ja jetzt unser Held, ihm würde so ein läppischer Crash sicher nichts anhaben können.

Von der Straße bis zur Absturzstelle waren es vielleicht hundert Meter, und schon nach den ersten Schritten suppte mir die Brühe durch die Lederschuhe. Bitte antreten in Dienstkleidung, vielen Dank, John. Obwohl die Bäume das Schlimmste abhielten, kroch der Regen zusätzlich von oben in den Kragen meines beigefarbenen Staubmantels, der weder multifunktional noch wasserabweisend ist. Verdammter Beifahrer, warum muss er immer Recht behalten?

Es war stockdunkel. Die hohen Fichten schluckten jedes Licht, bis auf die Spiegelungen der Blaulichter an den nassen Stämmen. Der Lichtpunkt von Nicks Taschenlampe tanzte über die toten Äste am Boden. Wie zwei verirrte Bürohengste stolperten wir vorwärts durch den Wald. Es roch nach Wandertag mit Matsch an den Gummistiefeln, Wunderbaum mit Tannenduft und Dieselruß aus den Generatoren.

Ratsch! Nick drückte ein leises »Scheiße« raus, sein geliebter Dienstanzug war an einem Brombeerstrauch oder sonst was hängen geblieben. Aber anstatt mit seiner Maglite mal vernünftig ins Unterholz zu leuchten, hielt er die Lampe weiter mit angewinkeltem Arm auf Schulterhöhe, so wie das die FBI-Typen in den Serien immer machen. Hauptsache, das Leben ist ein Filmzitat, und zwar bis zum Schluss. Manchmal tut er mir leid.

Dann tauchte das Wrack auf. Klammheimlich war Nick da bestimmt einer abgegangen, weil alles original nach UFO-Absturzstelle aussah: Eine Batterie von mobilen Flutlichtern leuchtete die kleine Lichtung taghell aus. Vor den Lampen glitt der Regen wie an Schnüren vorbei, und ab und zu verdampfte ein besonders dicker Tropfen zischend am Gehäuse der Scheinwerfer.

Die weiße Cessna 172 lag direkt neben zwei Fichten, die so hoch aufragten wie der Zehnerturm im Freibad. In den Farnen daneben krochen gerade zwei Feuerwehrleute rum, um irgendwelche Kabel einzurollen.

Von Chaos und Verwüstung keine Spur. Es sah nicht nach einem Absturz aus, sondern eher, als ob jemand die Maschine vom Himmel genommen und auf dem Waldboden etwas rabiat abgestellt hätte. Das Fahrwerk war zwar weggebrochen, und vorne an den Flügeln hatten die Äste ein bisschen Farbe abgehobelt, aber davon abgesehen sah die Maschine okay aus. Wahrscheinlich war sie zuerst oben in die Baumwipfel gekracht, wurde abgebremst und ist erst dann auf den Boden runtergefallen. Klingt überlebbar. Der Bundesunfalltyp hatte irgendwas davon gefaselt, dass »Personen« vom Rettungshubschrauber weggebracht worden seien. Also zwei. Vielleicht hatte es John doch geschafft – und sein Mitreisender, wer immer das gewesen sein mag. Oder es gab einen Kampf, und die Kiste war dabei abgestürzt. Andererseits: Immerhin waren die Verletzungen so schlimm, dass sie mit dem Hubschrauber weggebracht werden mussten. Nicht gut, die selbst eingeredete Geschichte vom lapidaren Crash bröckelte. Ein ernsthafter Unfall bedeutete, in der Kabine würde es übel aussehen. Mit so was können Joystick-Helden überhaupt ganz schlecht umgehen.

Genau das dachte Nick wahrscheinlich auch gerade, denn er schaltete beim Gehen schlagartig einen Gang runter. Er stapfte langsamer und immer langsamer voran, bis er quasi auf das Wrack zuschlenderte – wie jemand, der sich nicht traut, eine Trauergesellschaft auf dem Bürgersteig zu überholen. Mit gespieltem Interesse inspizierte er die Vorderkante des Flügels, an der der Regen runterlief. Da, wo die Äste beim Crash Farbe und Außenhaut abgehobelt hatten, schaute so ein Zeug aus Metallwaben raus. Obwohl das Flutlicht eigentlich hell genug war, hielt Nick seine Taschenlampe noch zusätzlich davor.

»Guck mal – Sechsecke. Sieht immer nach Dalli-Dalli-Kulisse aus, oder? War ja der supercoole Trick, wie Rosenthal da immer in der Luft stehen geblieben ist, oder? Pure Zauberei …«

Ganz klar, er suchte einen Vorwand, um nicht in die Kabine reinleuchten zu müssen. Bloß schnell vom Thema ablenken: Sie haben fünfzehn Sekunden Zeit. Dalli-Scheiß-Dalli!

Natürlich wusste er, dass sein Zeitspiel nichts brachte, denn früher oder später würden wir in das Wrack reinschauen müssen.

*04 T-8:14:59

Jetzt stehen wir also da – neben dem Flugzeugwrack, in dem unser Chef gestorben ist. Jeder andere Schluss wäre reines Wunschdenken. Denn die Blutflecken sind nicht nur auf dem Rechner, sondern überall. Irgendwer muss die halbe Kabine vollgeblutet haben. Mein Kehlkopf krampft sich zusammen, so wie kurz vorm Kotzen – ein ungewohntes Gefühl, wenn man so alt ist, dass man von drei Coronas schon einen Schwips kriegt.

Der Beifahrer spielt natürlich weiter den Coolen, schließlich glaubt er, seinen Ruf als abgebrühter Zivi verteidigen zu müssen. Dabei weiß ich genau, dass er auch kein Blut sehen kann und damals allerhöchstens Bettpfannen im Altenheim gewechselt hat. Noch wahrscheinlicher ist, dass seine Kollegen damals nach einer Minute spitzgekriegt haben, was für ein Nerd er ist, und ihn sofort dazu abgestellt haben, alles zu administrieren, wo Strom durchfließt. Der nützliche Computer-Wart – das war schon immer die Rolle seines Lebens.

Genug rumgestanden, langsam wird es Zeit, die Sache hier zu Ende zu bringen. Ich atme nochmal tief ein, lehne mich ins Wrack und taste das Innere der Kabine ab. Da liegt nämlich, wofür wir eigentlich hier sind: das Tape.

Vorsichtig gleiten die Finger über den Boden. Da ist Teppich, etwas Feuchtes – nicht drüber nachdenken! –, ich spüre Scherben und – bingo: eine Tüte. Ich quetsche vorsichtig die Finger drunter und ziehe sie raus.

Jemand hat das wertvolle Tape tatsächlich einfach in eine schwarze Plastiktüte eingerollt, als ob es eine gefälschte Handyschale vom Polenmarkt wäre oder so, völlig unprofessionell.

»Und? Hast du's?«, keucht Nick, der – solidarisch wie er ist – mit seinem Arm auch ein bisschen im Dunkeln herumfuhrwerkt.

»Weiß nicht. Gib mal die Taschenlampe.«

Nick reicht die Maglite rüber. Ich rolle die Tüte vorsichtig ein Stück auf und leuchte schräg von der Seite rein, damit keine Regentropfen reinfallen. Bloß nicht riskieren, dass das Tape noch richtig nass wird. Am Boden der Tüte ist die Datenkassette zu erkennen. Sie steckt in einer Schutzhülle aus halb durchsichtigem Plastik, eierschalenfarbig wie ein billiges Kondom. Keine Kratzer zu erkennen, die Kassette scheint beim Absturz nichts abbekommen zu haben. Ich kann die frohe Botschaft verkünden, auf die wir beide sehnlichst warten.

»Alles klar. Wir können.«

»Alright«, jubiliert Nick, während er seinen Kopf aus dem verbeulten Türrahmen des Cockpits rausschlängelt. Aber war das nicht nur der halbe Auftrag? Ich leuchte nochmal in die Kabine.

»Was ist mit dem Rechner?«

Widerwillig dreht sich Nick wieder um und beugt sich zum Copilotensitz runter. Der Rechner ist ungefähr so groß wie zwei alte VHS-Videorekorder übereinandergestapelt und sieht auch ein bisschen so aus. Auf der Vorderseite, die jetzt zum Boden zeigt, ist ein Schlitz, wo das Tape reinkommt, daneben sind eine Tastatur und ein winziger Röhrenmonitor eingebaut, vom dem nur noch Scherben übrig sind. Die reine Pest, so ein alter Bildschirm, voll mit Cadmium und Blei. Nick lässt seinen Blick noch einmal kurz über den Oldie wandern und setzt zur Diagnose an.

»Wie gesagt: Ein IBM einundfünfzig-zehn, ein – haha – tragbarer Computer aus den späten Siebzigern. Innen drinnen alles handgeklöppeltes Zeug, kein Prozessor von der Stange. Unmöglich, dafür Ersatzteile zu kriegen. Außerdem ist das RAM flüchtig, wie beim C64. Das heißt: Stellste den Strom ab, sind die Daten weg.« Er schlängelt sich wieder aus der Kabinentür. »Ne, sorry, es lohnt sich nicht, das Teil mitzunehmen. Damit kriegen wir das Tape niemals ausgelesen.« Er zeigt auf die Tüte in meiner Hand. »Was *da* drauf ist, müssen wir mit einer anderen Kiste rausfinden.«

Warum John auch immer diese riskante Reise angetreten hat, es musste was mit dem Tape zu tun haben. Während Nick sich schon wieder Richtung Straße umdreht, schaue ich nochmal in die Kabine. Seltsam: Das Tape hätte im Prinzip jeder bergen können, warum also sollten gerade wir kommen?

Nintendo®

GAME BOY™

\#05 T-8: 14:34

Wir sitzen in unserem Auto ohne Eigenschaften und rollen schweigend durch die Nacht. Jeder ist damit beschäftigt, zu vergessen, was er gesehen hat. Inzwischen regnet es ein bisschen weniger, sodass Nick sich hinterm Steuer halbwegs entspannen kann. Er lenkt nur noch mit einer Hand. Wir gondeln über die gleichen Straßen, die wir schon zu Schulzeiten entlanggefahren sind – auf dem Weg zu Partys, bei denen Flaschendrehen gespielt wurde, Frauen mit Blue-Curaçao-O-Saft abgefüllt wurden, und die damit endeten, dass man in den Vorgarten von irgendwelchen Eltern göbelte. Das Schlimmste daran war immer der soziale Schaden, der ließ sich nicht wegwischen. Mit der Göbelei versaute man sich nämlich die letzten Chancen bei dieser süßen Soundso, deren Vater, wie fast alle hier, beim Bund schaffte und der seine Familie gerade im Reihenhaus nebenan einquartiert hatte. Trotzdem 'ne entspannte Zeit. Wenn damals von »Zukunft« die Rede war, meinte man maximal den nächsten Freitag.

Schön, mal wieder an all den bekannten Ecken vorbeizukommen: Da vorne, da kommt gleich der alte Bahndamm, oder, Alter? Da haben wir immer die Pfennige auf die Gleise gelegt, um sie vom nächsten Zug platt walzen zu lassen. Und in das Feld gleich dahinter hat Holger seinen Kadett gesetzt, weil er »einem Kaninchen ausweichen wollte«, wie er verkündete. Haha. Oberamtsstrack war er natürlich.

Eigentlich könnte man sagen, dass die Gegend hier unsere Heimat ist, aber das wäre ein ziemlich großes Wort, und vor großen Worten haben wir, das letzte Aufgebot der Generation X, ziemlich viel Angst.

Nick hat die Ecke deshalb mal »das alte Land« getauft. Damit meinte er natürlich nicht dieses echte alte Land – das ist ja oben in Hamburg oder so, sondern eben dieses kleine Stückchen alter BRD, auf dem wir groß geworden sind – in einer Zeit, als es so was wie die BRD noch gab. Das alte Land, das lag irgendwo zwischen einer kleinen Stadt in Deutschland und Adolfs Westwall und war damals weltpolitisch verdammt wichtiger Boden.

Wie immer, wenn er sich selbst beruhigen will, fängt der Beifahrer an, aus dem nuklearen Nähkästchen zu plaudern.

»Wusstest du ...« Nein, wusste ich nicht, ich wusste noch nie etwas, das nach diesen Worten kam. »... dass die Amis drüben auf dem Fliegerhorst noch startbereite Atomraketen lagern?«

»Echt?«

»Ja, zwanzig Stück, die liegen da seit den Achtzigern. Gespenstisch, oder?«

»Hm«, pflichte ich brav bei.

Er hat mal wieder seine Lieblingsplatte rausgekramt – den Song vom Kalten Krieg, der eigentlich noch lauwarm vor sich hinköchelt. Und im Prinzip hat er ja recht: Wenn man genau hinsieht, gibt es überall noch diese kleinen Relikte aus der Zeit, als der Feind noch im Osten stand. Wer heute zum Beispiel ein GPS-Gerät verkaufen will, ist immer noch gezwungen, eine kleine technische Sperre einzubauen: Sobald sich das Gerät schneller als mit 1.900 Kilometern pro Stunde bewegt oder höher als 18.000 Meter fliegt, muss es sich abschalten. Warum? Damit keiner das Teil benutzen kann, um seine eigene ballistische Interkontinentalrakete zu basteln. Die Regel haben die Amis Anfang der Neunziger durchgedrückt – und sie gilt bis heute.

»Die Zukunft ist schon da, sie ist nur noch nicht gleich verteilt«, hat William Gibson mal gesagt. Genau das Gleiche gilt für die Gegenwart, sie ist auch noch nicht gleichmäßig verteilt.

Da ihm keine Anschluss-Story zu der Atomraketensache einfällt, bindet Nick das »Gespräch« mit einem seiner Lieblingssätze ab.

»Tja, irgendwo ist immer noch 1989 ...«

Wobei das ja nicht unbedingt was Schlechtes ist. Wir verdienen schließlich unser Geld damit, dass es diese kleinen Vergangenheitsinseln gibt.

Legacy Systems Support ist der offizielle Name für das, was die Datacorp tut. Die Company kümmert sich um all die antiken Rechner, die still und heimlich die Welt am Laufen halten. Und von denen gibt es verdammt viele: In New York zum Beispiel erledigen noch immer IBM-Rechner aus den Sechzigern die Lohnbuchhaltung im Rathaus. Oder dieses Radioteleskop da oben in England – das wird von BBC Micros aus den frühen Achtzigern gesteuert.

So *richtig* angestaubt ist der ganze Scada-Kram, die Computer in Kläranlagen, Umspannwerken und Plutoniumfabriken. Die haben oft schon Jahrzehnte auf dem Buckel, und wenn man diese Oldies nicht ab und zu mal beatmet, rauchen sie ab, was nicht weniger als TEOTWAWKI bedeuten würde. Eine von Nicks Lieblingsabkürzungen: The End Of The World As We Know It – das Ende der Welt, so, wie wir sie kennen. Hat er wahrscheinlich in den Verschwörungsforen aufgegabelt, in denen er immer rumhängt. Oder von R.E.M. geklaut.

Kritische Altsysteme warten – das ist unser Job, und er klingt erst mal ziemlich staatstragend. Doch in Wirklichkeit ist der Job bei der Datacorp eine nicht enden wollende Abfolge von Kleinscheiß – zumindest die Aufträge, die bei mir landen. Es läuft immer auf das Gleiche hinaus: Der Paketbote knallt irgendeinen

Dinosaurier in Blasenfolie vor meine Tür. Ich soll die Daten rausholen und dem Besitzer in einem zeitgenössischen Format rüberschieben. *Data Retrieval* steht dann in Johns Auftrag an mich – falls er sich überhaupt die Mühe macht, für die Sache selbst eine Tastatur zu berühren.

Letzte Woche zum Beispiel kam ein alter Mac rein, von irgendeiner Bude aus dem Mittelwesten, eine Metallschleiferei oder so. Die schoben Panik, weil auf einer ihrer Festplatten total wichtige Konstruktionspläne waren, aber keiner sie da runterkriegte. Kein Wunder, auf der Kiste lief OS 5! Das kam in dem Monat raus, als Sabrina mit »Boys, boys, boys« die deutschen Charts stürmte – ein Stück, an das wir uns wohl noch auf dem Totenbett erinnern werden, genauer gesagt: an dessen Video wir uns noch auf dem Totenbett erinnern werden, genauer gesagt: an die Szene, in der Sabrina im Pool auf und ab hüpfte. Eine prägende Erfahrung für alle Jugendlichen mit Masturbationshintergrund. Den völlig irrelevanten Teil, also die Mucke, gabs auf dem Cevi damals sogar digitalisiert.

Okay, der Mac-Job jedenfalls war ziemlich banal: einen alten Apple Cube aus unserem kleinen Rechnerarchiv holen und die Festplatte von den Amis anschließen, über SCSI natürlich. Dann die Daten auslesen, zwischendurch noch das passende alte Mini-CAD-Programm besorgen, zack, und schon waren die Konstruktionspläne als Grafik exportiert. Fertig.

Nick hat es besser. Er darf ab und zu das große Rad drehen. Den haben sie zum *Legacy Systems Consultant* befördert, und das bedeutet, er darf bei den wichtigen *Government Contracts* mitmischen. Das sind die fetten Regierungsaufträge, bei denen es immer gleich um Milliarden geht. Die Kohle kommt vermutlich aus den schwarzen Budgets, mit denen die U.S.-Regierung ihre Geheimprojekte finanziert. Genauer weiß ichs nicht, denn seit wir bei der Datacorp arbeiten, darf mir mein Kumpel so gut wie nichts mehr erzählen.

Doch ich spüre, dass er bei diesem Auftrag mit dem Tape sein Schweigen brechen muss.

Auf seine typische Nick-Art schneidet er ohne Vorwarnung ein völlig neues Thema an.

»Warum ruft John gerade uns an?«, murmelt er vor sich hin.

Sehr nett, Alter, aber zu viel der Bescheidenheit.

»Du meinst: Warum hat er gerade *dich* angerufen?«

Er wischt meinen Einwand mit der Hand weg.

»Ist doch egal. Der Punkt ist: Die Firma hat in Europa locker fünfzig Leute, die Legacy Systems Support machen. Warum gibt John gerade uns den Job?«

»Weiß nicht. Weil er uns vertrauen kann? Weil wir nicht so tief drinstecken in der Organisation?«

Nick reibt sich nachdenklich sein glatt rasiertes Kinn, genau an der Stelle, wo er in den Neunzigern dieses lächerliche Ziegenbart-Experiment am Laufen hatte.

»Vielleicht.« Wieder eine halbe Minute Pause, dann schließlich stellt er die Frage, die schon seit zwanzig Kilometern in der Luft liegt:

»Meinst du, John hats geschafft?«

In diesem Moment klingelt sein Telefon.

Nintendo®

GAME BOY™

#06 T-8:14:19

Ordentlich, wie er ist, zieht Nick den Wagen natürlich sofort auf den nächsten Spaziergänger-Parkplatz rüber und stellt das Telefon auf laut. Jetzt sitzen wir also in unserer Außendienstlerkutsche, mit laufendem Motor, mitten im Wald bei strömendem Regen, um ein Uhr nachts. Die Fahrer in den vorbeirauschenden Autos können – wie so häufig in den letzten Jahren – nur zu einem Schluss kommen: schwules Stelldichein. Eine andere Deutung fällt den Leuten zu zwei Männern im mittleren Alter, die gemeinsam unterwegs sind, nicht ein.

Shaun ist dran, mein absoluter Lieblingskollege bei der Datacorp. Angenommen, man nimmt Lorenzo Lamas aus »Falcon Crest«, kreuzt ihn mit einem Budweiser-saufenden Ami aus einer Studentenverbindung und legt nochmal 30 Kilo drauf, ergibt das ziemlich genau Shaun. Alles an ihm ist unsympathisch: sein Pferdeschwanz, sein asoziales Jersey-Englisch – bei ihm klingt »Coffee« immer wie »Koaaahfiee« – und, ach egal, die ganze Packung halt. Was ich ihm besonders übel nehme, ist, dass er sich damals auf dem Einsteigerseminar an Andie rangemacht hat, an meine persönliche Göttin bei der Datacorp.

»Hi–rrrrrrrrrr–guys.« Die Verschlüsselungsartefakte knarren durch die Leitung. »Did you get the tape?« Shauns Kommandoton hallt aus den Boxen in den Autotüren. Wir gucken uns an. Wie allerliebst, er kommt direkt zur Sache, ohne auch nur ein Wort über John zu verlieren.

So was kann Nick nicht ab, da geht ihm gleich der Gutmenschenhut hoch.

»Hey, do you have any information about John?«, feuert er ziemlich scharf zurück. Rauschen. Es dauert bestimmt zehn Sekunden, bis sich Shaun zu einer Erklärung herablässt.

»All I know at this point is, that he's no longer part of the operation.«

Er ist nicht mehr *Teil der Operation*? Was für ein Herzchen! Ich spüre, wie mein Gesicht langsam heiß wird, dem Arsch muss doch einer mal sagen, was ... Gerade als ich mich zum Mikro vorbeugen will, packt Nick meinen Arm und drückt mich in den Sitz zurück. Sein Blutdruck scheint wieder weit genug unten zu sein, um das Geschäftsgespräch nüchtern fortzusetzen. Vielleicht hat er sogar schon einen Plan.

»Yeah, we've got the tape«, erklärt er ruhig.

»Do you think it's still readable?«, knarrt Shaun.

Seine Stimme wackelt ein bisschen, er scheint ordentlich Druck von oben zu kriegen. Nick grinst und lässt ihn noch ein bisschen zappeln, bis er ihn schließlich erlöst.

»I guess so.«

Shauns Aufatmen ist fast zu hören.

»Cool. Let me know when you extracted anything!« Oh ja, total *cool*. Zum Kotzen, diese zwangsjovialen Fratboy-Phrasen. John liegt auf der Intensivstation oder ist tot, aber alles ist cool, solange wir die Daten von dem Tape auslesen können, Bro!

Klick. Noch bevor wir seine Ansage irgendwie quittieren können, hat Shaun das Gespräch beendet. Nick legt den Rückwärtsgang ein und dreht sich seelenruhig zur Heckscheibe um.

»Und jetzt? Ich meine, was machen wir jetzt?«, frage ich nach.

Nick wendet den Wagen im Schneckentempo zu Ende, dann setzt er den Blinker und legt den Vorwärtsgang ein.

»Wir haben gesagt, dass wir das Tape auslesen. Aber wir haben nicht gesagt, wie schnell.« Dann zwinkert er gespielt lässig mit dem Auge, gibt Gas – und würgt den Wagen ab.

Nintendo®

GAME BOY™

#07 T-8: 13:39

Im Altenheim gibts ja angeblich spezielle Zimmer für Demenzkranke, die genauso eingerichtet werden, wie die Oldies das in ihrer Jugend gut fanden, also mit Nierentisch und Peter-Kraus-Poster an der Wand et cetera. Wenn man die Alten da reinsetzt, werden sie angeblich ganz ruhig und happy, weil sie sich wieder zuhause fühlen.

Wir haben uns auch so ein Demenzzimmer eingerichtet, nur bei uns heißt es Büro.

Die Idee kam natürlich vom Beifahrer, und auch wenn er es hartnäckig abstreitet, ist seine Tochter an allem schuld. Denn ungefähr ein Monat, nachdem sie geboren wurde und der liebe Papi sich nächtelang mit vollgeschissenen Windeln beschäftigen musste, fing er plötzlich an, davon zu faseln, dass man als seriöser »Wissensarbeiter« doch »feste Strukturen« bräuchte und diese Arbeit im »Home Office« nicht so der wahre Jakob sei. Übersetzt bedeutete das, frei nach Purple Schulz: Ich. Will. Hier. Raus.

Die Idee war natürlich erst mal gut und verlangte nach einem großen Plan. Wenn wir uns schon einen Panic Room einrichten würden, dann aber auch richtig, das war klar. »Wir gehen nach dem Lisa-Prinzip vor«, hatte Nick sofort als Devise ausgegeben. Auf seine verschwurbelt-unverständliche Art wollte er damit sagen, dass in unserem kleinen Nerd-Paradies die Zeitrechnung 1995 enden sollte. Kein Rechner in unserem Büro durfte jüngeren Jahrgangs sein, forderte der Yesterday-Man.

Lisa-Prinzip deshalb, weil man beim Apple Lisa ja auch kein Datum einstellen konnte, das jenseits von 1995 liegt, also in der damals unvorstellbar weit entfernten Zukunft. Eine spätere Jahreszahl akzeptierte die Kiste einfach nicht, weil die Programmierer nur vier Bit für den Zähler reserviert hatten. Deshalb sprang nach Silvester 1995 die Zeit wieder auf 1980 um. Eigentlich eine coole Idee für noch so einen Murmeltiertagfilm, »Lisa, der helle Wahnsinn II« oder was weiß ich. Meinen Einwand, ob es nicht ein bisschen gestrig sei, nur Elektroschrott ins Büro zu stellen, wollte er natürlich nicht gelten lassen.

»Wenn du willst, dass etwas vernünftig funktioniert, musst du in der Vergangenheit leben.« Das waren seine Worte.

So hundertprozentig konnten wir das Lisa-Prinzip am Schluss natürlich nicht durchhalten, das schien dem Beifahrer aber auch egal zu sein. Es ging im Grunde genommen nur darum, ein Arbeitszimmer von der Steuer absetzen zu können – und Steuertricksen ist sein Lieblingssport, seit wir bei der Datacorp arbeiten und nicht mehr bestreiten, »Erwachsene« zu sein.

Seufzend schließt Nick die schwere, knallblau gestrichene Stahltür auf.

»Ah, home, sweet home.«

Aufgeschlagen hat er unser persönliches Flüchtlingslager schließlich um die Ecke im Gewerbegebiet, im ausrangierten Lagerraum einer ziemlich dubiosen Schwimmbadfirma. Da hat er die letzten Monate fast nonstop rumgehangen, was man allein daran merken kann, wie zielsicher er im Dunkeln mit dem Fuß die Steckerleiste trifft, an der das ganze Stromnetz hängt.

»Power up«, flüstert Nick.

Junge, er hat es sich wirklich gemütlich gemacht, da merkt man echt den erfahrenen Häuslebauer. Oder Höhlenmenschen. An der Decke baumelt eine einsame 20-Watt-Birne, die gerade mal ausreicht, um den Tapeziertisch, der in der Mitte des Kabuffs aufgestellt ist, auszuleuchten. Der Rest des Lochs verschwindet in braunem Zwielicht.

Von seinen gesammelten IT-Schätzen, die er in Zehn-Euro-Baumarktregalen eingelagert hat, lassen sich nur geheimnisvolle Umrisse erahnen. Es ist ein Brei aus beigefarbenem Plastik, Netzteilen und Kabeln. Zu den wenigen Sachen, die man sofort erkennt, gehört ein Stapel 1541-Laufwerke für den Commodore 64. Im Fach daneben parkt unser geliebter GRiD Compass aus dem Nachlass von Charles Irving – Gott hab ihn selig. Wir haben letztens rausgefunden, dass der Über-Nerd vom »Trio mit vier Fäusten« auch so einen benutzt hat. Ganz oben unter der Decke, quasi als Krönung des Ganzen, lagert Nicks obskurer Laptop-Schrott aus Japan, von weltbekannten Firmen wie Ampere Inc.

Der liebe Papi hat wirklich alle seine Juwelen hergeschafft, die er zuhause auf Befehl von Sabina im Keller verstecken musste. Und so riecht es auch – nach diesem Wasserschaden-Muff, der auch über Börsen für klassische Computer hängt.

Mit einem schweren Krachen fällt die Tür ins Schloss. Auf ihrer Innenseite hat der Beifahrer das »Aladdin Sane«-Poster mit Bowie aus seinem alten Jugendzimmer angebracht. Wenn schon retro, dann richtig. Ich kann quasi noch hören, wie ihn seine Mutter zum Essen ruft.

Nick wischt mit dem Ärmel seiner Multifunktions-Jacke kurz über den Tapeziertisch, schiebt ein paar unvermeidliche Arduino-Platinen zur Seite und macht mit der Hand eine Platzanweiserbewegung zu mir rüber.

Ich stelle die Tüte mit dem Tape ab und rolle sie vorsichtig aus. Was ist, wenn von dem Blut auch was an die Tüte gekommen ist? Mal kurz die Hände checken. Nein, Gott sei Dank keine rostrote Schmiere drauf. Ich taste mich zur Kassette in der Tüte vor und ziehe sie raus. Sie liegt überraschend schwer in der Hand, wie ein solides Industrie-Produkt, viel massiver als die klapprigen Musikkassetten, auf denen wir unsere ersten Spiele für den Cevi gespeichert hatten. Mein Gott, wie bierernst wurde diese Diskussion auf dem Schulhof geführt: Ist jetzt Chrom besser oder Normalkassette?

Nick klappt routiniert den vorderen Rand der Kassettenhülle hoch, holt das Tape raus und rückt es im rechten Winkel zur Tischkante zurecht. Es ist ungefähr so groß wie zwei Kompaktkassetten hintereinandergelegt. Jetzt kann man auch erkennen, warum es so schwer ist: Die Unterseite besteht aus einer dicken Metallplatte, auf der zwei Bandspulen befestigt sind. Sie sehen genauso aus wie bei den Bandmaschinen, die früher in Tonstudios standen. Gab es nicht auch mal Kompaktkassetten, die als Gag solche Spulen hatten? Doch, auf so eine hatte mir Nick die Maxi von »Axel F.« aufgenommen.

Vorne schlängelt sich das Band an einem kleinen Plastikfensterchen vorbei. Nick hebt die Klappe kurz an, um sie mit einem lauten Klacken gleich wieder zuschnappen zu lassen. Die Bewegung soll sagen: Über die Details brauchen wir kein Wort zu verlieren, oder?

Vor uns liegt eine Quarter-Inch-Cartridge, eine Speicherkassette, mit der die Firmen in den Siebzigern und frühen Achtzigern ihre fetten Back-ups gemacht haben – oder besser gesagt: ihre für damalige Verhältnisse fetten Back-ups. Denn die 90 Meter Band in der massiven Kassette reichen gerade mal, um lächerliche 204 Kilobyte zu speichern. Jedes Bildchen im Netz von Cheerleadern, die unter Alkoholeinfluss lesbische Experimente starten, braucht heute mehr Platz.

Für mich sieht das Tape brauchbar aus.

»Ist okay, oder?«, taste ich mich vor.

Doch Nick runzelt die Stirn. Mit einer derart oberflächlichen Analyse kann sich der Fast-Informatiker natürlich nicht zufriedengeben, zumal er mir dann hätte recht geben müssen, was er aus Prinzip nicht tut.

»Weiß nicht.«

Nick zieht eine Lupe mit eingebauter Neonröhre rüber, die am Rand des Tischs klemmt, und knipst sie an. Im blassen Licht dreht er die Cartridge vorsichtig hin und her, so, als würde er eine Leiche nach subtilen Hinweisen auf die wahre Todesursache absuchen. Wie immer, wenn er sich viel Zeit für eine Nebensächlichkeit lässt, gibt es eine einfache Erklärung dafür: Er spielt insgeheim eine Filmszene nach. Nur welche? »CSI« vielleicht, oder »Quincy«? Nein ... Genau! Er seziert die Cartridge genauso wie Ash den Face-Hugger in »Alien«. Als Eingeweide für den außerirdischen Krabbler hatten die Special-Effects-Typen ja nur rohe Austern und Reste vom Fischmarkt verwendet, trotzdem ein cooler Effekt.

Zieht er das ganze Theater wirklich nur durch, um das Autopsie-Klischee voll auszukosten? Nein, dafür nimmt er sich zu viel Zeit, es muss noch ein dickes Ende kommen ...

»Guck mal, am Umlenkbolzen!«, verkündet Nick stolz. Und da ist es schon, das dicke Ende.

Er berührt mit dem Finger einen der silbernen Stifte, um die sich das Band in der Kassette herumschlängelt. Und wirklich: Da klebt ein bisschen dunkelgelbe Schmiere, die wie Honig aussieht. Nick schaut mich an. Als Audio-Nerd a. D. weiß ich natürlich, wie die Diagnose lauten muss: Leimspuren.

Mit dem Problem hatten wir schon ein paar Mal zu tun. Wenn so ein olles Magnetband aus den Siebzigern nämlich feucht wird, kann es sein, dass die Schicht kaputtgeht, mit der die Oxydpartikel an das eigentliche Band geklebt sind. Irgendwann kleckert der Kleber dann raus, sammelt sich an den Spulen, bis das Band sich nicht mehr bewegt oder beim Abspielen reißt.

Es ist Zeit für mich, das Offensichtliche vorzuschlagen.

»Dörte?«

Der Beifahrer dreht nochmal vorsichtig an der Spule und nickt.

»Ein Fall für Dörte.«

Diesen wahnsinnig originellen Namen haben wir unserer treuen Schweizer Dörrmaschine gegeben. Mit der lassen sich solche Bänder nämlich retten, der Trick heißt in Tonstudios *Baking*: einfach das Tape ein bis zwei Stunden bei 50 Grad in so ein Dörrgerät werfen, mit dem man sonst Zeugs wie getrocknete Bananenchips macht – und schon schnurrt das Band wieder locker durch, zumindest ein Mal. Zum Datenauslesen reicht das normalerweise. Nick ist sofort voll dabei und holt die Kiste raus.

»Und ich weiß auch schon, was wir in der Zwischenzeit machen«, jubiliert er aus der dunklen Ecke.

❋08 T-8:13:26

»Das Teil ist *der Hammer*!«

Allein seine Ansage ließ nichts Gutes vermuten, und dann kam es auch ziemlich dicke: Nick schleifte einen Altpapier-Karton in die Mitte des Büros und fischte aus den stinkenden Tiefen eine RCA Studio II ans Licht, eingesponnen in einen Wust aus Kabeln. Die Studio II ist so ziemlich die einzige antike Spielkonsole, für die Sammler noch keine Fantasiesummen hinblättern. Baujahr 1977, ein Plastikklotz, so groß wie zwei alte Telefone.

Dass er ausgerechnet jetzt mit diesen elektronischen Belanglosigkeiten anfangen würde, war klar. Immer, wenn das Schicksal irgendwie zuschlägt, verbarrikadiert er sich in seiner Nerd-Welt, das ist bei ihm reiner Selbstschutz. Damals, als sein Dad gestorben war, hatte er sich auch eine Woche lang zurückgezogen, um aus seinem Apple Newton eine Garagenfernbedienung zu bauen. Trauerarbeit à la Nickmeister halt. Deshalb stürzte er sich jetzt auch so gierig auf die bekackte Spielkonsole – um nicht daran denken zu müssen, dass John in dieser Sekunde vielleicht irgendwo um sein Leben kämpfte.

Wow, allein diese Farbe! Die muss schon in den Siebzigern eine Zumutung gewesen sein, so ein fieses Braun in Richtung Stützstrumpf. An der schon ekligen Plaste hat obendrein jahrzehntelang der Zahn der Zeit genagt, und genau so sieht die Konsole jetzt auch aus: vergilbt wie ein Pennerzahn. Da hilft auch der silberne Zierstreifen nichts, der sich um die Worte HOME TV PROGRAMMER herumzieht.

Am linken und rechten Ende sind zwei Zehnertastaturen eingelassen, über die man die Games steuert, für jeden Spieler eine. Die schwarzen Tasten glänzen speckig und abgewetzt wie ein Straßenbahn-Haltegriff im Hochsommer. Zeit, ein bisschen zu sticheln.

»Da kann man mal wieder sehen, dass Technik nicht in Würde altert«, bohre ich los.

Diesen Frontalangriff auf sein Weltbild kann der diensthabende Retromane natürlich nicht einfach so schlucken.

»Warum?«, schnappt Nick zurück.

»Also, denk zum Beispiel mal an ›Wall Street', das Original natürlich. Was bleibt davon in Erinnerung?« Für alle ambitonierten Wirtschaftsstudis war der Film seinerzeit natürlich Pflichtprogramm.

»Weiß nicht? Schulterpolster. Gier ist gut. Haargel?«, nuschelt Nick vor sich hin, während er irgendwas hinterm Fernseher rumprokelt. Er muss die Konsole, aus der natürlich ein amerikanisches Fernsehsignal nach NTSC-Norm kommt, erst mal an einen PAL-Wandler anstöpseln. Und den wiederum muss er erst mal im dichten Kabeldschungel finden, der sich in der Ecke auftürmt.

Also zur Abwechslung mal freie Bahn für einen Vortrag von mir:

»Also bei mir ist von ›Wall Street‹ nur eine Szene hängen geblieben, und zwar die, wo Michael Douglas sich dieses gigantische Motorola-Handy ans Ohr hält. Das Teil ist so groß wie sein verdammter Aktenkoffer! Wenn man das heute guckt, kann man den Film spätestens an dieser Stelle nicht mehr ernst nehmen. Technik wirkt halt so schnell, naja, lächerlich. Erinner dich einfach an irgendeinen Film, in dem ein ...«, ich male mit den Fingern Gänsefüßchen in die Luft, »*Computerexperte* vorkommt. ›Wargames‹ oder ›Jurassic Park‹ oder was weiß ich. Ungefähr zehn Minuten nach dem Kinostart sind alle Szenen mit dem *Computerexperten* nur noch peinlich, weil der Computerexperte mit irgendwelchen Geräten rumhantiert, die vermutlich schon beim Kinostart des Films völlig überholt waren.«

»... es sei denn, der Regisseur setzt Technologie ein, die so alt ist, dass sie schon wieder cool wirkt«, grätscht Nick dazwischen. Ein absolut vorhersehbares Gegenargument. Warum lasse ich mich auf den Scheiß immer wieder ein? Das endet ohnehin nur in endlosen Monologen.

Auch diesmal.

»... in ›Watchmen‹ zum Beispiel steht auf dem Schreibtisch von Ozymandias ein Macintosh SE/30 in Schwarz«, doziert Nick gnadenlos weiter, »und der sieht total cool und gar nicht überkommen aus, *wenn du mich fragst*.« Die letzten vier Wörter kommen schon im Sperrdruck raus, es ist also Zeit, die Dinge auf sich beruhen zu lassen, sonst kriegt der Beifahrer wieder so einen cholerischen Anfall.

Es soll Ignoranten geben, die sagen, die RCA Studio II sei die schlechteste Konsole aller Zeiten.

Sie untertreiben brutal.

Die Realität sieht so aus: Wir sitzen vor einem schwarzen Bildschirm, auf dem ein paar weiße, gestrichelte Linien von oben nach unten zuckeln. Zwischen ihnen wabert ein weißer Blob herum, den Nick kontrolliert und der wohl ein Auto darstellen soll. Ab und zu kollidiert der Blob mit weiteren Blobs, die vor ihm herwackeln. Bei jedem Unfall wimmert aus dem Lautsprecher ein Ton, der klingt, als ob der Soundchip, falls die Kiste so was überhaupt hat, gerade verreckt. Die Studio II spendiert uns weder einen Punktestand noch irgendwelche Kurven oder anderes nennenswertes Gameplay. Nur

Agonie in Endlosschleife. Wenn in der Hölle Konsolen stehen, dann sind es RCA Studio II.

Die Reaktion eines normalen Menschen wäre: in einer Femtosekunde den Stecker ziehen und die wahnwitzige Lebenszeitverschwendung beenden.

Nicks Reaktion: mit äußerster Zock-Konzentration – die Zunge in den Mundwinkel geklemmt – vor der Kiste kauern, auf die Tasten hämmern und im Abstand von dreißig Sekunden ein atemloses »Wie geil« rausdrücken.

Er hat sich von der Menschheit doch schon ziemlich weit entfernt.

Um seine Therapie nicht zu stören, beschränke ich mich darauf, mir seine Haribo Quaxi-Fröschli reinzuschieben und dem Säuseln der Dörrmaschine zu lauschen.

Zu allem Überfluss scheint die Konsole auch noch kaputt zu sein. Denn die weißen Blobs frieren alle paar Sekunden ein oder verschwinden, um dann an einer völlig anderen Stelle wieder aufzutauchen. Langsam ist meine Geduld am Ende.

»Alter, mal im Ernst: Das Teil ist ja absoluter Scheiß!«

Nick sendet einen maximal verärgerten Blick rüber.

»Nein, das Teil ist ein *Meilenstein*!« Aus meiner langjährigen Kumpelerfahrung weiß ich, dass das eine das andere nicht unbedingt ausschließen muss.

So richtig glauben kann Nick an sein Gefasel aber anscheinend selbst nicht, jedenfalls fängt er ziemlich hysterisch an zu lachen – als Kinder hätten wir gesagt: zu *geiern*. »Ich zitiere Tom Hall, Designer von *Doom*: Je niedriger die Auflösung, desto besser die Kunst.« Weiteres Kichern. »Jedenfalls ...«, er stopft sich auch eine Hand voll Quaxis in den Mund, »jedenfalls werde ich mir mal den Speicher anschauen, den Code des Spiels auslesen, ein bisschen die Maschinensprache vom RCA-1802-Prozessor studieren

– der steckt da nämlich drin –, *und dann werde ich die Welt regieren*. Har, har, har!«

Das Lachen soll wie das eines wahnsinnigen Bond-Gegenspielers klingen, ist aber viel zu dünn mit Ironie überzogen, um verstecken zu können, dass er es ernst meint.

Die Diagnose: Tastenkombination IDDQD – er steckt im *God Mode* fest. Sobald ich das Büro verlassen habe, wird er exakt das tun, was er gerade angekündigt hat: Er wird die Konsole auseinandernehmen, die Sprache des Prozessors lernen, den Spielcode debuggen – und nicht aufhören, bevor das Teil wieder läuft wie zu dem Zeitpunkt, als es neu war und wir noch in den Kindergarten gingen. Was für eine Verschwendung. Ich versuche, ihn noch einmal zu retten.

»Aber warum, warum, *warum*? Du wirst doch niemals wieder in deinem Leben mit diesem 18-was-weiß-ich-Chip was zu tun haben. Hallo? Wir haben nicht mehr 1977.«

Auf einmal hört Nick auf zu lachen und schaut ernst, fast traurig.

»Du weißt doch: Ich bevorzuge die Vergangenheit. In der so genannten Gegenwart fühle ich mich nicht wohl.«

Ich habe ihm dann noch geholfen, die RCA Studio II wieder auszustöpseln und das Tape in der Dörrmaschine zu wenden. Als ich ging, gab er mir seine Autoschlüssel und hielt mir wie ein guter Gastgeber die Tür auf. Draußen zwitscherten schon laut die Vögel. Wir hatten erfolgreich sieben Stunden lang nicht an John und sein Schicksal gedacht.

Nick streckte die Hand zum Bikergruß aus.

»Bis morgen.«

»Ja, bis morgen, Alter.« Als ich den Dienstwagen aufschloss, sah ich nochmal hoch zur Tür. Nick hob etwas unsicher die Hand.

Da habe ich ihn das letzte Mal gesehen.

Nintendo®

GAME BOY™

#09 T-8:02:24

Fuck – wer ruft denn mitten in der Nacht an? Und dann auch noch auf dem Festnetz. Das kann nur Mutter sein, kein anderer benutzt die Nummer noch. Wahrscheinlich steht am Sonntag wieder ein furchtbar harmonisches Kuchenessen mit BigSis, meiner Schwester, sowie ihren lieben kleinen Monstern an, Itchy und Scratchy. Dieses Gebrüte nimmt langsam echt überhand, alle Leuten denken, die Welt mit ihren Genen beglücken zu müssen. Naja, wenn die Kinder dabei sind, muss ich wenigstens nicht reden.

Fuck – komme ja schon. Ich krame das Handset unter einem Stapel von Pizzakartons raus und schaue zwischen den Jalousien durch. Okay, es ist vielleicht nicht mehr ganz Nacht, eher so Mittag. Abheben.

»Hmja?«

»Morgen, Kee.« Es ist Sabina. Seit fünf Jahren redet sie mich nur noch mit meinem Login-Namen an, wahrscheinlich, weil sie denkt, dass wir auf diese Weise auch total gute Kumpel werden. Dabei verstehen Frauen das Kumpelding grundsätzlich nicht, es ist ihnen sogar suspekt, weil sie nicht begreifen, dass zwei Menschen von der Wiege bis zur Bahre zusammen rumhängen können und in dieser Zeit nur so viel sprechen wie zwei Freundinnen an einem Nachmittag.

Sabina klingt gut, wie immer. Ich merke, wie mir das Blut unter anderem in die Wangen schießt. Was natürlich eine total unprofessionelle und unangemessene Reaktion ist, schließlich a) ist sie die Frau meines besten und einzigen Freundes und

b) liebe ich sie nicht auf sexuelle Weise, sondern eher so melodramatisch Jack-und-Rose-mäßig.

Echt seltsam: Da hat man jahrzehntelange im Netz so ziemlich alles gesehen, was es Menschliches zu sehen gibt, von dem »2 girls 1 cup«-Zeugs bis zu irgendwelchen kranken japanischen Tentakel-Penetrationen samt anatomischen Risszeichnungen. Eigentlich sollte ich abgehärtet sein.

Aber nein. Es reicht immer noch, wenn irgendeine Dorfbratze kommt, mit der man vor fünfundzwanzig Jahren mal auf der Kirmes geknutscht hat, und schon ist man so hot wie ein Zwölfjähriger, der in Papas Bücherschrank »The Joy of Sex« von Alex Comfort entdeckt und kaum noch schlafen kann, weil er sich fragt: Warum haben nur Neandertaler Geschlechtsverkehr? So sahen die Hippies in den Illustrationen nämlich aus.

Ich versuche einen professionellen Einstieg.

»Hi Sabina, was kann ich für dich tun?«

Super, Herr Callcenter-Agent. Ach ja, und das Gespräch werde ich aus Gründen der Qualitätssicherung mitschneiden. So werden wir niemals Kumpel.

Stille. Wahrscheinlich checkt sie gerade im Display, ob sie auch die richtige Nummer gewählt hat.

»Ja, äh, ich wollte fragen, ob du weißt, wo Nick steckt.«

Jetzt bloß schön objektiv klingen!

»Klar, im Büro«, verkünde ich. Ach ja, und er lässt fragen, ob es dir recht ist, wenn er die nächsten siebzehneinhalb Jahre in seiner Geek-Grotte von Quaxi-Fröschlis lebt und vor sich hinlötet, bevor er das nächste Mal wieder nach Hause kommt.

»Ach so, habe ich mir schon gedacht«, murmelt sie.

Hast du nicht. Du hast dir Sorgen gemacht, wie eine gute Ehefrau das halt tut. Im Hintergrund fängt das Kind an zu schreien, so richtig abstechmäßig. Aus meiner Sicht ein hochwillkommener

Anlass, das Gespräch abzukürzen: Ich quäle mir ein Grinsen ab, weil man das ja angeblich am anderen Ende der Leitung hört, und gebe mir richtig Mühe, wie ein guter *Freund des Hauses* zu klingen. So nennt man jemanden, der sich nicht mehr dabei erwischen lassen darf, wie er der Ehefrau des Hauses auf den Hintern stiert. Also: Mundwinkel hoch, Freund des Hauses!

»Ha ha, ich hör schon, da ruft jemand Kleines«, jubiliere ich. Puh, knapp vorbei geschlittert am Wort »Erdenbürger«, das wäre vielleicht ein bisschen zu dick aufgetragen gewesen.

»Ja, stimmt«, sagt Sabina verlegen.

Komm schon: Es ist noch nicht zu spät, den Sunnyboy rauszuholen. Gib dir einen Ruck, Kee, sei nicht so ein Idiot.

»Pass auf: Ich schau mal, ob ich ihn im Büro erreichen kann, und sag ihm Bescheid, dass er sich bei euch melden soll, okay?« Na, geht doch.

»Das wäre nett«, sagt Sabina erleichtert, »okay, bis dann«.

»Ja, bis dann.«

Ich lege den Hörer auf die Basisstation und schaue raus. Der Ausblick ist derselbe wie seit fast zwanzig Jahren. Fuck, warum sind alle Jahresangaben mittlerweile zweistellig? Unter dem Balkon geht die verkehrsberuhigte Straße vorbei, auf der anderen Seite steht die Weide, noch weiter dahinter brutzelt die Sonne auf die Balkone des Seniorenstifts. Draußen gesessen hat da noch nie jemand, die Oldies mögen es ja nicht so warm.

Sabina hat schon recht: Dass er sich gar nicht meldet, ist komisch.

»Die Brötchen mit auf die Tankrechnung?«, krächzt die nette MILF vom Tanken-Bistro. Ihre Stimme klingt so, als hätte sie früher die Durchsagen beim Autoscooter gemacht. Ein goldener

Anhänger mit irgendeinem Sternzeichen baumelt über dem faltigen sonnenbankgebräunten Brustbein. Ich traue mich nicht, hochzugucken, weil ich dann wieder denke, dass sie aussieht wie Rod Stewart. Tja, Brötchen mit auf die Rechnung oder nicht? Das hat bestimmt eine fatale Wirkung auf meine persönliche Steuerbelastung, wenn ich jetzt das Falsche sage. Nick, wo bist du, wenn man dich braucht?

Seit wir so richtige Angestellte sind, kennt er sich mit dem Steuerkram super aus. All die Jahre, in denen wir nur rumgehangen haben, hat er sich wohl nichts sehnlicher gewünscht als ein festes Anstellungsverhältnis.

Damals waren wir ja überall nur Aushilfen, an der Uni, bei der Zeitung. Ich fand immer, dass es besser klang, wenn wir »Projektarbeiter« dazu sagten, aber Nick meinte, dass klänge zu sehr nach Scheitern. »Die Steigerung von Losertum ist doch: Projekt – persönliches Projekt – obdachlos«, meinte er.

Nein, er wollte es deutsch, solide und unbefristet. Nie wieder Aushilfe, Projektarbeit oder was auch immer. Und eine ganze Weile lang schien sein Traum zum Greifen nah.

»Moinsen!«, dröhnt es vom Eingang rüber. Vier Handwerker stapfen lachend auf den Bistroschalter zu. Alle tragen schwarze Overalls mit neonroten Warnwesten. Ihre fleischigen Unterarme sind tiefbraun gebrannt, aber nur genau bis zum Rand ihrer schwarzen T-Shirts, drüber sind sie kalkweiß, kann ich erkennen, als sich der Wortführer lässig an den Tresen lehnt. »Also zweimal mit Schinken ...«, verkündet er fröhlich und etwas zu laut. Das sind so richtig gute Leute, kommen bestimmt gerade von irgendeiner »Montage«, *they've got to install microwave ovens*, oder so. Die Brötchen sind sicher schon ihr Mittagessen. *Die* haben zuhause bestimmt einen richtigen Esstisch und schaufeln sich nicht seit zwanzig Jahren ihren Fraß vor dem Fernseher runter. Ist aber nur eine Vermutung, denn so richtig normale Leute kennen wir ja nur aus der Ferne.

Am Anfang sah es noch danach aus, als könnten wir auch bald dazugehören, zu den Werktätigen. Die Wendung war geradezu genial: Zwei abgebrochene Studis, die seit 1995 alle Updates verweigert haben, werden von der Datacorp engagiert, einem Megakonzern, der IT-Pflegefälle betreut. Ein großartiges, wenn auch leicht unverdientes Happy End, das unsere Helden für eine Mark da serviert bekommen haben. Beratervertrag, Obermittelklasse-Auto vom Fuhrpark-Service, Dienstrechner, alles von null auf hundert. Gestern noch abgehalfterte Computerkids, heute schon *International Men of Mystery*.

Nick jubilierte. Er konnte es gar nicht abwarten, bis er sein erstes hellblaues Hemd – ohne Krawatte! – in die erste graue Flanellhose stecken konnte, um dann endlich so wie alle Kollegen bei der Datacorp auszusehen. Nicht, dass das irgendwo in unserem Vertrag gestanden hätte. Aber es gibt ja in jeder Firma diesen unausgesprochenen Dresscode, an den sich alle halten. Und geborene Mitläufer wie der Beifahrer können es natürlich überhaupt nicht abwarten, den Borg in die Arme zu fallen und sich assimilieren zu lassen.

Bis vor ein paar Monaten der Scheiß anfing. Die *Company*, wie Nick sie immer nennt, veranstaltete auf einmal seltsame Sachen. Unsere Buden wurden verwanzt, unsere Rechner angezapft, am Schluss hielt uns irgendein Freak aus der Firma sogar seine Pistole an den Kopf. Major Tom hat die Sache später runtergespielt, so von wegen da sei wohl die »interne Konkurrenz« ein wenig aus dem Ruder gelaufen, und man habe sich längst von den »Troublemakern« getrennt. Doch eigentlich war spätestens da klar, dass der ganze Verein nicht koscher ist – John mal ausgenommen.

Aber was sollten wir tun – den Betriebsrat anrufen? Ein völlig lächerlicher Gedanke, denn die Datacorp Ltd., die uns jeden Monat immer so brav unser Beraterhonorar überweist, ist völlig unfassbar. Außer Major Tom und zwei, drei subalternen Clowns wie Shaun kennen wir *drinnen* niemanden. Es gibt keine Telefonnummern, die man anrufen könnte, kein Verzeichnis der Niederlassungen, keinen Dienstweg. Okay, die Kohle kommt aus England, Andie von der Reiseabteilung arbeitet bei Jeppesen in Kalifornien, doch wo die Datacorp eigentlich sitzt, haben wir immer noch nicht rausgekriegt. Alles ist so hyperglobalisiert, so abgehoben, dass man das Gefühl hat, die Firma steht über allem. Auch über dem Gesetz.

Selbst Nick musste irgendwann zugeben, dass mit seinem ach so tollen Brötchengeber was nicht stimmt. Seitdem brütet er ständig vor sich hin. Seine neueste Verschwörungstheorie ist, dass die Datacorp für die US-Regierung »dreckige Jobs« erledigt. Der diskrete Dienstleister für EDV-Notfälle, von denen die Öffentlichkeit besser nichts erfährt. Das klang ausnahmsweise mal plausibel.

Andererseits kam diese Theorie von einem Mann, der denkt, dass in Roswell 1947 *wirklich* ein UFO abgestürzt ist – und zwar ein russisches, das von Kindern gesteuert wurde, die Adolf Mengele so umoperiert hat, dass sie wie Aliens aussahen. Zumindest war das sein Wissensstand letzte Woche.

❋ 10 T-8:01:15

Um zu unserem Büro zu kommen, muss man erst mal auf einer Privatstraße um das ganze Lagerhaus rumfahren, und als die angelegt wurde, war das breiteste Auto anscheinend ein VW Variant. Jedenfalls bleiben einem auf den letzten Metern zwischen Außenspiegeln und Backsteinmauer vielleicht zwanzig Zentimeter übrig. Dass Nick an dieser Stelle noch keinen Spiegel abgehobelt hat, grenzt an ein Wunder. Um ihm nicht zuvorzukommen, zirkele ich den Dienstwagen im Schritttempo zum Hinterhof rein. Durch das offene Fenster ist das leise Knuspern von ein paar Steinchen zu hören, die im Reifenprofil stecken geblieben sind. Es muss schon den ganzen Vormittag lang Freibadwetter gewesen sein, denn vom Regen der letzten Nacht sind nur noch staubige Umrisse auf dem Asphalt übrig.

Auf dem Gelände hätten wir als Jungs früher unseren Spaß gehabt. Es ist eine Mischung aus Müllhalde und Abenteuerspielplatz. An der Mauer im Hinterhof türmen sich überall Klettertürme aus vergammelten Paletten auf, dazwischen stehen rostige Fässer mit wer weiß was für einem Giftzeug rum. Die Firma hat wahrscheinlich schon lange kein Schwimmbad mehr gebaut, sonst wäre uns zumindest mal ein Mitarbeiter über den Weg gelaufen. Bisher haben wir keine Menschenseele gesehen, und auf dem alten Ford Escort mit dem Werbeaufkleber »Eigene Ingenieur-Abteilung«, der im Hof vor sich hingart, wächst schon der Grünspan. Wahrscheinlich macht diese Schwimmbadfirma nur eine Sache nass – und zwar das Geld, das sie wäscht.

Ich schließe den Wagen ab und laufe durch die brütende Mittagshitze zur Eingangstür. Im Grunde genommen kann einem Sabina leidtun. Die Kumpelsolidarität in allen Ehren – aber dass sich Nick derart lange abseilt, nur um eine beschissene Spielkonsole aus dem letzten Jahrtausend zu reparieren, grenzt ans Uncoole. Er hätte eben keinen Nachwuchs in die Welt setzen dürfen. Hätte er sich alles mal überlegen sollen, *bevor* er seinen Eigenheim-Kinder-Bewegungsmelder-vor-dem-Haus-Spießertraum eingestielt hat.

Ich krame den Schlüssel aus der Zippo-Tasche meiner Jeans. Bootcut-Schnitt, müsste auch mal dringend durch ein zeitgemäßes Modell ersetzt werden. Aber man kommt ja zu nichts, wenn man ständig dafür üben muss, *Raid on Bungeling Bay* in unter einer Viertelstunde durchzuzocken.

Stimmt, ich brauche den Schlüssel ja gar nicht. Nick ist ja ohnehin noch da. Ich bollere mit der Faust ordentlich an die Tür – für den Fall, dass er gerade wieder eine kleine Sarah-Young-Retrospektive veranstaltet und dazu retronaniert.

Komisch, nichts zu hören. Na gut, vielleicht braucht er noch ein paar Sekunden, um die Hose hochzuziehen und so. Kaum zu verstehen, wo er doch Sabina zuhause hat. Seit das Kind da ist, nähert sich ihre Oberweite doch locker der von Frau Young an. Aber irgendwie scheint es einfach besser zu sein, die Dinge als grottenschlechte VHS-Kopie zu konsumieren. Ist wahrscheinlich wie mit dem Netzradio früher per Realplayer: Wenn die Datenrate nur schlecht genug war, klang jedes Stück irgendwie geheimnisvoll und gut.

Komm schon, kleiner Schlagmann, mach mit! Ich haue nochmal gegen die Tür.

»Alter?«

Nichts von drinnen zu hören. Vielleicht hat er auch das legendäre Debüt von Sibylle Rauch rausgekramt, ihren ersten

Hardcore-Streifen nach dem ganzen »Eis am Stiel«-Geplänkel. Das Teil wurde auf dem Schulhof ja sehnsüchtig erwartet. Holger Maas, Scheidungskind und mit Unterhaltungselektronik reich gesegnet, hatte das Video natürlich sofort da und schmiss seine Kopiermaschine an: zwei Videorekorder zusammengekoppelt, sogar mit Kopierverstärker dazwischen. Damit konnte er an einem Nachmittag Kopien für die halbe Stufe ziehen. Als besonderen Service für seine Kunden hat er während des Überspielens immer die uninteressanten Sachen vorgespult – Handlung, Dialoge, Vorspann und so weiter. Und da alles analog ablief, war das Vorgespulte auch auf der Kopie vorgespult drauf, das hieß, die uninteressante Füllmasse bis zur nächsten Penetration rauschte im Zeitraffer vorbei. Haben viele damals so gemacht. Allerdings ging die Sache schwer nach hinten los, wenn der Kopiermeister einen anderen Geschmack als man selbst hatte. Nick zum Beispiel bekam mal ein geniales Frühwerk von Celeste und Rocco Siffredi rein, bei dem der Typ an der Fernbedienung alle *Blaseszenen* vorgespult hatte. Hallo? Wie pervers kann man bitteschön sein?

Ich probiers nochmal, diesmal richtig laut:

»Alter?«

Nee, jetzt ists echt gut. Ich drücke die Klinke runter und trete gleichzeitig mit dem Fuß unten gegen den Rahmen – anders kriegt man das Teil nicht bewegt. Krach! Die Tür fliegt auf und ich schreie ins Dunkel: »Hose hoch, Alter!«

Nichts tut sich. Vielleicht haben wir uns ja um ein paar Minuten verpasst und er ist gerade mit dem Taxi nach Hause gefahren. Wo ist bloß diese blöde Steckerleiste, um den Strom anzumachen? Ist ja schon praktisch, dass die Company das alles anstandslos zahlt, Taxifahrten, Sprit, Flüge und so. Vor allem Taxifahren war für uns früher immer der ultimative Inbegriff von Luxus.

So, jetzt aber. Die Glühbirne baumelt im lauwarmen Wind, der von draußen reinzieht. Da das Kabuff kein Fenster hat, gilt selbst für die Luft das Lisa-Prinzip – unverändert seit 1995.

Keiner da.

Dann ist der Beifahrer bestimmt schon zuhause, werde gleich mal anrufen.

Nur komisch, dass er seinen Dienstrechner auf dem Sperrmüll-Sessel hat liegen lassen. Auf dem Möbelmonster mit abgewetztem Samtbezug würde er sich immer »exzellent entspannen«, meint Nick. Auf gut Deutsch: Er pennt in dem Sessel, er ist sein Ersatzbett.

In seinem Dienstrechner jetzt rumzufuhrwerken wäre reine Zeitverschwendung. Es gibt nur einen Menschen, der dieser Kiste auch nur ein Byte entlocken kann, und das ist Nick selbst. Zum einen, weil er die »andere Seite«, wie er sie nennt, gut genug kennt, um alles »bullet proof«, also kugelsicher, zu machen. Zum anderen, weil ich nicht mal theoretisch in der Lage wäre, den Rechner überhaupt zu starten.

Nick gehört nämlich zu den Menschen, deren Ziel im Leben es ist, einen maximal benutzerunfreundlichen Rechner zu besitzen. Vor ein paar Wochen hat er das letzte GUI von der Kiste runtergeworfen, seitdem gibt es keine Fenster mehr, keine Icons und keine Maus, die eine normale Bedienung ermöglicht hätten. Nein, jetzt läuft alles über eine Kommandozeile. Selbst um seine Nachrichten zu lesen, muss er jetzt total unverständliche Textbefehle eintippen. Egal, ich kann die Kiste ja trotzdem mitnehmen.

Wo ist eigentlich das Tape? Ich checke Dörte und wühle den Müll auf dem Tapeziertisch beiseite. Nichts. Obwohl er seinen Rechner hier gelassen hat, scheint er das Datentape mitgenommen zu haben, dabei kann er damit zuhause überhaupt nichts anfangen! Die passende alte Tandberg-Maschine zum Abspielen steht ja hier im Regal. Andererseits ganz praktisch, denn wenn er das Tape mitgenommen hat, muss ich es nicht nochmals anfassen. Diese Blutfleckengeschichte steckt irgendwie immer noch im System.

Doch die Krönung von all den Seltsamkeiten ist: Warum hat er – der Penible – nicht abgeschlossen? Shit, das sieht nicht gut aus. Ich knalle die Tür, sperre ab und renne zurück zum Wagen. Schnell, das Telefon. Er *muss* einfach bei Sabina sein.

Oder sie haben ihn entführt.

Nintendo®
I WANT TO
GAMEBOY™

❊ 11 T-7:21:31

Dass ihr Mann verschwunden ist, hat sie ganz gut aufgenommen.

»Ach, weißt du, das wird wieder so sein wie letztes Mal«, meinte Sabina nur und klang dabei wie jemand, der sich mit dem Alleinsein abgefunden hat. Die Frau eines Managers ist halt eine Witwe, deren Mann noch lebt. Haha.

»Ja, denke ich auch«, log ich knallhart, dann plätscherte das Gespräch seinem verdienten Ende entgegen.

Mit »letztes Mal« meinte sie den Großalarm vor ein paar Monaten. Da hat die Datacorp Nick auch mitten in der Nacht rausgeklingelt und er ließ dann tagelang nichts mehr von sich hören. Offiziell war der Einsatz mal wieder streng vertraulich. Dabei brauchte man nur CNN einzuschalten, um zu ahnen, wo Nick gerade war – nämlich im schönen Wyoming. Auf einer Luftwaffenbasis da oben war den Amis echt ein grober Schnitzer passiert: Die konnten – einfach gesagt – ihre Atomraketen nicht mehr erreichen. Hätte im Bunker in diesem Moment jemand den Roten Knopf gedrückt, wäre nichts passiert. Die USA standen mit runtergelassener thermonuklearer Hose da. Alarmstufe Rot.

Schuld war natürlich die antiquierte Raketentechnik. Eine Menge von dem Zeug stammt aus den Sechzigern, und es ist bekannt, dass an einigen Stellen noch Floppy Disks rumgereicht werden. »Update« ist auf den Atombasen ein böses Wort, weil das die 100-prozentige Einsatzfähigkeit bedrohen würde. Die Weisheit *Never change a running system* hat bei denen den Rang einer Religion – eine der wenigen Religionen übrigens, für die wir uns erwärmen können.

Wie dem auch sei: In den Atomwaffenbunkern kassiert der Kantinenkoch schon eine Abmahnung, wenn das Verfallsdatum auf dem Hühnchensalat abgelaufen ist. Gut vorstellbar, was abging, als die Atomraketen einfach offline waren. Nick kam nach einer Woche total durch den Wolf gedreht zurück.

Doch die ganze Aktion fühlte sich völlig anders an. Das war ein Großeinsatz, da brummte die Bude, das hat man selbst als Unbeteiligter mitgekriegt. Diesmal läuft alles viel stiller ab. Und selbst wenn sie Nick wieder abgeholt haben – er hätte vorher das Büro abgeschlossen, egal, ob der Dritte Weltkrieg gleich ausbricht oder nicht.

Immerhin bleibt ihm die Hitze hier erspart, damit kommt er ohnehin nicht gut klar. Ich habe alle Jalousien zugedreht und schaue zu, wie die Nachmittagssonne durch die Spalten kleine Laserstrahlen in meine Bude schießt. Fehlt nur noch eine Frau, die sich mit knallrotem Lippenstift davorstellt, und schon wäre das Poster von Patrick Nagel komplett. Stattdessen legen sich die Strahlen gemütlich über mein »I want to believe«-Poster. Das hat Nick mir auf dem Höhepunkt des »Akte X«-Hypes mal besorgt und ich lasse es weiter über meinem Futon hängen – nur aus schlechtem Gewissen, weil ich ihm nie was schenke. I want to believe. Ich will glauben. Zum Beispiel, dass sich hierhin nochmal eine Frau verirrt. Aber selbst wenn, würde sie sich spätestens bei diesem Poster wahrscheinlich wieder umdrehen.

»Das Dorint«, so nennt der Beifahrer immer meine Bude, weil draußen auf dem Gang so dunkelroter Hotel-Teppichboden verlegt ist. Im dritten Semester hat er mir geholfen, meine Möbel von meinen Eltern hierher zu bringen. Die habe ich dann in der Wohnung exakt genauso wieder aufgebaut wie in meinem Jugendzimmer: Links in der Ecke die Stereoanlage, daneben der Ikea-Nachttisch, im Bücherregal die kompletten Jahrgänge von »Aktueller Software Markt«.

Während der Nuller kamen ein paar pseudostylishe Möbel dazu, die mir retromäßig noch vertretbar erschienen, der unvermeidliche Panton-Stuhl zum Beispiel. Alles musste *vintage* sein, klar. Wobei mal ein kluger Mensch gesagt hat, dass Leute, die sich ihre Bude ausschließlich mit Vintage-Kram vollstellen, eigentlich nur Angst vor ihrem eigenen Geschmack haben. Wie dem auch sei. Jedenfalls ist es immer noch mein Jugendzimmer, nur dass ich es jetzt mit einer dünnen Tarnschicht Erwachsenheit überzogen habe.

Ach was: Die Datacorp hat Nick bestimmt abgeholt und in die Staaten geschafft. Und es gibt nur einen Weg, das herauszufinden. Ich trotte zum Kühlschrank rüber und ziehe ein Mut-Corona raus. Es ist Zeit, Kontakt zum Olymp aufzunehmen.

»Hi guys!«, trällert Andie.

REM 1: Obwohl sie auch schon lange die Dreißig hinter sich gelassen hat, klingt sie bisweilen immer noch wie ein Teeniemädchen in den Nullern, die gerade ihr erstes Video bei MySpace hochgeladen hat – mit diesem »Haaaaaiigaaaaisss«, gefolgt von schrillem Kichern.

REM 2: Andie hat definitiv noch nichts von Johns Unfall gehört, sonst wäre ihre Laune nicht so glänzend.

REM 3: Sie spricht mich schon im Plural an, was bedeutet, dass Nick und ich es mit unserer kleinen Bromance in der Vergangenheit etwas übertrieben haben. Höchste Zeit für eine Klarstellung.

»Hi Andrea, it's just me.« Oh Gott, warum klingt man auf Englisch immer so dämlich?

»Oh, hi«, flötet sie in ihr Telefon, wieder mit einem breitgekauten »haaaiiii«. Wie komme ich jetzt dezent zur Sache, was heißt Flugbuchung nochmal auf Englisch? Zu spät, Andie schnattert schon los.

»You know what? I'm just picking up my breakfast at Ambrosia!«

So hieß der Coffeeshop in San José, wo wir damals immer rumgehangen haben, während des Einsteigerseminars, das uns die Datacorp spendiert hatte. Das Ambrosia ist einer dieser Läden, die sich furchtbar europäisch vorkommen, nur weil die Truthahn-Wurst auch auf Baguettebrot serviert wird und die Toilette stinkt.

Ins Ambrosia sind wir immer in den Seminarpausen rübergegangen. Es war herrlich, mit anzuhören, wie sie an der Theke ihre Bestellung runterratterte. Oder besser gesagt: ihre Nicht-Bestellung. Denn ihre Order bestand aus einer langen Aufzählung von Dingen, die sie *nicht* auf ihrem Sandwich haben wollte: keine Majo, kein Ketchup, kein Käse, nicht mal potenziell fetthaltige Sesamkörner auf dem Brot. Damit habe ich sie immer aufgezogen, war sozusagen unser Running Gag.

Dann hat sie immer gelacht, und den Kopf so weit nach hinten gelegt, dass ihre schwarzen Locken fast unten am Hohlkreuz anstießen. Dabei sah sie original wie Andie McDowell aus, was allein namensmäßig ja exzellent passt, allerdings findet der Beifahrer, dass sie vom Gesicht her eher Sean Young ähnelt, also Rachael aus »Bladerunner«, plus einem guten Schuss Prinzessin Leia. Alle Schlüsselreize also bedient. Man muss echt aufpassen, was man Jungs zwischen elf und fünfzehn so medial vorsetzt.

Jedenfalls war da was. Natürlich nicht so richtig. Die Beziehung zwischen ihr und mir lief auf dem gleichen Niveau ab wie alle meine Beziehungen: Die Affäre war eingebildet – aber ausbaufähig. Vielleicht sollte ich sie echt mal in Kalifornien besuchen und einfach auf den Ausländer-Bonus hoffen. Hört man doch immer wieder, dass irgendwelche Nerds in Übersee den totalen Volltreffer landen, ganz einfach, weil die Sprachbarriere ihre Nerdyness schluckt. Die Ladys merken einfach nicht, mit wem sie es in echt zu tun haben. Und wenn sich herausstellt, dass mit den »Kumpels«, von denen er immer sprach, nur Jungs aus seiner World-of-Warcraft-Gilde gemeint waren, die er noch nie im Leben getroffen hat, ist es zu spät.

Hm, wäre einen Versuch wert. Okay, never change a running gag:

»So you're having another one of those low-carb, low-fat, low-sodium, low-taste sandwiches?«

Ihr Lachen klingelt durch die Leitung. Waren echt nette Zeiten, damals beim Boot Camp. Durch dieses Blitztraining schleust die Datacorp alle Mitarbeiter, die gerade angefangen haben. Da kriegen die Neuen dann wichtige Amikonzern-Grundregeln eingetrichtert, zum Beispiel: Fahre niemals alleine mit einer weiblichen Kollegin im Aufzug! Machst du es doch, kriegen sie dich vielleicht wegen sexueller Belästigung ran. An so was denkt man natürlich nicht als durch und durch moralisch verkommener Europäer.

Andie musste sich den ganzen Quatsch auch anhören, weil sie kurz zuvor bei Jeppesen eingestiegen war, das ist eine Art von internem Reisebüro der Company. Wenn ein *Legacy Systems Consultant* irgendwo auf der Welt ein Feuer löschen muss, organisiert Andie das Ticket. Und genau darum würge ich mir hier einen ab – weil sie wissen könnte, wo Nick ist. Doch um meine volle Social-Engineering-Power loslassen zu können müsste mich die Göttin – ihr interner Codename bei uns – allerdings erst mal zu Wort kommen lassen, was sie nicht tut.

Sie gackert weiter. »No, I'm done with that. I'm even putting some sugar in my coffee *right now.*« Sie betont es so, als würde sie Nitroglyzerin in ihren Kaffee kippen. Gott, sie war vorher schon so was von *heiß*, und jetzt nimmt sie auch noch Kalorien zu sich! Das bedeutet, ihre MBA-Bitch-Hosenanzüge sitzen in Zukunft endlich mal vernünftig. Und schon ist das Hirn wieder geschmeidig in die Einbahnstraße eingebogen. Schrecklich: Da ist man bald so alt wie Yoda, aber der Typ, der im Kopf die Filme einlegt, bleibt immer fünfzehn.

Ah, sie muss atmen! Jetzt schnell zum Geschäftlichen kommen. Ich frage, ob sie für Nick in den letzten Tagen irgendwas gebucht hat, und versuche dabei so unaufgeregt wie möglich zu klingen.

»Nothing that I know of. Do you want me to check the records?«, gibt Andie sachlich zurück. Zack, schon hat sie auf Geschäftston umgeschaltet. Dass was nicht stimmt, hat sie natürlich auch sofort gerochen. Vor Andie kann man nichts geheim halten, ich jedenfalls nicht. Eigentlich wäre jetzt genau der richtige Moment, sie zu bitten, bei der Gelegenheit gleich noch einen Blick in Johns »records« zu werfen. Doch die Frage kann ich mir sparen, weil er zu den Häuptlingen gehört; sie bekäme ordentlich Ärger, wenn jemand merkt, dass sie in seinen Reiseabrechnungen rumstöbert. John ist *off-limits*, jenseits der Grenze. Verdammt, dabei ist sein Flugplan von letzter Nacht bestimmt interessant. Die Cessna, die im Wald lag, das war doch so ein ganz kleiner Grashüpfer. Die Dinger können nicht so weit fliegen. Wo ist John bloß gestartet?

Der Pausenclown aus Old Germany hat die US-Göttin dann noch ein bisschen unterhalten – alles natürlich ohne Hintergedanken –, bis der nette Mexikaner vom Ambrosia ihre Sandwiches fertiggemacht hatte. Dann beendete Andie das Telefonat mit ein paar professionellen Floskeln, von wegen »take care« und so.

Das war vor einer halben Stunde. Jetzt habe ich das Corona zum Runterkommen ausgetrunken und das Telefon klingelt schon wieder.

Andie ist dran, großartig.

Man kann sich echt auf sie verlassen. Wenn sie verspricht, nochmal anzurufen, dann macht sie das auch. Allerdings klingt sie total ausgewechselt. Die Quasselquelle ist versiegt, Schluss mit lustig. Nein, es habe in den letzten 48 Stunden bei Jeppesen keine Buchungen auf Nicks Namen gegeben, erklärt sie knapp. Ihre Stimme klingt gedämpft, als ob sie Angst hat, einer ihrer Kollegen könnte das Gespräch mithören. Und auf einmal fragt sie mich, ob ich das von John gehört hätte. Mir bleibt nicht mal Zeit, rumzueiern.

»He's been taken to a hospital, that's all I know«, erkläre ich wahrheitsgemäß.

»That's good«, sagt sie und dann nochmal nachdenklich »that's good«, so als ob es gut wäre, dass John aus dem Verkehr gezogen wurde. Unsinn, vermutlich ist sie nur froh, dass sie John schnell verarztet haben, oder irgend so ein Shaun-Typ steht gerade hinter ihr und sie darf sich nichts anmerken lassen.

Jedenfalls steht damit fest, dass Nick nicht zu irgendeiner geheimen Dienstreise aufgebrochen ist, oder zumindest keiner, die in den Akten erscheint, was bei der Datacorp natürlich nichts heißt. CNN jedenfalls meldet aktuell keinen IT-Großbrand, bei dem er mitlöschen könnte.

Damit sind meine Optionen aufgebraucht: Nick ist entführt worden, Andie weiß nichts, John kann mir nicht helfen, Shaun hasst uns. Ich muss die Suche nach Mister Spock also selbst starten.

WELCOME TO DATACORP.

Die weißen Fixedsys-Buchstaben strecken sich über den Bildschirm aus, darunter wartet der Cursor geduldig blinkend auf mein Passwort.

Früher wirkte die Eingabezeile wie eine Verheißung, wie die Einladung zu einem neuen Leben. Mittlerweile hat sie etwas Bedrohliches.

Ich tippe unser neues persönliches Passwort ein, das sich Nick letzte Woche ausgedacht hat:

SETEC ASTRONOMY

Nein, wirklich sicher ist es nicht, jeder Cracker mit einem Funken Geschichtsbewusstsein würde das als Erstes ausprobieren. Aber manchmal schlägt Nostalgie eben Security.

Apropos: Am Anfang dachten wir ja immer, bei der Datacorp säßen die totalen Sicherheitsprofis. Mein Gott, was haben die für einen Zauber veranstaltet, als wir da angefangen haben. Wirklich jede Flaschendreh-Knutscherei aus den letzten zwanzig Jahren mussten wir beichten, jeden Bekannten mit Namen und Anschrift angeben, jeden Besuch im Land der Gar-nicht-mal-so-Freien rechtfertigen.

Why did you visit the US in 1999? Wir haben uns drauf geeinigt, statt den Ausflug zum Area 51 lieber Angeln in Montana anzugeben. Und so ging das weiter: Nehmen Sie Drogen? Haben Sie Schulden? Klar, die wollen keine Leute an Bord haben, die erpressbar sind, aber es wurde so tief gebohrt, dass es schon weh tat. Was die Sicherheitsregel in puncto Frauen ist, hat uns ein Kollege später mal gesteckt: »Everything's fine as long as you fuck NATO.« Solange die Gute aus dem Bündnisraum kommt, ist alles roger. In letzter Zeit haben wir allerdings gemerkt, dass das alles nur Show war und die Datacorp auf Sicherheit pfeift, wenn man erst mal im Club drin ist.

Ich sitze auf dem Balkon des Dorint, wobei »Balkon« vielleicht etwas zu hoch gegriffen wäre. Es ist ein Quadratmeter Kachelboden mit Geländer drum herum. Aber wenn man direkt vor dem Erwachsenen-Klappstuhl aus Teak eine leere Becks-Kiste als Fußbank positioniert, sitzt es sich echt bequem auf dem Balkon. Für Menschen, die von ihrer Umwelt außer dem nächsten Bildschirm etwas wahrnehmen – Frauen zum Beispiel –, wäre es trotzdem nichts.

Schon zehn Uhr und trotzdem noch T-Shirt-Wetter, besser gehts eigentlich nicht. Normalerweise würden wir jetzt bei Nick auf dem frisch gemähten Rasen sitzen und uns von Sabina ein Bier bringen lassen. Dass sie uns bedienen würde, hätte dabei nichts mit Machotum zu tun, sondern wäre schlicht und ergreifend nötig, weil sich Nick, der stolze Häuslebesitzer, nach einem Wochenende voller Gartenmaloche nicht mehr bewegen, ergo auch kein Bier holen könnte.

Wir würden in den Liegestühlen lümmeln und uns wie Waldorf und Statler über die Jugend von heute aufregen, das heißt, vor allem Nick würde sich aufregen und in eine seiner endlosen Predigten verfallen, so was in die Richtung:

»Die Kids von heute haben einfach kein Gefühl mehr dafür, wie wertvoll Speicher ist! Die verschwenden für den kleinsten Scheiß ein Gigabyte. Aber *wir*, ja *wir* wussten RAM noch zu schätzen. Beim C64, da war Speicher so knapp, dass *wir* die Befehle **JSR** und **RTS** in einer verschachtelten Subroutine durch **JMP** ersetzt haben, weil man dadurch *ein* Byte sparen konnte. *Ein* Byte, dafür haben wir noch gekämpft!«

Ich würde »Genau!« sagen, obwohl ich kein Wort verstanden habe, und hoffen, dass Opa bald aufhört, davon zu schwadronieren, wie viele Groschen ein Kilo Kartoffeln früher gekostet hat. Stimmt schon, diese degenerierten jungen Menschen haben einfach keine Ahnung.

Zum Beispiel die im dritten Stock des Dorint: Lassen mitten in der Woche einfach wieder eine Party steigen. Nach dem Lärmpegel zu urteilen, lungert die halbe Truppe draußen auf dem Balkon rum. Amorphes Indie-Geklampfe dröhnt runter, garniert mit einigen Fetzen typischem Ersti-Gewäsch, das übliche Gejammer über »total harte Klausuren« et cetera.

Über der verkehrsberuhigten Straße liegt der typische Duft eines Sommerabends. Es riecht nach diesem roten marinierten Asi-Fleisch, von dem selbst fünf Kilo weniger kosten als die Grillkohle, und das niemand unter 25 Grad Außentemperatur anrühren würde. Von oben zieht die unvermeidliche Dope-Wolke runter. Ich spüle den letzten Bissen von dem Döner runter, den ich mir beim türkisch-chinesischen Pizzadienst um die Ecke geholt habe, und versuche, mich auf den Bildschirm zu konzentrieren.

Bizarr. Der Abstand zwischen mir im ersten und den Studis im dritten Stock könnte nicht größer sein. Die machen Party – und ich fahnde nach einem Menschen, den ein globaler Megakonzern verschluckt hat. Immerhin werde ich dafür den Balkon des Dorint nicht verlassen müssen, wenn alles glatt läuft.

Der Wendepunkt kam nach unserem letzten Einsatz oben in Washington. Er endete damit, dass uns ein lieber Kollege seine Glock an den Kopf gehalten hat. Danach musste sogar der Beifahrer eingestehen, dass das Verhältnis zu unserem Arbeitgeber ein wenig zerrüttet war. Selbst seine Nibelungentreue war aufgebraucht. Seitdem bespitzelt er die Company mindestens so gründlich, wie er vorher Johns Befehle ausgeführt hat – auch wieder typisch deutsch.

Letztens haben wir uns einen Spaß daraus gemacht, im Datacorp Secure Network ein bisschen rumzustochern, und fanden dabei raus, dass das Firmennetz nicht halb so *secure* war, wie es dem Namen nach klingt. Und genau das, was wir damals gemacht haben, werde ich jetzt einfach wiederholen.

Es wird Zeit, ein weiteres Mal hinter die Mauern zu schauen. Es wird Zeit für den Kamera-Hack – wobei »Hack« vielleicht ein bisschen hoch gegriffen ist.

Die Sache ist ganz simpel: Uns ist gleich von Anfang an aufgefallen, dass bei der Datacorp überall Überwachungskameras hängen, egal, wo man hingeht, sogar im Flur vorm Seminarraum. Liegt vermutlich an den krassen Immobilien, in die die Company zum Teil eingezogen ist – ehemalige Konsulate, Bunker, Radarstationen und so weiter. Die wurden in den Achtzigern und Neunzigern billig der amerikanischen Regierung abgekauft, offiziell, um da Data-Center unterzubringen. Ob's stimmt – wer weiß?

Solche Perimeter – ein göttliches Wort! – werden natürlich von Natur aus gut überwacht, obwohl das einen Mordsaufwand bedeutet: Um alles mit analogen Überwachungskameras abzudecken, musste man früher kilometerlange RG-59-Kabel durch die Landschaft verlegen, und zwar von jeder Kamera zu einem zentralen Videorekorder. Deshalb hat die Datacorp vor ein paar Jahren moderne Kameras angeschafft. Da braucht man nur noch ein einziges Kabel, um die Bilder an einen Zentralrechner zu übertragen. Und damit nicht ständig jemand vor Ort sitzen und auf den Monitor starren muss, hängen die Kameras am Firmennetzwerk. Das bedeutet allerdings auch: Jeder kann bei der Peep-Show dabei sein, wenn er nur weiß, wo er suchen muss. Alles, was man braucht, ist die Netzwerkadresse der Kamera.

Und genau an diesem Punkt waren die lieben Kollegen von der Konzernsicherheit nicht auf der Höhe: Sie haben die Kamera im Netzwerk miserabel versteckt. Alle Seiten der Videokameras im Netzwerk bekommen nämlich vom Hersteller immer so voreingestellte Titel – meistens der Modellname und dazu ein generisches Blabla wie »Live View«. Genau diesen Default haben die Jungs nicht verändert, und das bedeutet: Wir mussten zum Beispiel im Datacorp-Netz nur nach »intitle: Axis206M + Live View« suchen und voilà: Alle Überwachungskameras vom Typ Axis 206M ließen uns an ihren Bildern teilhaben. Die Welt der Datacorp lag uns zu Füßen. Auf einmal konnten wir per Video in alle Niederlassungen einen Blick werfen, manche Kameras ließen sich sogar aus der Ferne schwenken.

Wir waren total geflasht, ungefähr wie damals in den Neunzigern, als die ersten Webcams aufkamen. »Wow, man kann sehen, was in dieser Sekunde gerade auf dem Times Square abgeht. Das ist die Zukunft!«, dachten alle. Dann wurde natürlich erst mal die Kaffeekanne in Cambridge angeguckt und zehn Minuten lang umsonst darauf gewartet, dass Jennifer Ringley sich vor der Kamera auszieht. Hat sie natürlich nicht gemacht, doch andere Mädels zierten sich weniger. Und so übernahmen in der Welt der Webcams anstatt von süßen Jennys die dreckigen Cam-Huren die Macht und die Sache verlor mächtig an Appeal.

So ähnlich lief das auch mit den Datacorp-Kameras ab. Wir waren erst mal voll aufgeregt, dass wir jetzt aus der Ferne das Wetter vor der Datacorp-Station in Kangerlussuaq abchecken konnten – aber dann ließ die Energie auch schon nach und wir loggten uns wieder aus. Okay, in Wirklichkeit haben wir auch deshalb so schnell aufgesteckt, weil wir Panik bekamen, unser kleiner Überwachungskamera-Hack würde in irgendwelchen Log-Files auftauchen. Damals hatten wir noch was zu verlieren. Jetzt irgendwie nicht mehr.

What. The. Fuck.

Ist das jetzt echt … Nein, das kann nicht sein.

Doch es kann: Die Studis oben haben die Titelmusik von »Baywatch« reingeworfen – und was viel schlimmer ist, sie gehen total drauf ab! Vielleicht hat Nick doch recht, und mit der Jugend stimmt was nicht.

Immerhin ein Höhepunkt am heutigen Abend. Das Cam-Surfen dagegen lässt sich ziemlich lahm an. Ich habe ein kleines Skript zusammengezimmert, das alle Überwachungskameras im Firmennetz lokalisiert und mir ein Livebild dreißig Sekunden lang anzeigt. Dann spürt es die nächste Cam auf.

Anstelle aufregender Schlüsselloch-Blicke produziert das Programm leider ohne Ende Langeweile im Format 800 mal 600 Pixel. Unser Arbeitgeber logiert viel unexotischer, als wir angenommen hatten. Ein stinknormaler – und obendrein leerer – Büroflur reiht sich an den nächsten, gefolgt von Parkplätzen, Tiefgaragen und weiteren Bürofluren.

Wo das Gebäude steht, in dem die jeweilige Kamera installiert ist, lässt sich – wenn überhaupt – nur an Kleinigkeiten erkennen: Sind die Kannen in der Kaffeemaschine oben abgerundet? In diesem Fall ist es ein amerikanisches Modell, wahrscheinlich von Mr. Coffee oder Kitchen Aid. Die Kannen in Deutschland von Severin und Krups sind eher eckig-bauhausmäßig.

Dann gibt es noch die Türöffner: In Amerika ist es meist ein Knauf zum Drehen, in Deutschland standardmäßig die Klinke. Aber am leichtesten lässt sich der Ort natürlich rausfinden, wenn ein Lichtschalter zu sehen ist. Die amerikanischen Modelle mit diesem kleinen, zierlichen Schalter kann man selbst bei kleiner Auflösung gut von den massiven deutschen unterscheiden.

Wenn eine Parkgarage zu sehen ist, wird die Sache völlig banal. Da erkennt man immer ganz gut, ob die Kamera auf amerikanischen Boden gerichtet ist oder nicht. Obwohl selbst das schwieriger geworden ist, schließlich haben auch drüben die gesichtslosen Mobilitätsautomaten, die Toyota Camrys und Ford Focus, die Macht übernommen.

Straßenkreuzer gibts in Amiland schon lange nicht mehr, was einerseits natürlich schade ist. Andererseits ließe sich argumentieren, dass man nicht die Hälfte der freien Welt dazu zwingen kann, für immer und ewig auf einem ökologischen Abenteuerspielplatz zu leben, nur damit man sich als deutscher Autoromantiker an gigantischen Blechmonstern erfreuen kann.

Unsere Vermutung, dass die Datacorp kleidungsmäßig gleichgeschaltet ist, scheint übrigens zu stimmen. Keiner der Typen auf den Videobildern trägt eine Krawatte, sondern alle hetzen mit Hemden und Flanellhose zwischen den Büroboxen hin und her. Frauen sieht man so gut wie keine. Niemand rebelliert gegen diesen Preppy-Dresscode, nicht mal ein Administrator mit T-Shirt oder so fällt aus dem Rahmen. Wie immer bei der Datacorp gilt: Alles ist so unauffällig, dass es fast wieder auffällig ist.

Ich muss kurz vom Bildschirm weggucken, weil die Augen anfangen zu brennen. Über dem Dach des Altenwohnheims schwebt gerade eine letzte Maschine Richtung Flughafen. Ihre Landescheinwerfer bohren sich in den Dunst der Sommernacht, die Landeklappen fahren mit einem lauten Pfeifen aus. Das bedeutet, es ist gleich elf. Nach diesem Flugzeug wird die Nabelschnur zur Welt gekappt und die kleine Stadt in Deutschland darf wieder das tun, was sie am besten kann – schlafen.

Die Studi-Grillwolke hat sich mittlerweile verzogen, jetzt weht eine klare Brise durch die verzinkten Gitter des Balkons. In einer halben Stunde muss die Entscheidung fallen: entweder das

Kapuzensweatshirt von der *University of California* anziehen, das ich in akademischem Überschwang angeschafft habe, oder reingehen. Auf dem Bildschirm laufen weiter nur triste Büroflure durch. Ich genieße den Bodensatz des letzten Corona für heute und schaue an den Tautropfen vorbei in den Nachthimmel, über den sich die Milchstraße wie ein Brautschleier zieht.

Wieder mal fällt es leicht, zu erraten, was der Beifahrer in diesem Moment sagen würde.

»Alter, die Wahrheit ist da draußen. Wirklich.«

Das Extraterrestrische ist auf seiner Agenda in letzter Zeit wieder mächtig nach oben gerutscht. Wenn man fies wäre, könnte man sagen: Seit er Vater ist, scheint für ihn die Idee vom Leben auf einem fremden Planeten an Attraktivität gewonnen zu haben. Aber das ist unfair, denn eigentlich war er zeitlebens totaler Ufo-Freak. Yes, Mr. Bowie, he's loving the alien!

Irgendwann in der ersten oder zweiten Klasse fing das an. Da hatte Nick Mumps, und der Apotheker gab seiner Mom so ein »Junior«-Heftchen mit. Auf dem Titel flog ein Ufo in psychedelischem Pink-Orange herum, und daneben stand: »Gibt es sie wirklich?« Das Teil hat er mehrfach im Fieberwahn durchgearbeitet, dann kam er zu einer klaren Antwort: Ja, es gibt sie wirklich.

Eigentlich freue ich mich immer, wenn er mir seine außerirdische Sichtung des Tages präsentiert – schließlich ist die allemal interessanter als seine drögen Assembler-Vorträge. Letzten Monat zum Beispiel hat er wieder die Story vom Mini-Ufo aufgewärmt. Sie fing wie immer mit dem Wort »angeblich« an; damit signalisiert Nick, dass er zu dem haarsträubenden Bullshit, der gleich folgen wird, selbstverständlich die kritische Distanz eines Wissenschaftlers wahrt.

»Angeblich haben 1972 zwei Jungs in Japan, genauer gesagt: in der Präfektur Kochi ...«. Aha, blabla. Im Endeffekt ist ein

Mini-Ufo ins japanische Reisfeld gefallen, na toll. Auf dem Foto, das er als Beweis präsentierte, sah die Untertasse verdächtig aus wie eine echte Untertasse, die einfach jemand mit Silberfarbe angesprüht hat. Doch das durfte ich unter keinen Umständen sagen! Vor dem großen Richter Nick sind alle Ufo-Zeugen grundsätzlich glaubwürdig. Ein Hoax? Niemals! Jedenfalls hatten die Schuljungs das Teil gefangen und in die Löcher auf der Unterseite Wasser gegossen, berichtete Herr von Däniken und legte aufgeregt nach: »Und weißt du, was dann passierte?« Nein. »... dann fing es an zu zirpen und leuchtete blau!« Ist nicht wahr.

Gegen Ende der Story, wenn Sput-Nick merkt, dass die außerirdischen Dönekes sein Publikum nicht umhauen, fransen seine Erzählungen immer weiter aus, besser gesagt: Er fängt an, frei rumzuspinnen.

»Apropos Untertassen. Weißte noch? *Saucer Attack* – dieses coole Spiel aufm 64er. Die Grafik vom Weißen Haus war ja wohl der Hammer, und dann konnten die Ufos ja sogar den Obelisken abbrutzeln. Komisch nur, dass im Intro ›God save the Queen‹ lief, ist ja die *britische* Hymne ... Na egal, hat der Typ nicht '85 dann diese geniale Demo *Time Crystal* gemacht? Wenn daraus echt ein Spiel geworden wäre ...« Und so weiter und so fort, in alle Ewigkeit. Eigentlich müsste Nick an der Straßenadresse Infinite Loop 1 wohnen.

Klack. Die Studis oben haben die Balkontür zugemacht, ich sollte auch langsam mal über einen Feierabend nachdenken. Die Überwachungskameras der Datacorp geben immer noch nichts her. Über meinen Rechner, den ich auf dem Kachelboden abgestellt habe, flimmert gerade eine weitere Serie von Parkplatz-Impressionen – liegen diesmal stilistisch zwischen Cyberdyne und Initech, der Firma aus »Office Space«. Lustig: Durch die ganzen amerikanischen Filme kommt einem das alles total vertraut vor. Würde man die ganzen Stunden vor der Glotze zusammenrechnen, käme wahrscheinlich raus, dass wir mehr Zeit in amerikanischen als in deutschen Büros verbracht haben.

Okay, noch zehn Minuten, dann reichts. Wäre ja auch zu einfach gewesen.

Nintendo®

GAME BOY™

❋ 12 T-7: 13:23

Er ist es.

Ganz klar. Er ist es.

Aber warum sitzt er da? Schnell – Screen Recorder an, alles sofort mitschneiden. Doch, er ist es. Die Kamera starrt direkt von oben auf Nick runter, als ob sie wie eine lästige Fliege unter der Decke klebt.

Scheiße, ist das kalt. Und warum haben die Studis auf einmal ihre Mucke abgestellt? Natürlich, bin eingeschlafen, es ist schon weit nach zwölf.

Das Videobild sieht genauso aus wie auf den Monitoren, die an der Tanke manchmal hinter dem Kassierer stehen – Schwarz-Weiß, total verrauscht mit brutalem Kontrast, der alles zum Linolschnitt macht. Als ob Holger Maas das Band schon fünfmal überspielt hätte. Auf Nicks Stirn spiegelt sich das Neonlicht der Decke; der Lichtpunkt brennt hell wie eine Magnesiumflamme, wie bei Kulenkampff früher, wenn die Kamera aus Versehen einen der Studioscheinwerfer streifte.

Der arme Beifahrer, das wird ihm nicht gefallen.

Er muss vor einem normalen Rechner sitzen, 21-Zoll-Bildschirm, 08/15-Tastatur, billige Zweiknopf-Maus. Shit, wenn die Cam ein bisschen weiter rechts angebracht wäre, könnte man sehen, was sich auf seinem Bildschirm abspielt. So gähnt mich nur die graue Rückseite des Monitors an. Kein Herstellerlogo drauf, dafür sind die Kabel an der Basis schön ordentlich durch so ein Führungsloch gefädelt. Der Rechner selbst ist nicht zu erkennen, muss neben Nicks Fuß stehen.

Etwas an seiner Haltung ist nicht normal. Er hibbelt gar nicht rum wie sonst. Zeit, um sein Hemd zu wechseln, hatte er wohl auch nicht, denn er sitzt immer noch in dem gleichen zerknitterten Brooks-Brothers-Lappen rum, den er schon anhatte, als wir das Flugzeugwrack inspiziert haben. In seinem Gesicht rührt sich kein Muskel. Er presst die Lippen so stark aufeinander, dass sie dünn sind wie Striche. Nur der Adamsapfel zuckt ab und zu nervös seine Kehle rauf. Gleichzeitig hackt er wie wahnsinnig auf die Tastatur ein. Es wirkt fast, als wenn seine Arme ein eigener Organismus wären, der ferngesteuert wird, losgelöst vom restlichen Körper. Scheiße, dieser starre Blick, das ist nicht Nick selbst. Haben die ihm was gegeben?

Konzentrieren – was ist auf dem Schirm zu erkennen? Der Schreibtisch scheint fast an der Wand zu kleben, alles wirkt eng wie in einer Abstellkammer. Wand, Boden, Tisch, alles weiß getüncht. Kein Lichtschalter zu sehen, keine Anhaltspunkte. The White Room. Vielleicht ist ja direkt unter der Kamera irgendetwas, das verrät, wo sie Nick eingesperrt haben. Doch das Weitwinkelobjektiv reicht nicht bis dahin, es bleibt ein fetter toter Winkel.

Genau! Da muss was sein, Nick hat gerade einen nervösen Blick in den toten Winkel geworfen. Jetzt fummelt er an seiner Uhr rum, dann fängt er wieder nervös zu tippen an. Was macht er da bloß? Der Monitor flackert wie bescheuert, als ob ständig Bomben auf dem Bildschirm detonieren. Lassen sie ihn da *Missile Command* zocken, oder was?

Er guckt wieder rüber, genau auf den Punkt unterhalb der Kamera. Dann ein kurzes Nicken. Er steht auf. Nein, nein, nein, nicht gehen, gib mir doch wenigstens ein Zeichen. Zu spät, er steht auf und läuft nach rechts aus dem Bild. Zack, ein kurzes Flackern, Ende der Übertragung. Jemand hat das Licht ausgeknipst.

Er war also nicht allein im Raum.

Muss ich jetzt die Bullen anrufen?

Aber wie? Wählt man da wirklich die Eins-Eins-Null? Quatsch, die ist nur für Notfälle und das ist ja wohl keiner. Eine unangenehme Vorstellung. Keiner von uns hat jemals in seinem Leben ernsthaft mit einem Polizisten gesprochen, mal abgesehen vom üblichen »Ich kann Ihnen ein Bußgeld anbieten«-Geplänkel. Wenn ich jetzt bei den Bullen anrufe, dann wäre es ... so offiziell. Eine Entführung.

Nein, totaler Stuss, das sind alles nur Hirngespinste!

Wahrscheinlich bin ich einfach noch nicht wieder richtig wach. Wenn ich wirklich die Cops anrufe, muss ich zu denen hinfahren, und dann werden sie mir ein paar simple Fragen stellen und sich innerlich kaputtlachen. Hat die vermisste Person in der Vergangenheit schon einmal ohne Vorankündigung ihren Wohnsitz verlassen? Ja. Haben die Entführer Kontakt aufgenommen? Nein. Gibt es eine Lösegeldforderung? Nein. Ich werde dastehen wie ein Irrer.

Je mehr ich denen von der Datacorp erzähle, von den vermeintlichen Geheimaufträgen, unserer Begegnung in Grönland, desto vielsagender werden die Blicke sein, die sie sich gegenseitig zuwerfen. Am Ende bleibt einem armen Beamten nichts anderes übrig, als süffisant grinsend ein neues Papier in seine Schreibmaschine einzuspannen und die Vermisstenanzeige aufzunehmen – wie im Fernsehen halt. Und dann müssen sie auch noch bei Sabina anrufen! Sie wird den totalen Zusammenbruch kriegen und weinen, das Kind wird schreien, und alles nur, weil ich als Kind zu lange »Soko 5113« geguckt habe.

Ganz ruhig. Was würde der Beifahrer tun?

Er würde versuchen, die Sache Sherlock-Holmes-mäßig nüchtern zu durchdenken. Mein lieber Watson, fragen Sie sich doch einfach, was am *wahrscheinlichsten* ist! Wahrscheinlich ist, dass die Bullen – sollte ich sie wirklich anrufen – sofort die Datacorp kontaktieren. Genauso wahrscheinlich wären wir zehn Minuten später unseren Job los und könnten bis ans Ende der Zeit an irgendeiner Help-Desk-Telefonhotline versauern, um unfähige Sekretärinnen zu fragen, ob sie es mal mit einem Neustart versucht haben. Völlig und total unwahrscheinlich dagegen ist, dass Nick entführt wurde und in einer namenlosen Bürobox darauf wartet, dass ich ihn befreie.

Ich starre runter zum Rechner, der immer noch brav die Bilder von der Kamera abruft. Da niemand das Licht im Raum angeschaltet hat, ist bis auf dunkelgraues Bildrauschen nichts zu erkennen.

Ganz ruhig. Alles nochmal auf Anfang. Nicks ganzer Auftritt ist im Kasten, der Screen Recorder hat bis auf die ersten paar Sekunden jedes einzelne Videobild aufgezeichnet. Jetzt erst mal reingehen, was Warmes anziehen und die Glotze anmachen. Das beruhigt immer. Vielleicht noch eine Ramen-Suppe warm machen. Und danach werde ich mir jeden einzelnen Frame von Nicks letztem Auftritt nochmal anschauen. Wenn ich wirklich zu den Cops rennen will, muss ich was in der Hand haben.

❋ 13 T-7:02:27

Bis zur Schwallmauer habe ich durchgehalten. Das ist die Grenze im Fernsehprogramm, wenn die Werbung für Bauch-weg-Maschinen aufhört und das Happy-Geplauder vom Frühstücksfernsehen anfängt. Dann weißt du: Jetzt sitzen wieder Menschen vor der Glotze, die einer Erwerbstätigkeit nachgehen – also nicht solche Slacker, wie wir es jahrelang waren.

Irgendwann, kurz bevor die Grinsbirnen ihren Gute-Laune-Terror starten konnten, muss ich eingeschlafen sein. Jetzt ist es zehn, und jemand bearbeitet meine Schläfen von innen mit einem Hammer – nein: mit einem Bolzenschussgerät. Das ist wirklich kein Land für alte Männer. Selbst nach dem dritten Kaffee hören die Kopfschmerzen nicht auf. Was jetzt?

Über die Kamera, die Nick gefilmt hatte, war nichts rauszukriegen; im Quelltext der Seite stand nur der übliche technische Kram, Modell, Firmware-Version und so weiter. Die Kamera hängt irgendwo in einem Datacorp-Büro auf diesem Planeten und es gibt keine Chance, rauszukriegen, wo.

Auf Sendung ist sie auch nicht mehr gegangen, ich habe einen zweiten Rechner oben auf die Glotze gestellt, der ständig den Kanal abruft. Alles schwarz, das Licht in Nicks Zelle ist immer noch aus.

Die Videoanalyse hat nichts gebracht. Selbst nach dem hundertsten Mal Durchnudeln in Superzeitlupe haben die zuckelnden Bildzeilen nicht ihr Geheimnis preisgegeben. Ich hatte gehofft, dass der Clip im nüchternen Licht des Tages weniger bedrückend wirken würde, doch das Gegenteil ist passiert: Je häufiger ich den Ausdruck in Nicks Gesicht sehe, wie er das anblickt, was unterhalb der Kamera im Raum war, desto kälter wird mir. Die Bullen anzurufen ist von einer wirren Kurzschlussreaktion zu einer ernsthaften Möglichkeit geworden.

Vielleicht sollte ich zuerst Sabina anrufen, mit ihr alles durchsprechen? Nein, sie weiß über die Company noch weniger als ich, und womöglich gibt sie mir noch die Schuld, weil ich Nick seinerzeit zu dem Schwachsinnstrip nach Iowa überredet hatte, mit dem alles anfing. Doch keine so gute Idee, Sabina einzuweihen, und wenn am Schluss alles nur Spinnerei war, habe ich sie umsonst kirre gemacht.

Ein echter Mann hätte wahrscheinlich längst eine Entscheidung getroffen – alles oder nichts. Als Tastaturtäter geht das nicht so einfach. Vor allem, weil sich mein Kopf über Nacht noch ein kleines, neues Hintertürchen gezimmert hat: Was ist nämlich, wenn im Video einfach nur deshalb das Licht ausgeknipst wurde, weil Nick Feierabend gemacht hat, weil er mit dem Job fertig war? Das würde bedeuten er sitzt noch in Deutschland, vielleicht sogar ganz in der Nähe.

Heute krachts bestimmt noch. Man kann schon sehen, wie sich drüben im Westen, über Nicks altem Land, die Gewitterwolken auftürmen. Die Luft fühlt sich schon so an, als würde man einen Geschirrspüler am Ende des Programms aufmachen und das Gesicht direkt davorhalten. Feucht wie mittags in Kuala Lumpur, kurz bevor das tägliche Gewitter runtergeht.

Die ersten Leute packen schon ihren Kram zusammen und flüchten aus dem Biergarten.

»Wärs das dann für Sie?«

Gelangweilt stochert die Schülerin mit dem Eingabestift auf ihrem Bestellcomputer rum. Darüber, dass sie mich siezt, mache ich mir schon seit Jahren keine Gedanken mehr, eher darüber, wie lange der Schmand schon in einem Plastikeimer vor sich hingegoren hat, bevor ihn ein weiterer suizidgefährdeter Emo-Schüler auf meine Folienkartoffel knallen musste. Warum jammern Senioren ständig über Einsamkeit im Alter? Zumindest hat man *einen* neuen Begleiter an seiner Seite: die Angst – vor allem und jedem, zum Beispiel vor Salmonellen.

»Ja, danke«, sage ich brav.

Die schwarzhaarige Göre rollt – warum auch immer – mit ihren Augen, die von Mauern aus Kajal umrandet sind, und stakst in ihrer aschgrauen Röhrenjeans Richtung Küche. Eine Böe zischt durch den leeren Biergarten und wirbelt eine Wolke aus zerbröseltem Laub und gelben Pollen auf. Die Sturmfront rückt an, hoffentlich reicht die Zeit noch zum Essen.

Weiter im Dorint hocken ging nicht mehr. Ich musste raus, weg von den Bildschirmen, einfach den Kopf freibekommen. Doch es fällt schwer, einen neuen Blickwinkel auf etwas zu kriegen, wenn man an der gleichen Stelle wie im ersten Semester sitzt. Okay, die große Platane haben sie zwischendurch mal beschnitten, damit die Äste nicht zu schwer werden und den Gästen auf den Kopf knallen. Aber selbst das ist schon Jahre her.

Die Pollen kratzen in meinen ohnehin schon roten Augen, die Hitze verstärkt das Pochen im Kopf. »Sie nutzen nur 10 Prozent Ihres geistigen Potenzials«, stand früher doch immer in diesen dubiosen Anzeigen. Wer hatte da eigentlich geworben? Scientology. Egal. Nach den zwei Stunden Schlaf letzte Nacht dürfte ich jetzt auf ein Prozent runter sein.

Trotzdem nochmal alles durchgehen. Nick kauert vor dem Rechner, ihm gegenüber sitzt der oder die Unbekannte, außerhalb des Bildes. Der Monitor flackert. In einem schlechten Film würde jetzt der berühmte Computerexperte – Vorbote technischer

Lächerlichkeiten – auf den Plan treten, um eine ominöse Taste zu betätigen. Und presto: Grobe Pixelklötzchen würden sich in ein scharfes Bild verwandeln, sodass die Agenten in Nicks Auge erkennen könnten, was auf seinem Monitor gerade abläuft. In echt geht das leider nicht, da sind 800 mal 600 Pixel eben 800 mal 600 Pixel, genug für *Duke Nukem*, aber zu wenig für digitale Detektivarbeit.

Zurück zur Aktion. Nick tippt wie wild, doch seine Hände verschwinden dabei immer wieder hinter dem Rücken des Monitors. Unmöglich, herauszufinden, welche Tasten er gedrückt hat. Wieder eine Sackgasse, also weitersuchen. Er tippt und tippt, bis zu seinem überraschenden Abgang. Er nestelt an seiner Nerd-Uhr rum, der Bildschirm flackert, er steht auf und verlässt den Raum. Rücklauf: Fummeln an der Uhr – das ist es. Warum hat er an seine Uhr gepackt?

Nachdenken.

Mitte der Neunziger hat Nick sich diese Timex Datalink gekauft – also zu einer Zeit, als sich LCD-Uhren auf dem Allzeit-Höhepunkt ihrer Uncoolheit befanden. Wie alle Nerds hat er sich dieses hässliche Plastikteil nur aus zwei Gründen gekauft: erstens, weil die Nasa die Uhr für den Einsatz im Orbit zugelassen hatte, und zweitens wegen dieser Speicherfunktion. Der stolze Besitzer einer Datalink konnte nämlich Telefonnummern – zum Beispiel die vom seinem Schachclub – direkt vom PC auf die Uhr übertragen, einfach so über die Luft! Dazu musste man die Uhr direkt vor den Bildschirm halten. Über den Monitor flimmerten dann so Balken, die ein optischer Sensor an der Uhr registriert und in Bits umgesetzt hat. Die Datenrate war absolut lächerlich, aber wie immer ging es Nick vor allem darum, zu zeigen, dass es *möglich* ist. Superstolz führte er dieses Mäusekino damals vor, und am Ende – quasi als Tusch – streckte er mir das Armband entgegen. Spätestens da musste ich ihm recht geben: Nerd-Weltrekord. Ins schwarze Kunstharz-Armband waren nämlich die Worte *Listen To The Light* eingeprägt, rein binär, als Muster von Nullen und Einsen.

Genau an diese Stelle hat Nick auch im Video hingezeigt.

Natürlich!

Nintendo®

GAME BOY™

❋ 14 T-6:20:50

Mein Magen knurrt. Aber bis zum Essen zu warten war nicht drin.

Die Emo-Kellnerin ließ mich erst abziehen, nachdem ich ihr – für nichts! – ein deftiges Trinkgeld rübergeschoben hatte. Ärgerlich, aber die Mission erlaubte keinen Aufschub. Den letzten halben Kilometer vom Biergarten zum Dorint bin ich sogar gerannt – nicht gelaufen: *gerannt*, als ob die Ärsche von der anderen Seite des Schulhofs hinter mir her wären. Hätte ohnehin nicht mehr lange bleiben können, denn kurz vorm Dorint prasselten schon die ersten Regentropfen runter.

Jetzt schnell den Rechner an, Videoplayer starten. Eine dicke Schweißperle rollt meinen Unterarm runter. Kurz bevor sie zwischen der Leertaste und dem »M« verschwindet, reiße ich die Hand von der Tastatur weg. Nur nicht auf den letzten Metern noch was riskieren.

Play, Pause, noch ein Bild nach vorne springen, jetzt kommt der Moment. Volltreffer. Bei Sekunde vierundvierzig berührt Nick mit der Spitze seines Zeigefingers die Uhr – genau da, wo auf dem Armband dieser ultrapathetische Spruch anfängt. Listen To The Light. Das Licht ist natürlich der Monitor, ich brauche ihm nur noch zuzuhören.

Er hat seine Nachricht rausgeschmuggelt – codiert im Flackern des Bildschirms.

Ah, mein Beifahrer. Er wusste, dass ich als Erstes die Überwachungskameras abchecken würde, falls er mal nicht nach Hause käme. Er kannte mein ... Fuck, wer ist das schon wieder?

Ohne den Blick vom Monitor zu nehmen, reiße ich das Telefon vom Schreibtisch runter.

»Ja?«

Im Hörer ist nur ein Schlucken zu hören. Oh nein, es ist Sabina – und sie weint. Defcon One, damit können Jungs gar nicht umgehen. Das muss sofort aufhören.

»Kee?« Es klingt schon fast wie ein Flüstern.

»Ja.«

Sie schluchzt nochmal leise, dann beschließt sie, dass es Zeit ist, aus dem aufgelösten Frauchen wieder die beherrschte Sabina zu machen. Sie räuspert sich.

»Hast du schon was von Nick gehört?«

Was soll ich dir sagen? Dass ich genau jetzt auf ein Videostandbild gucke, auf dem er zu sehen ist? Also bleibt mir nicht anderes übrig, als weiterzulügen.

»Äh, nein. Aber es wird alles sein wie beim letzten Mal ...«

»... beim letzten Mal hat er wenigstens *angerufen*«, fährt Sabina ungeduldig dazwischen. Oh, oh, die besorgte Ehefrau mutiert zur wütenden Furie. Nicht gut, ich muss sie beruhigen.

»Aber du weißt doch: Manche Jobs bei der Company ... Da gehts halt echt um so Geheimzeugs, da kann man nicht einfach ...«

»Du hast recht«, unterbricht sie wieder. Sie klingt, als ob sie sich gefangen hätte.

Mensch Mädchen, ich würde dir ja liebend gerne sagen, wo sich Nickybaby aufhält, aber dafür musst du mich diese verdammten Videoframes jetzt auszählen lassen!

»Du hast recht«, sagt sie und lacht ein wenig gekünstelt. »Ruf halt einfach an, wenn du was Neues hörst.«

»Werde ich machen – versprochen.«

»Danke.«

Ich lege auf und schaue raus. Mittlerweile hat es angefangen zu gewittern. Die ersten Tropfen sind so groß, dass sie richtig Blasen auf dem Boden werfen. Durch das gekippte Balkonfenster zieht der schönste Geruch der Welt rein: Regen auf Asphalt nach einem langen Sommertag. Und so, wie es aussieht, wird er wirklich lang.

Der Nickmeister hat also klammheimlich eine Nachricht an mich abgesetzt. In seiner unendlichen Genialität hat er den Rechner, vor den ihn die Idioten gesetzt haben, so programmiert, dass er auf den Monitor abwechselnd dunkle und helle Flächen projiziert. Hell steht für »1«, dunkel für »0«. Ihm war klar, dass der helle Bildschirm auf seine Klamotten abstrahlen würde, als ob man mit einer Taschenlampe draufleuchtet. Und genau dieses Geflacker hat auch die Überwachungskamera gefilmt. Ich muss also nur das Video Standbild für Standbild durchgucken, und schauen, wo Nicks Hemd hell aussah und wo nicht. Dann habe ich die Nullen und Einsen zusammen, die Bits, aus denen die Botschaft besteht.

Vater hätte in dieser Lage wahrscheinlich Morsezeichen verwendet, der alte Pfadfinder. Aber wir sind nicht bei Fähnlein Fieselschweif groß geworden, sondern vor dem Commodore 64, und wenn es so was wie den Code unserer Generation gibt, dann ist es sicher nicht der von Herrn Morse, sondern ASCII, der *American Standard Code for Information Interchange*. Er stand ganz hinten in der Cevi-Bedienungsanleitung, und die Seite war vom ständigen Nachgucken irgendwann so abgewetzt, dass Nick durchsichtige Buchfolie drübergeklebt hat, damit sie nicht zerreißt. Wer wollte, dass die Maschine normale Buchstaben auf den Bildschirm zaubert, kam nicht drum herum, früher oder später ASCII zu lernen. Für ein »A« zum Beispiel mussten die Bits 01000001 in den Speicher gepoket werden. So funktionierte ASCII.

Und genau in dieser Lingua franca hat Nick seine Botschaft codiert.

Also los: Video auf Anfang setzen und Start. Ich suche mir einen Punkt auf der Vorderseite seines Hemdes raus und drücke auf das erste Videobild. Der Stoff wirkt dunkel, in dieser halben Sekunde muss der Monitor schwarz gewesen sein. Also der nächste Frame. Plötzlich leuchten die Falten neben der Knopfleiste so hell, als hätte jemand in diesem Moment ein Foto mit Blitz gemacht. Bingo – eine »1«, das erste Bit. Jetzt gehts los.

Sofort fängt die Lernkurve an. Schon nach drei weiteren Bits hat das Hirn auf Fließbandproduktion umgeschaltet. Ich drücke mit der linken Hand auf die Leertaste, um das nächste Videobild aufzurufen, mit rechts schreibe ich »0« oder »1« auf, je nachdem, ob sein Hemd hell oder dunkel wirkt.

Ich benutze den Kuli, den wir auf der Klassenfahrt nach Berlin gekauft haben, '88 oder so. So ein schrecklicher hellblauer Souvenirstift, in dem ein Mini-Doppeldeckerbus aus Plastik schwimmt, der in Zeitlupe hin- und herfährt, wenn man den Kuli kippt. Entweder er fährt zur einen Seite, wo der Funkturm steht, oder zur anderen mit dem Brandenburger Tor. Da stoppt der Bus dann vor einem Mini-Plakat mit der Aufschrift »Achtung! Sie verlassen den amerikanischen Sektor«. Ah, Westalgie.

Die ersten sechzehn Bit sind geschafft: 10101010 10100110, langsam füllt sich der Notizzettel. Und, Nick? Schauen wir nach, für welche Buchstaben sie stehen? Machen wir natürlich nicht, niemals! Stattdessen würde der Beifahrer das Video bis zum letzten Frame durcharbeiten, den ganzen Bit-Salat in ordentliche Buchstaben übersetzen und erst dann den Monitor mit einem triumphierenden Grinsen zu mir umdrehen. Und genauso werde ich das auch machen, quasi ihm zu Ehren. Shit, das klingt schon fast nach Nachruf.

Die Leertaste klackert, die Hand mit dem Kuli kritzelt.

Der Tag in Ost-Berlin, das war echt eine geile Geisterbahnfahrt. Wir schlugen den Kragen hoch und trippelten von einem Bein aufs andere, während die DDR-Grenzer sich Mühe gaben, die kapitalistischen Siebzehnjährigen, also die ignorantesten kohlenstoffbasierten Lebensformen im Universum, in der Warteschlange möglichst grimmig anzustarren. Zwanzig Mark oder so musste man an der Grenze in diese wertlose Ostkohle umtauschen. Die Münzen fühlten sich so leicht an, als wären sie aus Pappe. Dann blieb genau ein Tag, um das Geld rauszuhauen. Also haben wir uns – wie alle West-Schüler – in einer Bäckerei am Alex kiloweise Baumkuchen gekauft und in der Eiseskälte unter dem Fernsehturm in uns reingestopft. War die einzige Sache, die es im Osten echt billiger gab. Insofern hatte der Arbeiter- und Bauernstaat zumindest für Nick was Paradiesisches: Wenn es nach ihm ginge, würde er ja den ganzen Tag nur von solchem Kuchenzeugs leben.

Es geht quälend langsam voran. Videobild für Videobild zuckelt vorbei, abgehackt wie die Bewegungen der Tänzer im Licht der Strobos. Einige Vollidioten aus unserer Klasse sind ja damals echt ins Big Eden gegangen, in diese schrille Touristendisco auf dem Ku'damm. Für uns musste es natürlich 'ne Nummer cooler sein: Wir haben eine Stunde vorm *Dschungel* in der Nürnberger Straße angestanden und sind schließlich am Türsteher gescheitert – was Nick im Nachhinein zu einer besonders denkwürdigen Aktion umgedeutet hat. Sein Argument:

»Zu der Zeit hat Benno Führmann an der Tür gearbeitet!«

Wir sind also – vermutlich – von einem zukünftigen B-Promi zurück in die Jugendherberge geschickt worden. Purer Rock 'n' Roll.

Ich bin schon fast durch das Video durch, nur noch fünf Sekunden, noch vier, noch drei. Nick steht auf, das Licht geht aus.

Fertig. Ich schaue auf die Zahlenkolonnen, die den Notizzettel füllen. Immer acht Bit habe ich hintereinandergeschrieben, also ein Byte. Danach kommt ein Zwischenraum. Es sind insgesamt fünfzehn Blöcke, Nicks geheime Botschaft besteht also aus fünfzehn Buchstaben.

Meine Hand zittert, während ich die Nullen und Einsen in die ASCII-Übersetzung eingebe. Das war schon eine verdammt geile Idee, Nickmeister, verdammt geil. Den Trick hätten die kleinen Skript-Pupsis von heute nicht hingekriegt, dafür muss man nämlich wissen, was in der Maschine so abgeht, und nicht nur Icons hin- und herschieben. Oh Mann, ich klinge schon wie er.

Es ist so weit. Die Bits stehen aufgereiht wie Soldaten in der Maske des ASCII-Übersetzungsprogramms und warten darauf, dass ich Eingabe drücke. Ich schließe die Augen. Enter. Als ich sie wieder öffne, steht auf dem Bildschirm:

º|S^s^»,||Z€?,Z^,†|

Ohhh-kayy. Wo liegt der Fehler?

Ach, natürlich, ich dachte, dass Nicks Botschaft beim ersten Bildschirmflackern anfängt, aber vielleicht gehörte auch schon die Dunkelheit davor dazu. Also einfach noch eine Null vor die Zahlenschlange setzen – Bitshift nach rechts – und das Ganze nochmal in Buchstaben umwandeln lassen.

Enter. Weiß auf Schwarz, und diesmal klar leserlich, spuckt das Übersetzungsprogramm die Worte aus.

USEMBASSYFRAGACS

Sie haben ihn also wirklich nicht weit weggebracht, er hat die ganze Zeit quasi um die Ecke gesessen.

*15 T-6: 15:49

Der Auftrag ist klar: Colonel Trautman will, dass ich reingehe und den letzten Mann raushole – den Kameraden, der noch *missing in action* ist. Okay, reingehen stimmt vielleicht nicht ganz, und rausholen eigentlich noch weniger. Nick braucht eher so was wie einen Fluchthelfer.

Seine Nachricht jedenfalls ist eindeutig. **USEMBASSY** verrät, wo er festsitzt, nämlich im Gebäude der ehemaligen amerikanischen Botschaft, der U.S. Embassy. Und **FRAGACS** bedeutet: Ich soll das ACS, das Access Control System, die elektronische Zugangskontrolle, fraggen – also abknallen –, damit er da wieder rauskommt. Das zumindest könnte es bedeuten, unter Umständen.

Immerhin habe ich eine vage Idee davon, wie ich den Beifahrer befreien könnte. Ironischerweise hat uns nämlich die Datacorp selbst beigebracht, wie man antiquierte Sicherheitssysteme überwindet. Alle wichtigen Modelle und möglichen Exploits standen in einer dieser Anleitungen, die wir ständig zugeschickt kriegen, damit wir sie durchackern. Und da der Stoff zur Abwechslung ansatzweise macgyveresque war, habe ich das sogar getan.

Das wichtigste Einbruchswerkzeug liegt schon auf dem Rücksitz unseres Dienstwagens: mein steinaltes Powerbook mit Handymodem, dazu der obligatorische Leatherman und ein paar Drähte, falls Hardwarebasteleien in der Botschaft nötig sind. Hoffentlich sind sie nicht nötig, weil das hieße, gegen das Gesetz zu verstoßen, und das tun wir grundsätzlich nicht gerne.

Nur eine Information fehlt noch, ohne die ich Nick nicht aus seinem Gefängnis befreien kann: die alte Telefonnummer der Botschaft. Die hat die Company nämlich garantiert aus dem Telefonbuch löschen lassen, nachdem sie da eingezogen ist. Eine Datacorp kann man eben nicht einfach so anrufen. Aber vielleicht gibt es eine Lösung. Ich wähle die Nummer meiner Schwester und stelle auf laut.

Klack, Todesschreie gellen durch den Wagen, dann ein gehetztes »Ja?«

»Hi, ich bins ...«

»Hi«, kläfft sie zurück, »rufst du wegen Sonntag an?«

Im Hintergrund zerfleischen sich Itchy und Scratchy mal wieder, es ist kurz vor sechs, Unhappy Hour für alle Mütter, kein guter Zeitpunkt für ein Telefonat. Warum kann man eigentlich nirgendwo mehr anrufen, ohne sich diesen Zombiefilm-Soundtrack im Hintergrund geben zu müssen? Ich muss mich also riiiichtig kurzfassen.

»Sag mal: Ihr hattet doch in der Firma immer diese alten Telefonbücher, oder?« Bevor sie in die Produktion kleiner Zombies eingestiegen ist, hat BigSis bei einem Erben-Ermittler gearbeitet. Das ist so eine Art Detektei, die rausfindet, wer die Kohle kriegt, wenn eine reiche Tante in Amerika stirbt, die keine Ahnung hat, wo ihre Verwandten in Deutschland leben. Für den Laden hat BigSis immer irgendwelchen Jurascheiß erledigt.

Früher auf der Uni, da gehörte sie echt zu den Spitzen-Jura-Babes – sofern man das als Bruder überhaupt beurteilen kann. Sie ist halt dieser Lufthansa-Typ, auf den neunzig Prozent der deutschen Männer stehen, Nick eingeschlossen: groß, schlank, blond. Die ganzen alten Assistenten haben ihr hinterhergehechelt, wenn sie mit Pumps, Blüschen und Perlenkette durchs Seminar trippelte; heute trägt sie Cargohosen und ausgelatschte Crocs.

So richtig dicke waren wir eigentlich nie, aber in letzter Zeit schleicht sich auch in unsere Beziehung so eine Altersmilde ein. Ich helfe ihr sogar, wenn sie irgendwelchen Ärger mit ihrem PC hat. Ich bin quasi der Sis-Admin. Eigentlich ganz nett.

»Klar, die haben von allen großen Städten die Telefonbücher da, bis anno 1900, glaube ich«, keucht sie. Kurze Pause, sie scheint auf die Uhr zu gucken. »Was brauchst du? Wenn ich gleich anrufe, ist noch jemand da.«

»Die Nummer der Ami-Botschaft – von 1989!«

BigSis lacht. »Sag nichts – Nick hat was damit zu tun. Richt' ihm mal aus, dass die Achtziger vorbei sind.«

»Mach ich ständig, aber er will nicht auf mich hören!«

»Okay, ich frag mal nach. Ruf dich gleich wieder zurück.« Und da hat sie auch schon aufgelegt.

Ich drehe den Zündschlüssel um. Das Projekt *missing in action* kann starten, ich bin gleich da, Alter.

Um zur Botschaft zu kommen, muss man einmal quer durch Ehemalistan fahren. Also erst mal rauf auf die vierspurige Straße, wo sich die Diplomaten-Kids seinerzeit heiße Ampelrennen mit den Wagen ihrer Papis geliefert haben. Richtig mutig war das nicht, schließlich pappte auf ihren Karren hinten der »CD«-Aufkleber, und das bedeutete, die Bullen durften nur brüllen, aber nicht beißen.

Heute muss niemand mehr befürchten, dass ihn ein schwarzes Diplomatengeschoss rechts überholt oder von hinten plötzlich ein gigantischer Tross Staatskarossen angerauscht kommt, abgeschirmt von Dutzenden Motorradpolizisten, den *weißen Mäusen*, denen man als kleiner Junge immer staunend hinterhergestarrt hat. Heute fahren alle brav Tempo 70, sodass einem keine Wahl bleibt, als die Vergangenheit in all ihren grässlichen Details in Augenschein zu nehmen.

Durch Ehemalistan zu fahren ist Archäologie in Echtzeit: Erst kommt das Haus, in dem mal die Sowieso-Behörde saß, dahinter türmt sich dieses ehemalige arabische Konsulat auf, das immer aussieht, als hätte man die Badezimmerfliesen außen angebracht, dann biegt man an der Ecke ein, wo das Gebäude des früheren Was-auch-immer-Ministeriums vergammelt. Graue Protzbauten aus den Fünfzigern scrollen am Seitenfenster vorbei, alle mit dem obligatorischen »Büroflächen zu vermieten«-Schild im Fenster, eingetaucht in niemals endenden Regen. Gleich könnte John le Carré aus dem Haupteingang kommen, sich mit hochgeschlagenem Kragen eine Zigarette anzünden und lostraben, um für den Geheimdienst Ihrer Majestät irgendeine miese Sache zu erledigen.

Eigentlich könnte Nick an keinem besseren Ort wohnen. Ehemalistan ist ein kleines, beschauliches Stückchen vom 20. Jahrhundert, mitten in einer völlig unübersichtlich gewordenen Welt, in der mongolische Neonazis gegen chinesische Ölfirmen kämpfen oder so. Wer sich im Jetzt nicht so wohlfühlt, ist hier gut aufgehoben. Wir leben in der Prozac-Provinz – einerseits wirkt sie beruhigend, andererseits kriegt man kaum was davon mit, was um einen herum so passiert.

Das Telefon klingelt, BigSis ist dran.

»Hast Glück gehabt, es war noch jemand im Büro«, verkündet sie leicht außer Atem, »ich sims dir die Nummer gleich.« Mütter erkennt man daran, dass ihre Klamotten und ihre Informationstechnik immer noch aus der Zeit vor dem ersten Kind stammen.

»Cool, danke!«, sage ich extra laut und deutlich.

Das Gebrüll im Hintergrund ist leiser geworden; vermutlich hat sie die Kinder mit dem Fernseher sediert, um die Nachricht tippen zu können. Sie fuhrwerkt irgendwas am Hörer rum.

»Äh, weißt du jetzt schon, ob du Sonntag kommst?«

»Warum nicht?«

Eine bequeme Lüge. Dabei ist ziemlich klar, dass ich am Sonntag mit ihr und Mutter *keinen* Kuchen essen werde.

Hinter welchem Fenster könnte Nick sitzen? Ach stimmt – der Raum hatte ja gar keine Fenster, aber vielleicht geht ja einer der Nebenräume nach vorne zur Straße raus, vielleicht hat er mich ja schon im Wagen gesehen und bereitet seinen Abflug vor.

Ehemalistan ist schon ins Bett gegangen. Auf den breiten Alleen, die für das Verkehrsaufkommen eines geopolitisch wichtigen Zentrums ausgelegt sind, kriechen nur noch ein paar vereinzelte Papis Richtung Eigenheim, die mit ihren Kollegen einen trinken waren.

Auch die Botschaft liegt im Koma: Bis auf das fahle Glimmen von Neonröhren in einigen Fenstern ist der Häuserblock völlig ausgestorben. Zwischen all den Villen mit ihren sorgfältig gestutzten Buchsbaumhecken wirken die Gebäude wie abstoßende Fremdkörper, so, als hätte sie jemand wahllos aus einem Flugzeug abgeworfen.

Genau diese Art von Nachkriegsklotz macht einem immer Gänsehaut. Denn genau in dieser Art von Gebäude haben die Kinder der Achtziger meist Scheiße erlebt. Beim einen war es die TÜV-Prüfstelle, beim anderen das Kreiswehrersatzamt oder das Sekretariat des Schulrektors – all diese Schicksalsorte waren damals in Bunkern aus den Fünfzigern oder Sechzigern untergebracht. Die konnte man schon am Eingang erkennen: An der Tür war immer so ein Messinggriff mit schwarzem Plastik angebracht, der aussah, als ob jemand Lakritz drumgewickelt hätte. Wenn du den mit schweißnassen Händen nach vorne geschoben hast, wusstest du: Gleich gehts ans Eingemachte, gleich haben sie dich am Sack. Vor allem beim Kreiswehrersatzamt.

Ich lasse den Wagen langsam ausrollen, um möglichst viele Details aufzusaugen. Gegenüber der Botschaft schmiegt sich ein kleines Lädchen an den Bürgersteig. **Blumen** steht in nazimäßiger Frakturschrift auf der Fassade. Am Giebeldach hängt eine schmiedeeiserne Laterne. Herr le Carré, der Strauß für Ihre Frau ist fertig.

Obwohl in der Botschaft seit Jahrzehnten keine Staatsangelegenheiten mehr abgewickelt werden, wirkt sie immer noch wie eine Festung. Achtung, Sie verlassen West-Berlin! Der Zaun besteht aus dicken Stahlstangen und sieht nach militärischem Sperrgebiet aus. Oben sind so spitze Zacken drauf, die jedem, der rüberklettern will, die Gedärme rausreißen und … Shit! Überall, wo das Grundstück eine Biegung macht, sind auf der Zaunkrone Kameras installiert, also bloß nicht zu langsam werden.

Die Hauptpforte kommt näher. Sieht alles ziemlich fertig aus: Gleich vorne an der Straße steht ein kleines Häuschen, bei dem alle Scheiben eingeschlagen sind; hinter den leeren Fensterrahmen hängen die Reste von Jalousien. Neben dem Kabuff haben sie eine kleine Schleuse eingebaut, durch die sich die Besucher quetschen müssen, natürlich gesichert mit Ganzkörperdrehkreuz, damit immer nur einer auf einmal reinpasst. Wie hochgerüstet der Scheiß wohl heute wäre, nach 9/11?

Da! Das ist es – diese kleine Säule direkt neben der Besucherschleuse. Da steckt das Zugangssystem drin. Es ist ein viereckiger schlanker Klotz, vielleicht einsfünfzig hoch, rundherum mit eloxiertem Stahl verkleidet. Vorne ist nur ein kleiner Schlitz zu erkennen, wie bei einem Kassenautomaten im Parkhaus, da kommt die Codekarte rein. Sieht nach einem alten Modell von AT&T aus, bei Sicherheitstechnik vertrauen die Amerikaner natürlich nur einheimischen Firmen.

Hinter der Sperre wirds noch abgefuckter. Der Asphalt auf dem Vorplatz ist an vielen Stellen aufgesprungen. Aus dem runden Beet in der Mitte, wo früher stolz das Sternenbanner wehte, quillt ein Berg von Gestrüpp. Ranken strecken ihre Zweige über die halbe Straße aus. Autos fahren da anscheinend nicht mehr viele rum.

Vorsichtig weiterrollen, immer schön in Bewegung bleiben. Hinter der Pforte geht der Zaun normal weiter, vielleicht noch zwanzig Meter, dann knickt er nach hinten ab und verschwindet im dunklen Gestrüpp des Gartens. Ich brauche einen Platz, von dem aus man den Eingang noch erkennen kann – falls Nick da rauskommt. Gleichzeitig muss ich weit genug weg sein, damit die Kameras mich nicht erfassen.

Gleich hinter dem Ende des Botschaftsgrundstücks bricht wieder der Nachkriegswohlstand aus. Das nächste Haus ist derart gepflegt, dass es einem fast Tränen der Rührung in die Augen treibt. Hier wohnt eine gute Seele, die definitiv etwas von deutscher Sauberkeit versteht. Das weiße Mäuerchen strahlt selbst im Nieselregen so hell, als wäre es gerade erst vor zehn Minuten gestrichen worden. Ich parke den Wagen zwischen zwei alten Platanen ein und mache den Motor aus. Und was nun? Wie kriege ich Nick aus dieser Festung raus?

Es gibt drei Methoden, diese ollen Kartenschlösser zu überlisten – so stand es zumindest in der Anleitung der Company. Erstens: Du besorgst dir die Codekarte von jemandem, der rein darf, und kopierst sie. Da die Dinger im gleichen Format wie stinknormale Kreditkarten beschrieben werden, ist das völlig easy – aber eben nur, wenn du an eine Originalkarte rankommst.

Möglichkeit zwei: die harte Tour, also an der Hardware rumschrauben. Dafür muss man an eine der Leitungen ran, die den

Kartenleser mit dem Zentralrechner verbinden. Der Nachteil ist, dass man dafür an den Drähten rumfummeln muss. Das wäre in einem Perimeter, das so mit Videokameras gepflastert ist, der totale Selbstmord.

Bleibt noch der elegante Retro-Ansatz:

Die War-Games-Methode.

Um mir Mut zu machen reibe ich theatralisch die Hände gegeneinander, so als müsste ich gleich ein Tresorschloss mit viel Fingerspitzengefühl knacken. Dann schalte ich das Powerbook ein – Schlösser aus der Vergangenheit lassen sich eben nur mit Werkzeugen aus der Vergangenheit überlisten. Hinter den feuerfesten Edelstahl-Verkleidungen der Kartenschlösser tickt nämlich noch Technik von 1984. Laut Datacorp-Handbuch werden alle Zugangssysteme dieses Typs von einem alten HP-Rechner gesteuert, auf dem irgendein Unix-Dialekt läuft. Diese Altlast gegen eine schnellere Kiste auszutauschen wäre totale Geldverschwendung, da der Zentralcomputer nur einen total simplen Job erledigen muss: Er prüft, ob eine Karte, die gerade durchgezogen wurde, die richtige Nummer hat und ob derjenige auch rein darf. Dann sendet er das Okay an das Schloss und die Tür geht auf.

Der angestaubte Zentralrechner ist die Schwachstelle des Systems – hier kommt Einbruchsvariante drei ins Spiel: Die meisten dieser Computer sind über ein Modem mit dem Telefonnetz verbunden, damit man sie aus der Ferne warten kann. Und exakt da werde ich jetzt mal anrufen.

Am liebsten würde ich mir vor Freude den kleinen Finger Dr.-Evil-mäßig in den Mundwinkel halten. Deshalb scheißt Nick also immer so gerne klug: Es ist ein verdammt erhebendes Gefühl, mal was zu wissen.

Wenn es einen Film gibt, den wir hassen, dann ist es ja »War-Games«. Heul, heul, beim Atomkrieg gibt es keine Gewinner, da verlieren alle – diese Message zog einem der Streifen derart platt über den Schädel, dass es weh tat. Nur eine Szene, die war sexy – die, in der Broderick mit seinem Rechner alle Telefonanschlüsse in Sunnyvale durchtelefoniert, bis er an einen Computer gerät, in den er einbrechen kann. Wardialing heißt der Trick seitdem. Und genau das werde ich jetzt auch probieren. Klar: Wardialing ist total kindermäßig und Old School. Also genau mein Niveau! Und außerdem könnte es hier wirklich funktionieren.

Ich starte das Wählprogramm und gebe die alte Telefonnummer der Botschaft ein: 83050. BigSis, gelobt sei dein ehemaliger Arbeitgeber! Ich drücke auf den schwergängigen Schalter unterhalb des Touchpads und das Powerbook rödelt los. Das Wählprogramm wird jetzt über das Mobilfunkmodul alle Nebenstellen in der Botschaft abklappern, angefangen bei 8305-1, dann 8305-2 und so weiter. Angeblich können die Jungs vom Team Magenta dieses Wardialing nach einiger Zeit am wilden Gewähle bemerken und kappen einem dann die Leitung, klingt aber eher nach einem Märchen. Und außerdem läuft der Hack – wie sollte es bei uns auch anders sein – ziemlich höflich ab, schließlich klingelt der Dialer ja nicht reihenweise unbescholtene Bürger raus, sondern ruft nur in einem Gebäude an, in dem hundertpro keine Menschenseele mehr wohnt.

Lustig blinkt die grüne Diode am Funkmodul vor sich hin. Nummer nach Nummer probiert der Dialer jetzt durch. Er horcht kurz, ob sich ein Modem meldet, und wenn nicht, legt er auf und macht mit der nächsten Nebenstelle weiter. Klar wird das teuer – aber, hey, der Arbeitgeber zahlt ja – und obendrein zahlt er dafür, dass ich *bei ihm* einbreche! Der Dr.-Evil-Reflex meldet sich wieder. Schade, dass Nick nicht dabei ist.

So richtige Hacker waren wir ja nie, auch wenn wir heute manchmal so tun. Wir sind halt die IT-Landser, und wenn die von ihren

Gefechten an der Datenfront erzählen, muss es doch nach was klingen! Also brabbelt Nick gerne davon, wie er sich mit seinem Akustikkoppler früher überall reingemogelt hat. Die Aktionen liefen natürlich total harmlos ab, ein fremder Rechner war nur ein einziges Mal dran, und selbst da hat Nick nach einer Minute aufgelegt, weil er Panik hatte, die Post käme ihm auf die Schliche.

In Wirklichkeit sah Hacking für uns damals so aus: Wir haben die Sprites von dem Männchen aus *Impossible Mission*, das immer so cool Salto schlug, aus dem Spiel rausgeprokelt und dann in ein Intro transplantiert, in dem dann zwei dieser Männchen auf der Stelle gegeneinander joggten. Darunter wurde dann ein Laufband gepackt, in dem der Nickmeister und Kee ihre überlegenen Hackerskills lobten. Und natürlich allen anderen Crews die Bullen und/oder den Tod an den Hals wünschten.

Das war alles Kinderkacke. Doch das hier, das ist echt.

Es geht gut voran, der Dialer ist schon bei der Nebenstelle 23 angekommen. Sollte der Zentralrechner, der alle Kartenschlösser steuert, wirklich am Telefonnetz hängen, müsste ihn das Powerbook bald entdecken und Kontakt aufnehmen. Aber was dann?

Der Moment der Wahrheit kam schneller, als ich erwartet hatte. Bei Nebenstelle 42 schlug der Dialer Alarm: Er hatte am anderen Ende der Leitung ein Modem geortet, Datenrate: 9600 Baud, ein Unix-System.

Und jetzt strahlt auf dem Bildschirm das gefürchtete Prompt, grün auf schwarz, im alten Terminal-Look, so, wie Gott ihn erschaffen hat.

LOGIN NAME?

Shit, was jetzt? Ich könnte das Powerbook anweisen, ein Wörterbuch mit möglichen Login-Namen durchzuprobieren, doch das wäre Schwachsinn, weil der Rechner auf der anderen Seite unter Garantie nach drei falschen Antworten die Schotten dicht macht. Bleibt also nur raten. Vorsichtig tippe ich fünf Buchstaben ein:

GUEST

Und Enter. Die Frage nach dem Login-Namen verschwindet.

Das kann nicht wahr sein, es funktioniert! Die Datacorp, der multinationale Megakonzern, brilliert mal wieder mit IT-Sicherheit wie bei Muttern. Brav meldet sich der Dinosaurier am anderen Ende der Leitung mit der nächsten Fangfrage.

PASSWORD?

Jetzt wird die Sache nochmal haarig. Fest steht: Wer immer den Zentralrechner für die Kartenschlösser installiert hat, war extrem bocklos. Denn Login-Namen wie GUEST sind vom Hersteller des Computers voreingestellt, und jeder halbwegs seriöse Admin hätte sie längst geändert. Nein, die Firma setzt mal wieder auf *security through obscurity.*

Das Prinzip *Sicherheit durch Unauffälligkeit* ist ganz simpel: Also angenommen, man wohnt in der Bronx und hat Angst, dass bei einem eingebrochen wird. Dann kann man sich die Tür mit einer Batterie von Schlössern zuhauen – und riskieren, dass die Einbrecher so erst recht auf einen aufmerksam werden. Oder man praktiziert *security through obscurity*: In diesem Fall schließt man die Wohnungstür extra nicht ab, damit niemand auf die Idee kommt, dass es hier was zu klauen gibt. Schlau. Funktioniert aber nur so lange, bis irgendein Stümper um die Ecke kommt und einfach an jeder Tür testweise mal die Klinke runterdrückt. Also jemand wie ich.

Ein Kribbeln wandert von meinen Fingerspitzen aus die Arme hoch und wieder zurück zur Tastatur. Obwohl durch den Spalt im Fahrerfenster kühle Abendluft reinbläst, kleben meine T-Shirt-Ärmel unter den Achseln fest. Da muss der Beifahrer erst mal entführt werden, bis ich was auf die Reihe kriege. *Rot Fünf* hier, ich bin fast da ...

Warum weiter nachdenken?

Übermütig haue ich als Passwort einfach PASSWORD rein. Und Enter.

LOGIN INCORRECT

Na gut, dann eben noch banaler: Ich gebe einfach nochmal GUEST ein.

Bingo, auch die Frage nach dem Passwort verschwindet. Auf einmal ist alles ein Spaziergang.

Der Cursor in der Terminalzeile setzt kurz aus, dann begrüßt mich der Computer der Sicherheitszentrale freundlich:

WELCOME TO DATACORP, OSIRIS ACS ONLINE

Yesssss. Unfassbar: Die Botschaft einer ehemaligen Weltmacht ist auf mein dilettantisches Old-School-Ratespiel reingefallen. Auf dem Bildschirm rattern reihenweise Buchstabenkolonnen runter. Wirre Kapitale fliegen vorbei. **MAINT**, **ADDUSER**, **DELUSER**. Wie damals auf dem Norton Commander, wenn wir mal wieder per Hand eine Startdiskette zusammenzimmern mussten.

Sorglos lasse ich den Cursor über die Menüpunkte wandern. Wenn mich der Oldie so leicht reinlässt, kann man hier bestimmt nichts ernsthaft kaputtmachen. Dann wäre alles besser geschützt. **EDITPRIO**, **CHNGPWD**. Was soll der ganze Scheiß nur heißen? Ohne Handbuch habe ich keine Chance, das zu durchschauen. Bleibt nur jene Methode, die wir unser ganzes Leben lang perfektioniert haben: rumprobieren. Sinnloses Rumprobieren. Damit haben wir noch jedes Game gepackt. Und was im Game klappt, klappt auch im Leben.

Also los. Tic, Tac oder Toe? Ich lasse den Cursor ziellos durch die Optionen hüpfen. Da! Das sieht gut aus: **FIREDRILL**.

Feueralarm-Übung. Wenn der Ami vor einer Sache totale Panik hat, dann ist es Feuer. Bei dem Thema ist er völlig paranoid. Selbst im Datacorp-Einsteigerseminar damals – und das dauerte nur läppische drei Tage –, hat uns der Trainings-Heini sofort als Erstes eingeschärft, was zu tun ist, falls es im Seminarraum mal brennt.

Feueralarm – das könnte das Sesam-öffne-dich sein! Wenn die Bude in Flammen steht, können die Leute schließlich nicht mehr ihre Codekarten rauskramen, um eine Tür zu öffnen. Dann müssten ja sofort alle Schlösser entriegelt werden.

Was habe ich zu verlieren?

Klick. Ich wähle die Feueralarm-Übung und bestätige.

Kurzer Black-out auf dem Monitor, dann baut sich der nächste Bildschirm auf. Diesmal steht in jeder Zeile dasselbe: immer **LOCK**, dahinter eine Nummer und dann in Grün der Schriftzug **ACTIVE**. Zack. Plötzlich schickt der Rechner in der Botschaft neue Daten, Zeile für Zeile wird überschrieben. Wo eben noch freundlich **ACTIVE** flimmerte, steht plötzlich blutrot **INACTIVE**.

Was ist das auf einmal für ein Lärm?

Scheiße. Für diese Aktion müssen meine Alten bis ans Ende ihrer Tage zahlen. Ach ne, die müssen ja gar nicht mehr zahlen. *Ich* bin ja jetzt der Erwachsene, *ich* muss ja jetzt zahlen, wenn ich Scheiße baue. Erwachsene haften ja für sich selbst. Und das wird teuer. Der Rüter aus unserer Stufe, der hat ja damals aus Spaß mal einen Krankenwagen zur Party seiner Ex-Freundin geschickt, hat den Maltesern am Telefon was vorgefaselt, von wegen dass sich einer mit 'nem Glas die Pulsadern aufgeschlitzt hätte oder so. Am Schluss bekamen die Bullen natürlich alles raus und er musste für den gesamten Einsatz löhnen, ein paar tausend Mark oder so, munkelte man auf dem Schulhof. Seine Eltern haben ihm einen thermonuklearen Einlauf verpasst und dann das Taschengeld gestrichen. *Nichts* konnte der mehr machen bis zum Abi, nichts. Jede Mark hat ihm sein Alter abgeknöpft, und dabei hatte er nur *einen lächerlichen* Krankenwagen gerufen.

Bei den Amis heißt der Spaß ja SWATing. Man hackt sich ins Polizeinotrufsystem rein und fingiert eine Meldung, die besagt, dass im Haus des Kumpels eine Leiche liegt, plus Drogenpäckchen, Waffen und so weiter. Ein paar Minuten später rückt dann das Einsatzkommando mit Schrotgewehren, Hubschrauber und Hunden an, um die ganze Bude auseinanderzunehmen.

Die Adern in meiner Schläfe pochen wie bekloppt. Das kann alles nicht wahr sein. Die Botschaft sah doch völlig verlassen aus, und es war schließlich nur ein alberner Befehl in einer Bildschirmmaske.

Er reichte anscheinend aus.

Im Rückspiegel ist jedenfalls die Hölle ausgebrochen. Scheinwerfer blitzen auf, eine Sirene heult, hinter den Fenstern zucken auf einmal Schatten vorbei. Das ist mit Abstand der größte Scheiß, den ich je gebaut habe – außer Sabina gehen zu lassen, vielleicht.

Schnell, den Motor anmachen, jetzt nichts wie weg. Wenn ich schön langsam fahre, fällt den Bullen unser Langweiler-Dienstwagen vielleicht gar nicht auf.

Doch was ist, wenn Nick wirklich noch da drin ist? Und wenn er fliehen kann? Dann steht er vor der Tür und ich bin abgedampft. Okay, er kriegt dreißig Sekunden, vielleicht taucht er noch auf.

Völlig idiotisch, der Abend damals. Alles lief gut. Sabina lachte und schnappte sich meine Hand, als wir aus der Schmetterlingsbahn rauskamen. Mir war schlecht, aber das spielte keine Rolle.

※16 T-6:11:46

Amature wife from Ukraine – watch her masterbate. SEXY!

Wenn eine Pornobildchen-Serie so eine Überschrift hat – mit genau diesen Fehlern –, kann man zu einhundert Prozent sicher sein, dass die Fotos vor einer Wand aufgenommen wurden, die genauso aussieht wie die Wand, an der der Beifahrer gerade lehnt. Es *muss* eine Vertäfelung aus Eiche sein, bei der die Latten am Rand schön speckig und abgegriffen aussehen. Sie müssen so glänzen, dass man den Mief von Kippen und Gleitcreme mit Kokosduft förmlich riechen kann. Außerdem wichtig: Sowohl Vertäfelung hinter dem Ehebett als auch *Amature wife* müssen von dem Herrn mit der Kamera brutalstmöglich von vorne zugeblitzt werden. Als Garnierung der Saunaclub-Idylle sind ferner erlaubt: eine Medion-Stereoanlage in der Ecke oder ein Monobloc-Gartenstuhl als Sitzgelegenheit im Hintergrund.

Seit zehn Minuten versucht eine arme Schnake, sich die Vertäfelung hinter Nicks Bett hochzukämpfen, Richtung Decke, wo die Energiesparbirne hängt. Immer wenn sie die obere Kante des Holzes erreicht hat, rutscht sie zurück aufs Bett und krabbelt wieder los. Langsam müssten die Viecher doch gepeilt haben, dass das da oben kein Mond ist. Und auch keine Raumstation.

Der Beifahrer sieht schrecklich aus. Seine Augen, die sonst immer so jungs- und Paul-Newman-mäßig strahlen, dämmern tief in den Höhlen vor sich hin. In seinen ungewaschenen Haaren spiegelt sich das kalte Gefunzel der Birne, und sein ehemals stolz gestärktes Business-Hemd ist zu einem Faltengebirge verkrumpelt, das auf einer Seite aus dem Hosenbund raushängt.

Dabei geht es jetzt schon wieder, im Vergleich zu vorhin. Als er sich mit letzter Kraft in den Wagen hievte, dachte ich, er würde gleich umkippen, so fertig sah er aus. Es war eine dieser Extremsituation, mit denen ich völlig überfordert bin.

Und Junge, es dauert verdammt lange, im 21. Jahrhundert eine Zelle zu finden. Immerhin beruhigte sich Nick ein bisschen, nachdem er telefonieren durfte. »Habe Sabina gesagt, dass sie mit der Kleinen zu ihrer Mutter fahren soll. Sicher ist sicher«, stammelte er rum. Dann gab er noch den Befehl aus, nach Norden zu fahren, raus aus Ehemalistan, und ließ sich in den Beifahrersitz zurückfallen.

Die nächsten vierhundert Kilometer war es verdammt ruhig in unserer Karre. Nick kramte seinen geliebten GPS-Störsender raus uns stöpselte ihn ein – für den Fall, dass die Firma unseren Wagen mit einem Peilsender verwanzt hat. Danach verfiel er in seine typische Duldungsstarre und unterbrach sie nur, um seltsam belanglosen Autobahn-Smalltalk abzusondern, wie »Mit der Brücke werden sie wohl nie fertig« oder »Fährst du nachts auch so ungern?«.

Als wir das Ziel unserer Fluchtfahrt erreicht hatten, war es schon nach zwölf und wir taumelten wie Zombies aus dem Dienstwagen. Nick bestand darauf, nicht in einem der Kettenhotels einzuchecken, wo die Company Rabatt kriegt, sondern in einer miesen Pension direkt neben dem Bahnhof. Ich traute mich schon gar nicht mehr nach dem Grund zu fragen, denn die Antwort war ohnehin klar. Es würde hier »sicherer« sein.

Dem Studi am Empfangstresen pfefferte Nick so laut ein »Wir zahlen sofort – in bar!« um die Ohren, dass der richtig zusammenzuckte.

Ich hab meinen Kumpel dann erst mal eine halbe Stunde auf dem Zimmer allein gelassen, damit er sich wieder zusammensetzen konnte. Als ich von meiner Tour um den Block zurückkam, sah er schon besser aus. Von dem mitgebrachten Döner probierte er nur zwei Bissen, dafür stürzte er die Dose Astra fast in einem Zug runter. Per aspera ad astra, haha. Ich bin also sofort nochmal runter, um ihm eine zweite zu holen, was er immerhin mit einem Anflug von Lächeln quittierte. Quaxis gabs an dem Kiosk leider nicht.

Jetzt sitzt er da, vor dieser ukrainischen Amateurporno-Vertäfelung, und starrt auf den Bodenbelag. Genau das gleiche Linoleum lag bei meinem Opa im Hausflur – hautfarbig und mit verschmierten braunen Flecken, als ob jemand jahrzehntelang Schnaken darauf totgetreten hätte. Ab und zu schreckt er kurz hoch. Dann rast sein Blick einmal kurz zum Sperrmüll-Nachttisch, wo das Tape liegt, und wieder zurück auf den Boden. Die Kassette hat er seit der Flucht aus der Botschaft keine Sekunde aus dem Auge gelassen.

Seine zweite Dose ist halb leer und die Zeit ist reif, das Schweigen zu brechen.

»Komm schon: Wie ist die Sache gelaufen?«, erkundige ich mich möglichst beiläufig. Autsch, das war haarscharf am Frauenklassiker »Willst du reden?« vorbei. Die Altersweichheit greift um sich.

Ohne seine Dose aus der Hand zu nehmen, reibt sich Nick mit dem kleinen Finger das ohnehin schon rote Auge.

»Du weißt doch, wie das läuft ...«

»Nein, weiß ich nicht«, unterbreche ich ihn.

Er macht mit den Händen eine entschuldigende Geste.

»Na, die Company steht doch eher so auf die softe Straftat.«

»Heißt?«

»Das Übliche: Ein Typ steht mit 'nem schnellen Wagen vor der Tür, erzählt, dass man total dringend gebraucht werde und sofort mitkommen solle. Ach ja, und dass *du* dabei wärst, hat er auch behauptet.« Beim »Du« zeigt er zu mir rüber.

»War ich nicht!«

»Schon klar.« Nick kippt den Rest des Astra runter und guckt sich nach einem Platz um, wo er die Dose abstellen kann. Zunächst wandert sein Blick zum Nachttisch, wo schon das Tape liegt. Er zögert kurz. Nein, da könnte sie umfallen – zum Beispiel im Fall eines starken Erdbebens – und unseren Schatz benetzen. Also wandert seine Hand zurück und er platziert die Dose auf der Überdecke seines Betts, wo sie natürlich sofort umkippt und ein paar Tropfen ausspuckt. Egal, Hauptsache, dem Band ist nichts passiert.

Nach und nach rückt er mit der ganzen Story raus. Ein Datacorp-Fahrer war tatsächlich mitten in der Nacht vorm Büro aufgetaucht, um ihn einzusammeln. John selbst habe den Auftrag autorisiert, hat das Schwein eiskalt gelogen. Nachdem sie ihn in die Botschaft gekarrt hatten, wurde die Sache wohl schnell ungemütlich. Erst haben sie Nicks Telefon und seine persönlichen Sachen einkassiert, danach wurde er mit einem indischen Kollegen zusammengepfercht, der gerade dabei war, das Tape durch eine x-beliebige Bandmaschine zu jagen.

»Das konnte ja nichts werden«, kommentiert Nick, mit einer Spur seiner alten Hochnäsigkeit. Er verachtet wieder andere Menschen – ein gutes Zeichen.

Nachdem der Inder dem Tape nichts entlocken konnte, übergaben sie Nick die Sache, wobei sie ihn natürlich keine Sekunde aus den Augen ließen. Deshalb sah sein Blick auf dem Überwachungsvideo so angestrengt aus; der andere Typ von der Company saß ihm die ganze Zeit gegenüber. Viele Worte wurden wohl nicht verloren.

Ungefähr eine Minute nimmt sich Nick für die Geschichte von seiner Gefangenschaft. Dabei versucht er, alles so klingen zu lassen, als sei gar nichts Schlimmes passiert. »Da hat keiner mit 'ner Glock rumgefuchtelt und ›Entführung!‹ gebrüllt oder so«, sagt er im gekünstelten Plauderton. Anscheinend ist es ihm unangenehm, von der Sache zu erzählen, jedenfalls steigt er – wie immer, wenn er angespannt ist – in eine Beschreibung von technischen Petitessen ein. Das ist sein Valium, und weiß Gott, ich gönne ihm seine Dosis.

»Erstens: Der Read-out von der Bandmaschine war völlig korrupt. Zweitens: Mit diesem 86er, vor den sie mich gesetzt haben, hätte ich die Daten nicht in hundert Jahren entschlüsseln können.« Er rollt mit den Augen wie ein kleines Mädchen, das seinen Freundinnen auf dem Schulhof erklärt, welcher Popstar in dieser Nanosekunde *überhaupt* nicht mehr angesagt ist. »Es war völlig klar, dass die ganze Aktion zu nichts führen würde.« Verschmitztes Lächeln. »Und dann habe ich die Überwachungskamera gesehen ...«

Ich grinse zurück und proste ihm mit meinem Astra zu. Da seine Dose ja schon leer ist, nickt er nur wohlwollend.

Hättest du wohl nicht gedacht, dass der platte Herr Kee die Sache mit dem ASCII-Code rafft, denke ich.

Hätte nicht gedacht, dass er die Sache mit dem ASCII-Code rafft – aber das darf ich mir natürlich unter keinen Umständen anmerken lassen, denkt der Beifahrer.

Darauf, dass er mich für das Entschlüsseln seiner Videobotschaft oder meinen Kartenschloss-Hack lobt, werde ich wohl noch lange warten müssen, vermutlich ewig.

Jetzt! Die Schnake hat es tatsächlich bis zur Decke geschafft. Als ob sie es gar nicht abwarten könnte zu verbrennen, zuckt sie in immer engeren Kreisen um die Birne herum. Draußen hallen Männerschritte durchs Treppenhaus. Die Herren lachen laut, machen Witze in einer fremden Sprache. Es klingt nach Polnisch – oder Ukrainisch? Wahrscheinlich sind es Typen, die gerade von irgendeiner Art von »Montage« zurückkommen, um Kohle für ihre *Amature wife* ranzuschaffen, damit die sich noch einen passenden Wohnzimmerschrank mit Vitrine aus Eiche kaufen kann.

»Und jetzt?«, frage ich.

Nick zieht das Kopfkissen unter der Tagesdecke raus, die wie ein rauer, schwimmbadgrüner Aufnehmer aussieht, und stopft es sich in den Nacken. Dann wirft er einen letzten Blick auf das Tape, murmelt »Morgen, Alter«. Zehn Sekunden später atmet er schon ganz ruhig. Er hat nicht mal seine Anzughose ausgezogen.

❋ 17 T-6:01:49

»Eins, zwei oder drei ...«, sage ich.

»Du musst dich entscheiden, drei Felder sind frei«, leiert Nick runter, während er in die Öffnung seines Milchkaffees reinlinst, um zu erkennen, wie viel noch drin ist. Obwohl wir im ganz regulären Bedienungsbereich des Cafés sitzen, haben wir beide Mitnehmbecher mit Kleckerdeckel bestellt, aus reiner Gewohnheit. Nachdem sich der Beifahrer überzeugt hat, dass der Füllstand noch für fünf Minuten reicht, schaut er wieder hoch.

»Gähn, Alter, hast du nichts Besseres auf Lager?«

Okay, das war wirklich zuuuu einfach. Vielleicht was aus der »Next Generation«, irgendwas, das nicht so auf der Hand liegt wie Michael Schanze.

Ich lehne mich ein bisschen vor, als würde ich in einen Replikator reinsprechen: »Tee, Earl Grey!«

»... heiß«, feuert Nick sofort zurück.

Unser Frühstück läuft exzellent, obwohl es streng interpretiert keins mehr ist, denn wir haben uns erst gegen elf aus der Poofe geschält und am Geldautomaten gegenüber der Pension erst mal Geld gezogen, weil wir ja ab sofort alles bar bezahlen müssen. Jetzt ist es kurz nach zwölf, also eher Mittagszeit. Doch wir waren beide einfach zu erledigt, um früher aufzustehen.

So richtig repariert sieht Nick immer noch nicht aus: Seine Haare stehen in alle Himmelsrichtungen ab und über seine Wange zieht sich der Abdruck einer Lakenkante, auf der er anscheinend neun Stunden lang gelegen hat. Die einzige Sache, die er nach dem Aufstehen sorgfältig erledigt hatte, war, die Hülle des Tapes auf Schäden zu untersuchen und es danach in seiner Hosentasche zu verstauen.

Unsere ewige Flucht vor allem, was potenziell einheimisch oder hip ist, hat uns in eine Ketten-Bäckerei direkt neben dem Bahnhof getrieben. Sicher, wir hätten uns auch neben die Fahrradtaschen-Heinis setzen können, die in der szenigen Coffeebar-Schrägstrich-Buchhandlung um die Ecke über ihren Apfelrechnern kauerten und eifrig Pionierarbeit in der digitalen Arbeitswelt der Zukunft leisteten. Oder in dieses herrlich altmodische Café am Hafen, oder oder oder ... Hach, es hätte so viele Optionen gegeben. Und weil es so viele waren, haben wir uns für die erstbeste entschieden: für die seelenlose Ketten-Bäckerei mit ihrer klimatisierten Berechenbarkeit.

Hier hocken wir also seit einer Stunde, und weil die Kumpellaune wieder halbwegs hergestellt ist, spielen wir Auto-Ausfüllen. Die Regeln sind einfach: Einer startet mit einem bekannten Satz aus Funk, Film oder Fernsehen, der andere muss ihn korrekt ergänzen – ein Spiel, bei dem nur Menschen gewinnen können, die schon einmal im Hallenbad versucht haben, so zu schwimmen wie der *Mann aus dem Meer*.

Ich bin wieder mit Aufschlag dran. Man muss ihn doch irgendwie aus der Reserve locken können, wenn man nur tief genug im Speicher kramt ...

»Übrigens, ich heiße Max ...«, lege ich vor.

»... ich kümmere mich um die beiden«, pariert Nick.

Dann aber bitte alles von vorne!

»Das ist mein Boss, Jonathan Hart ...«, pfeffere ich übers Netz.

»... ein echter Selfmade-Millionär!«, retourniert der Beifahrer.

»Der hat Nerven!«, sagen wir im Chor und müssen lachen. Ich habe erst vor ein paar Jahren so richtig kapiert, was da am Ende jeder Folge von »Hart, aber herzlich« abging, wenn die Eheleute Hart in die Koje stiegen und Jennifer ihrem Jonathan ins Ohr hauchte »Hallo Matrose«. Klar, man konnte sich vorstellen, was sie danach taten, aber, aber, aber – die waren doch so *superalt*! Jenny sah ziemlich genau wie Nicks Mom damals aus, mit ihren rot gefärbten Haaren. Oh Gott, ja, bitte einmal gut mit Hirn-Domestos durchspülen.

Wir spielen die Runde auf einer Arschbacke zu Ende, dann gehe ich nochmal zur Theke, um eine weitere Runde Kaffee und ein paar Brötchen zu holen, die natürlich nicht »Brötchen« heißen, sondern Namen tragen, die überhitzten Vermarkterhirnen entsprungen sind – Namen wie Crappo, Wuppo oder Bluppi.

Wer auch immer das Interieur der Bäckerei stylen musste – er hat sich wirklich streng an Howard Schultz' Handbuch der generischen Gemütlichkeit gehalten. Alles ist vorhanden, was die seelenlose Kette braucht: das dunkle Klickparkett, die unvermeidlichen rostroten Wände, die farblich passenden Polstermöbel – anheimelnd und dennoch abwaschbar. Aus den Boxen zirpt dazu unauffälliger Konsens-Jazz, Birth of the Uncool. Alles so wie beim Original mit der Meerjungfrau im Logo, nur eben durch den deutschen Spießerfilter genudelt.

Nachdem ich alles zum Platz zurückbalanciert habe, ist die Zeit gekommen, so sanft wie möglich mal das Thema Zukunft anzuschneiden. Wir können ja nicht ewig in dieser Absteige hausen, nur aus Angst davor, dass uns die Company aufspürt, sobald wir was mit Kreditkarte bezahlen.

»Mal im Ernst, Alter: Wie gehts weiter?«

Nick faltet die Hände wie zum Beten und bläst zwischen den Daumen hindurch, bis ein hohles Pfeifen rauskommt und sich die ersten Gäste umdrehen. Nachdem er mit dem Entenlockruf fertig ist, mustert er eine Horde Bankangestellte, die am Schaufenster vorbeisprintet, um sich noch vor dem nächsten Gewitterschauer ihre Mittagspausen-Brötchen zu holen. Er spielt unsere Möglichkeiten durch.

»Lass uns mal logisch vorgehen ...« Gerne, Mister Spock, gerne! »... die Typen aus der Botschaft werden nicht locker lassen, bis sie die Daten vom Band haben. Ihnen das Tape einfach zu schicken reicht nicht, weil sie jemanden brauchen, der es ausliest. Auf ein weiteres F2F-Treffen habe ich keinen Bock, nachher schicken sie wieder irgendeinen Psycho, der mit einer Glock rumfuchtelt.« Der Bruch, den sich Nick damals oben in Washington zugezogen hat, ist nicht gerade spitzenmäßig verheilt. Manchmal humpelt er sogar noch ein bisschen.

»Bedeutet was?«

»Bedeutet ...« Nick dreht sich wieder zum Schaufenster um und redet Richtung Glas, um den Rest des Satzes besonders abgebrüht klingen zu lassen. »Bedeutet, dass wir die Sache selbst durchziehen müssen.« Obwohl er dabei Bruce-Willis-mäßig die Augen zusammenkneift, weiß ich, dass auch er kein gutes Gefühl bei der Sache hat.

Zwei Bluppis später steht unser Masterplan, wobei Andie an dieser Stelle zu Recht mit den Fingern zwei Anführungszeichen um das Wort »Plan« herum in die Luft malen würde. *Thinking of a masterplan*, yeah, von Eric B.; den Drumloop des Songs hat Farian später nochmals für Milli Vanillis »Girl You Know It's True« verbraten, oder? Nick wüsste es sicher, aber er ist gerade damit beschäftigt, weiter Richtung Glasscheibe zu dozieren.

»Also, die erste Regel beim Retrocomputing lautet: Selbst ein perfekt erhaltenes Speichermedium nutzt dir nichts ohne die passende antike Hardware. Also eine fabrikneue Diskette zum

Beispiel taugt nichts, wenn du nicht weißt, in welchem Format sie beschrieben wurde und von welcher Art von Laufwerk.«

»Hm, schon klar.«

Wie immer, wenn er sich einer Sache nicht ganz sicher ist, fängt er mit seinem Vortrag bei Adam und Eva an, um Zeit zum Nachdenken zu schinden.

»... das heißt: Wenn wir das Datentape wirklich auslesen wollen, brauchen wir den gleichen Rechner, mit dem es aufgenommen wurde. Einige Bandlaufwerke beschreiben die Bänder nämlich serpentinenförmig mit Daten, der IBM einundfünfzig-zehn dagegen ...«

»Das kaputte Teil aus dem Flugzeug?«

»Genau. Na, der Rechner beschreibt das Band nämlich in zwei parallelen Spuren ...«

Junge, Junge. Gabs bei den Simpsons nicht mal 'ne Folge, in der die Welt aus der Sicht des Hundes gezeigt wurde? Der sah alles nur schwarz-weiß, und was die Leute sagten, klang völlig unverständlich, so nach schrägen Trompetentönen. Genauso komme ich mir manchmal vor, wenn der Beifahrer schwadroniert. Mal ein bisschen vorspulen ...

»Das heißt, wir brauchen unbedingt so einen alten IBM-Rechner, wenn wir ein Band, das damit aufgenommen wurde, abspielen wollen?«, unterbreche ich.

Nick zuckt kurz zusammen.

»Äh, genau.«

»Und kennste jemanden, der einen hat?«

Nick reibt sich ein paar einsame Stoppeln am Kinn. So unverschämt voll seine Haare auf dem Kopf immer noch sind, so spärlich war und ist sein Bartwuchs.

»Schwierig. Die Teile haben damals so viel wie 'n Auto gekostet, bis zu 20.000 Dollar, ein klassisches Industrieprodukt halt.

Und mit 25 Kilo waren die Kisten auch nicht wiiiirklich tragbar, deshalb hat IBM nicht allzu viele davon verkauft.« Noch intensivere Bart-Reibung. Alter, davon wirds auch nicht mehr ... »Also: Ein Einundfünfzig-zehn steht im IBM-Museum, da kommen wir nicht ran. Dann gibts noch zwei oder drei Typen in Deutschland, die einen haben, der noch funzt. Bei denen könnte man vorbeifahren und das Tape auslesen.« Er nickt zufrieden. »Ja, könnte klappen – vorausgesetzt, die sind da und so.« Unvermittelt springt er von seinem Platz hoch.

»Ich werde gleich mal anrufen. Warteste hier?«

»Ock.«

Zack, und schon ist er zur Tür raus. Als er mit großen Schritten vorm Schaufenster vorbeigeht, sieht man, wie das große Datentape in seiner rechten Hosentasche hin- und herschlackert. Er hat es natürlich *nicht* in der Pension liegen lassen.

Im Grunde genommen ist Nick eine einzige große *Indifference Engine*: Solange er sein Ding machen kann, geht ihm der Rest der Welt am Arsch vorbei. Deshalb hat er auch so lange ausgeblendet, dass die Datacorp ein semikrimineller Haufen ist, der auf so ziemlich jeden Deal eingeht, mit dem sich etwas verdienen lässt. Solange er seinen Familie-Dienstwagen-Eigenheim-Traum durchziehen konnte, spielte es keine Rolle. Um vor sich selbst bestehen zu können, hat er den Job sogar noch ein bisschen romantisch angepinselt, schwafelte ständig davon, dass wir ja »wie Indiana Jones, nur mit Computern« seien.

Früher war er dem Kommerz nicht so zugetan. Nach den 64er-Jahren auf der Schule fühlte er sich ja zu Höherem berufen und musste unbedingt Informatik anstudieren. Während ich also im Wiwi-Bunker den Nachwuchsmanager mimte, glitt er in die richtig harte Nerd-Szene ab, kiffte mit so Richard-Stallman-Schraten.

Ey du, *Informationen müssen frei sein* und die ganze Informatiker-Folklore. Mit Leuten, die die A20-Line für eine Warteschlange am Flughafen-Gate hielten, redete er gar nicht mehr – mit dem Erfolg, dass er bald noch einsamer war als ohnehin schon. »Ich bin nicht antisozial, ich bin nur nicht benutzerfreundlich«, lautete sein Lieblingsspruch.

Die ganzen Informatiker-Ideale hat er dann aber ziemlich schnell entsorgt, nachdem uns die Datacorp unter ihre Fittiche genommen hat. Eigentlich eine ganz witzige Rochade: Plötzlich war Nick es, der auf Führungskraft machte, mit seinem ganzen Gewäsch von »Deal Breakern« und »Lessons Learned«. Er ging von Anfang an in dem ganzen Business-Gekaspere voll auf, am liebsten hätte er John sicher mal zum Abendessen nach Hause eingeladen. Die vorzeigbare Trophäen-Gattin beköstigt den Chef – ein Traum.

Im Moment scheint die Begeisterung für seinen Arbeitgeber allerdings einen Nullpunkt erreicht zu haben. Mit versteinerter Miene starrt Nick auf seine Füße, während er versucht, beim Gehen keine der Fugen zwischen den Betonplatten zu berühren. Sein Masterplan ist nämlich innerhalb von zehn Minuten den Bach runtergegangen. Nachdem er in einem indischen Call-Shop seine Nerd-Kumpel durchtelefoniert hatte, kam er mit einer niederschmetternden Botschaft ins Café zurück: *Beide* Jungs hatten ihren IBM vorgestern verkauft. Anders als bei der Nasa gilt bei uns halt: Failure is always an option!

»Diese Schweine«, grummelt Nick in sich hinein.

»Wer, die Jungs?«

»Nein, Mann, die Company!«

»Glaubst du echt, dass die Datacorp dahintersteckt? Ich meine – könnte doch auch ein Zufall sein. Du hast selbst gesagt, dass die IBM-Dinger begehrte Museumsstücke sind.«

»Hallo?« Er klingt richtig zickig. »*Ein* Tag, bevor wir einen IBM einundfünfzig-zehn brauchen, taucht bei beiden führenden Retrocomputing-Freaks in Deutschland ein Amerikaner auf, der ihnen die Kisten zu einem totalen Mondpreis abkauft. Komm schon ...«

Schweigend schlurfen wir die letzten Meter zur Pension zurück. Die Gegend ist wirklich vom Allerfeinsten. Wir passieren ein Eros-Center, das Hotpants aus schwarzem Lack für Sie und Ihn ausstellt, gleich dahinter kommt der Eingang zu »32 klimatisierte Einzelkabinen«, in denen der stilvolle Schrubber einkehren kann. Es folgen ein Leihhaus, drei Dutzend Handyshops und ein Penny-Markt. Wir schlorren missmutig weiter, bis man das Neonschild des türkischen Kiosks an der Ecke erkennen kann, mit dem sich unsere Pension die Hausnummer teilt. Jetzt müsste es theoretisch erlaubt sein, über das Abendprogramm nachzudenken, finde ich. Wir haben doch langsam das Zauselalter erreicht, in dem man zum Table Dance gehen kann.

»Alter, was hältst du davon, wenn ...«

Auf einmal reißt Nick seinen Arm aus der Hosentasche und schubst mich mit voller Kraft in den nächsten Ladeneingang.

»Hey, was ...«, versuche ich noch zu protestieren, doch da hat er mir schon die Hand auf den Mund gedrückt. Seine aufgerissenen Augen sagen: Alter, es ist ernst. Also Klappe halten.

Vorsichtig schiebt Nick seinen Kopf aus dem Eingang raus und wirft einen Blick um die Ecke. An seinem Hals zuckt nervös eine Ader. Ich versuche, so still wie möglich zu stehen – wie früher, als wir immer auf dem Gelände der alten Ziegelei rumgeschlichen sind und uns vor den Arbeitern verstecken mussten. Endlich, er dreht sich zu mir um und zeigt mit dem Kinn Richtung Straße. Ich quetsche mich an ihm vorbei.

So schlecht er auch fährt, an seinen Augen kann es nicht liegen: Das hat er mal wieder verdammt gut gesehen, der

Beifahrer. Da steht echt jemand neben unserem Auto – und der kontrolliert nicht das Parkticket. Seelenruhig umrundet der Typ einmal den Wagen, bleibt dann auf der Fahrerseite stehen und hält die Hand ans Fenster, so als wollte er nachsehen, wie viel auf dem Tacho steht.

Es ist offiziell: Unser Leben hat einen Allzeit-Tiefpunkt erreicht: Wir, zwei Männer im mittleren Alter, drücken uns vor dem Eingang eines Headshops rum und versuchen, nicht gesehen zu werden. Es ist einfach lächerlich.

Wir reiben unsere Hintern genau an jener Art von Schaufenster, vor der sechzehnjährige Dorfdeppen auf Klassenfahrt einen totalen Abgang kriegen – um dann minutenlang so zu tun, als ob sie mit den ganzen Kifferutensilien, die da liegen, schon jahrzehntelange Erfahrung haben. »Hm«, gelangweilter Blick, »hat der Soundso auch.« Im Angebot sind ein Bong, so dick wie eine Regenrinne, und Bob-Marley-Batik-T-Shirts. Oh Mann, es lässt sich nicht in Worte fassen, wie total *durch* dieses Thema ist.

Nick ist wieder dran mit Gucken.

»Klare Sache, ist 'n Kollege«, raunt er.

»Meinste echt?«

»Sicher, allein die Klamotten.«

Ich drängele mich nach vorne. Er hat recht: Der Typ hält sich präzise an die Company-Uniform: Anzug, Hemd, keine Krawatte. Doch am meisten fällt auf, dass er nicht in die Gegend passt. Er ist vielleicht 30, glatt rasiert, mit ordentlichem Haarschnitt und glänzenden Lederschuhen. Solche Typen sitzen in der Vielflieger-Lounge am Flughafen und lesen den »Harvard Business Review«, die stehen nicht vorm Pfandleiher, um Omas Schmuck zu verkloppen. Ich kanns nicht glauben.

»Aber woher wissen die, dass wir hier sind?«

Nick runzelt die Stirn und starrt mich vorwurfsvoll an.

»Das frage ich *dich*!«

Hey, Alter, jetzt mal sachte.

»Ich habe nicht telefoniert, nicht den Rechner angestellt, nicht ...« Natürlich! Der Geldautomat! Aber das ist doch erst ein paar Stunden her ...

Wie immer errät der Beifahrer meine Gedanken. Er lässt seinen Kopf resigniert aufs Brustbein plumpsen und atmet schwer aus; immerhin verkneift er sich, eine Facepalm zu machen.

Wie ein Ertrinkender stemme ich mich gegen die reißende Strömung.

»Aber dafür müssten sie Zugriff auf mein Konto ...«, wende ich ein.

Nick explodiert. »Mann, Alter, deine Bankdaten hat die Company doch eh schon«, zischt er, »da brauchen die doch nur unter irgendeinem Vorwand bei der Bank anzurufen, so von wegen ›wir haben hier eine Fehlbuchung‹, und schon haben sie aus dem Azubi am Telefon deine Umsätze raus-social-engineert. Der erzählt denen sofort, wo du zuletzt Geld gezogen hast – und voilà«.

Okay, Widerstand ist zwecklos. Ich stehe neben dem König der Verfolgungswahn-Geplagten wie ein gutgläubiger Stümper da, der tatsächlich glaubte, irgendein elektronisches System auf dieser Erde sei sicher. Viel schlimmer als die Demütigung ist, dass er mir diesen Patzer bis zum letzten meiner Tage unter die Nase reiben wird. Ungefähr so:

Arzt: »Er hat noch zehn Sekunden zu leben.«

Nick (in mein Ohr schreiend): »DU HAST DAMALS DAS GELD GEZOGEN!«

Vielleicht vergisst der Beifahrer alles, wenn ich das Thema wechsle und ihn eine Runde in Ruhe dozieren lasse?

»Meinst du, wir können den Wagen noch benutzen?«, flüstere ich und versuche, so unschuldig zu klingen wie ein Elfjähriger, der seinem Vater erklären muss, warum dessen geliebte Rosenbüsche im Garten abgeflämmt sind. Ich konnte damals doch nicht ahnen, *wie hoch* die Stichflamme ist, wenn man die Köpfe von dreißig Streichholzpackungen abbricht und auf einmal anzündet.

Nick verzieht das Gesicht. Er weiß, dass ich weiß, dass die Frage völlig idiotisch ist. Und trotzdem beantwortet er sie. Da ist er wie ein Hund, der schon hundertmal den Knochen geholt hat und trotzdem immer wieder losrennt.

»Nein, lieber Kee«, er überzieht das »Kee« zentimeterdick mit ätzender Missgunst, »wir können den Wagen *nicht* mehr benutzen.«

Ich schalte auf noch unschuldiger.

»Und warum? Wir haben doch diesen GPS-Störsender installiert.«

»Weil der nichts bringt! Die neueste Generation von Trackern peilt die nächsten Handy-Sendemasten an, trianguliert die Position des Autos und schickt den Verfolgern eine SMS mit deinem Standort. Und wer weiß, wo die Company den Peilsender *diesmal* versteckt hat? Dafür müssten wir die ganze Karre absuchen.«

Beim letzten Satz versucht Nick so normal wie möglich zu klingen, weil sich gerade ein pickeliger Teenie an uns vorbei in den Headshop quetscht. Dabei mustert er uns von oben bis unten mit einem angeekelten »Diese Schwuchteln«-Blick. Langsam fallen wir ein bisschen auf.

Ich schaue um die Ecke. Der Datacorp-Typ ist weg. Sehr schlau von uns, nicht aufzupassen, in welche Richtung er marschiert ist. So können wir ihm jede Sekunde über den Weg laufen, sobald wir unser Versteck verlassen.

Langsam gehen uns die Optionen aus: Wir können unseren Dienstwagen nicht mehr benutzen, weil er verwanzt ist. Ein Auto mieten geht auch nicht, weil wir dafür eine Kreditkarte bräuchten.

Wir können nicht zurück in die Pension, weil das Haus garantiert überwacht wird. Wir kommen nicht mehr an meinen Dienstrechner ran, weil der im Zimmer steht. Vor allem können wir nicht mehr nach Hause fahren, weil *sie* da auch bestimmt auf uns warten.

Ich schaue den Beifahrer an. Er schaut zurück und grinst süffisant.

»Andererseits gäbe es da noch jemanden, der ganz sicher einen IBM einundfünfzig-zehn hat.« Wen kann er meinen? Er hat bestimmt wieder ein Ass im Ärmel, irgendjemand, den er bei einem seiner vertraulichen Aufträge kennen gelernt hat.

»Roadtrip?«, schlage ich vor.

»Gerne. Aber wie kommen wir nach drüben?«

»Andie?«

Nick schaut skeptisch.

»Kann man ihr vertrauen?«

»Hundertpro kann man ihr vertrauen«, sage ich mit dem Brustton der Überzeugung, nachdem mein Penis die letzten fünf Prozent aufgerundet hat.

»Aber wie willst du sie kontaktieren? Wenn die Company jemanden abhört, dann bestimmt sie.«

Ich schaue auf die Uhr. Noch ein paar Stündchen, dann stehen die Menschen an der Westküste auf und das bedeutet: Andie wird ihren göttlichen Körper aus dem Bett schwingen, der – mit Chrom überzogen – mindestens so heiß aussähe wie die geairbrushten Roboterfrauen von Hajime *Sorayama, die früher in jeder zweiten Jungsbude hingen.* Egal, Andie wird sich fertigmachen und dann ihr Frühstück holen gehen. Das könnte meine Chance sein, die Sache mit dem Geldautomaten auszubügeln.

»Kein Problem – hab 'nen Plan«, sage ich so beiläufig wie möglich.

Nick zieht die Augenbraue hoch. Tja, Mister Spock, Sie haben kein Monopol auf geheimnisvolle Andeutungen.

❋ 18 T-5: 19:11

18:45 Uhr, also genau Viertel vor neun in Kalifornien. Genau jetzt müsste Andie ins Ambrosia reinkommen, um ihren Caffe Latte einzusammeln. Wie alle anderen in ihrer Abteilung fängt sie nämlich Punkt neun an und lässt Punkt fünf den Griffel fallen. Die Amis tun zwar immer so schrecklich fleißig, aber im Grunde genommen schieben sie so gemächlich Dienst nach Vorschrift wie wir hier in Deutschland. Klar, drüben betont jeder, sein Job habe nichts mit einem Nine-to-five-Job zu tun, aber das ist reine Show – genau wie jeder behauptet, seine Uni oder sein Studienfach sei das härteste gewesen. Wenn drüben überhaupt jemand länger als neun Stunden ackert, dann sind es höchstens die Häuptlinge. Und die schieben auch nur deshalb Überstunden, um sich ein neues Kostensenkungsprogramm auszudenken, das aus fünf Großbuchstaben besteht – B.O.O.S.T. oder S.T.A.R.T. bieten sich an – und das die Slacker dazu bringen soll, mehr zu schuften.

»Ambrosia, this is Juan«, krächzt es aus der Leitung.

Ah, der freundliche alte Mexikaner arbeitet immer noch da.

Ich frage ihn, ob Andie wohl zu sprechen ist. Sein »wait a sec…« klingt ziemlich verwundert. Das Tellerklappern im Hintergrund wird plötzlich dumpfer und man hört ein leicht verstörtes »Andie, it's for you«. Ha! Jetzt wird sie mit ihrem perfekt manikürten Zeigefingernagel auf sich selbst zeigen, überrascht gucken und mit dem Mund lautlos die Worte »For me?« formen. Das Klackern von Absätzen kommt näher, ah, sie hat draußen auf der Terrasse gewartet. Jetzt läuft sie an der Wand vorbei, die mit Wischtechnik so auf alte Hacienda getrimmt ist, klack, klack, sie steigt die zwei Stufen zur Bestelltheke hoch.

»Hello.« Sie klingt verunsichert.

»Haha, äh, it's me again.«

Ich haspele wie immer schrecklich rum, mit dieser typisch deutschen Mischung aus gestelztem Schulenglisch und schlecht nachgemachtem amerikanischen »r«, mit dem sich alle Deutschen einen einheimischen Anstrich geben wollen, die schon einmal den Boden der Vereinigten Staaten betreten haben.

Womit soll ich nur einsteigen, vielleicht etwas Süßholzraspeln? Wie wäre es damit, dass ich nur anrufe, um mal wieder ihre Stimme zu hören?

»Oh, that's so sweet«, quietscht Andie zurück. Es klingt nach einer Melange aus Mitleid und diesem »süüüüüüß«, das kleine Mädchen absondern, wenn sich ein Hund auf den Rücken dreht, um gekrault zu werden.

Aus dem Augenwinkel sehe ich, wie Nick sich Zeige- und Mittelfinger in den Mund steckt und so tut, als müsse er sich übergeben. Hättest ja auch rausgehen können, Alter! Aber nein, der Herr muss sich natürlich noch mit in dieses Mini-Rigips-Kabuff reinzwängen.

Jetzt konzentrieren: Du musst ihr die Sache so unverdächtig wie möglich unterjubeln, nur nicht aus dem Plauderton rausfallen.

»Could you do us a little favour?«

»Sure«, quittiert sie, freundlich wie immer. Also frage ich, ob sie uns zwei Flüge buchen kann. Ja, wohin eigentlich? Ich drehe mich zum Beifahrer um und zucke mit den Schultern. Er flüstert »Denver« rüber, und ich wiederhole brav »Denver« in den Hörer. Ach ja, Andie, und könntest du es vielleicht so anstellen, dass die Buchung nicht über die Firma läuft?

Es dauert wieder eine Sekunde, dann flötet sie ein »sure« und fügt nach einer kurzen Denkpause hinzu: »I can charge it to my private account.«

Das ist dreifach erstaunlich. Erstens: Sie klingt so, als würde sie es kein bisschen wundern, dass ihre Kollegen an ihrem Arbeitgeber vorbei eine kleine Lustreise klarmachen wollen.

Zweitens: Sie fragt nicht einmal, wer ihr die Kohle für die Aktion gibt und wann, dabei bezahlt sie die Tickets ja erst mal aus ihrer eigenen Tasche. Aber das ist wieder typisch für die Company. Bei der Datacorp fragt nämlich nie jemand nach Geld, in dem Punkt verhalten sich die Jungs gar nicht amerikanisch, sondern eher wie eine Bande britischer Aristokraten: Über Geld spricht man nicht, das ist einfach vorhanden. Selbst Andie hat nie ein Wort darüber verloren, was sie verdient und wie sie sich ihren »Beamer«, ihr bajuwarisches Cabriolet neuester Baureihe, leisten kann, oder ihre französischen Schuhe – die rote Sohle erkennt man ja selbst als Nerd.

Drittens: Ohne dass ich davon rede, bietet sie an, während ihrer Mittagspause nochmal im Ambrosia reinzuschneien. Dann könnte ich ja nochmal anrufen und sie würde uns dann die Flug-Codes durchgeben, schlägt sie vor. Als ob es das Normalste der Welt ist, nur noch von einem Café aus zu telefonieren, weil einen der eigene Arbeitgeber abhört.

Vor lauter Begeisterung darüber, dass unser Plan funktioniert, verlerne ich das »th« und radebreche zum Abschied ein »Sätz gräit«. Ohne mich umzudrehen, weiß ich, dass Nick jetzt Hilfe suchend zur Decke schaut. Hey: Nicht jeder darf am laufenden Band bei irgendwelchen Topsecret-Missionen dabei sein und so ständig sein Englisch aufpolieren!

Andie trällert noch ein »Bye« in den Hörer und reicht ihn an Juan weiter, der nach einem knappen »Good-bye« auflegt.

»Großartig«, leiert Nick und schiebt mich vom Telefon weg, »kann ich jetzt auch mal.«

Ich reiche ihm den Hörer rüber, mache aber keine Anstalten, zur Seite zu geben.

»Allein!«, zischt er genervt hinterher.

Na toll: Du darfst meinem Lübke-Flirt beiwohnen, aber ich darf nicht dabei sein, wenn du mit Sabina plauschst.

Extra langsam räume ich meinen Platz auf den Klappstuhl vorm Telefon und quetsche mich aus der Kabine raus. Draußen, in dem Schlauch, der den indischen Callshop mit dem norddeutschen Nieselwetter verbindet, riecht es nach Curry und Zigarettenrauch, der bis vor wenigen Jahren noch in die Gipswände einziehen durfte.

❋ 19 T-5: 16:04

Nachdem wir beide unsere Herzdamen angerufen hatten, waren wir natürlich gefühlsmäßig viel zu aufgewühlt, um die Pläne vom Table Dance weiterzuverfolgen. Wie hätten wir uns danach zwanzigjährige Aerobic-Sandras angucken können, die uns ihre drallen, sonnenbankgetoasteten und eingeölten Hintern unter die Nase halten? Das wäre doch eine Art von emotionalem Fremdgehen gewesen.

Wir entschieden uns stattdessen, *anderen* Leuten dabei zuzusehen, wie *die* sich von zwanzigjährigen Aerobic-Sandras dralle, sonnenbankgetoastete und eingeölte Hintern unter die Nase halten lassen. Wenn man sich selbst keine Tänzerin an den Tisch bestellt, ist man ja quasi nur zufälliger Augenzeuge, das geht emotional dann wieder in Ordnung.

Wir spannen also völlig verklemmt aus den Augenwinkeln zu den Tischen rüber, an denen die Typen sitzen, die den Fuffi für einen Tanz am Tisch haben springen lassen, und freuen uns diebisch – vor allem, wenn diese Brünette performt, die sich aus der amerikanischen Polizistenuniform schält. Nach jeder Nummer verschwindet sie nackt in einem Hinterzimmer, um dann wieder nach einer Minute in der vollen Cop-Montur rauszukommen; ist fast wie beim Zocken, wenn man ein neues Leben kriegt.

Während der Anziehpausen starren wir peinlich berührt auf den Boden, auch der Beifahrer, was in gewisser Weise beruhigend ist. Denn zuerst ist Nick ziemlich pseudo-selbstbewusst in den Laden reinmarschiert, dass ich schon wieder kurz dieses Gefühl bekam, der Zurückgebliebene zu sein – wie damals, als er nach ein paar Monaten mit Sabina süffisant fallen ließ, er habe »vom Eintopf gekostet« – wohl wissend, dass ich zu diesem Zeitpunkt noch nicht mal in die Nähe einer Küche gekommen war. Aber so lief das damals: Mal lag der eine beim Erwachsenwerden vorne, mal der andere.

Nachdem wir diese asiatisch aussehende Garderoben-Tussi mit ihren Doppel-D-Körbchen passiert hatten, verfiel Nick Gott sei Dank wieder in seinen natürlichen Zustand – äußerste Verklemmung. Alles andere wäre auch unnatürlich gewesen für einen Menschen, der sich zu Schulzeiten auf so ziemlich jede Diskette das Soundfile GESTOEHNE gezogen hat – fünf Sekunden aus irgend'nem Porno rausgesampelt. Das sorgte vor allem beim Laden immer für Lacher: **SEARCHING FOR GESTOEHNE**

Wir stehen also wie festgewachsen neben der Bühne und versuchen, so wenig wie möglich aufzufallen. Ungefähr zwanzig Zentimeter von Nicks Kopf entfernt räkelt sich eine etwas zu dralle Wasserstoffblonde auf einer Harley. Sie trägt das klassische Fick-mich-Schuhwerk: Plateausandalen mit – und das ist wichtig! – Absätzen aus durchsichtigem Plastik. Darauf hat mich der Beifahrer schon beim Reinkommen mit einem anerkennenden Nicken hingewiesen. Auf keinem Gebiet haben wir derart viel theoretisches Wissen angehäuft wie bei Stripper-Schuhwerk. Da sind wir echt »cutting edge«, könnte Nick sagen.

Nachdem wir ungefähr fünf Tänzerinnen, die bei uns vorbeikamen, durch simultanes Stottern klargemacht haben, dass wir nicht vorhaben, ihre neue Eichenvertäfelung daheim zu finanzieren, ignorieren sie uns. Das kommt natürlich super schnorrermäßig rüber, deshalb bestellen wir ein Bier nach dem anderen, damit der Laden wenigstens auf diesem Weg einen Schnitt macht.

Obwohl es schon kurz vor zehn ist, tut sich noch nichts. Die Ladys in den Käfigen treten zu ohrenbetäubendem Eurodisco-Umpf müde von einem Bein aufs andere. Unserer Stimmung tut das aber keinen Abbruch: Von den ganzen Schlechtes-Gewissen-Bieren sind wir mittlerweile mächtig angegangen. Und der Nickmeister schafft es mal wieder, das perfekte Gesprächsthema für die erotisch aufgeladene Umgebung rauszukramen.

»Hey, wusstest du, dass Robocop in Wirklichkeit Jesus ist?«

Vor Lachen sprudeln mir ein paar Tropfen Bier aus der Nase. Die Dame auf der Harley schaut professionell weg und tut so, als bekäme sie nichts von meiner Hust-Attacke mit.

»Was?«, schreie ich zurück.

»Ja klar«, grölt Nick. Unten an seiner Nase klebt ein kleines bisschen Bierschaum, aber bei seinem Pegel merkt er so was natürlich nicht mehr. Als guter Kumpel zeige ich kurz auf meine Nase, bis er's peilt und sich den Schaum abwischt.

»Ja, also«, er lacht weiter, »denk mal drüber nach: Murphy ist ja erst 'n ganz normaler Bulle. Dann wird er von dieser Gang zu Unrecht getötet – und steht quasi als Robocop wieder von den Toten auf. Und am Schluss, kurz bevor er die Bösen um die Ecke bringt, gibt es ja noch diese Szene, wo Robocop durch eine Pfütze marschiert. Musste mal drauf achten, das sieht total aus, als würde er über Wasser gehen!« Er nickt ein paar Mal schwachsinnig, mit so einem leicht debilen Ne-hätteste-nicht-gedacht-Ausdruck.

Ich sage »Klar, Alter, Robocop ist Jesus, kein Zweifel« und versuche zu klingen wie jemand, der seinem Kind erzählt, dass es den Weihnachtsmann *wirklich* gibt. Doch diese Ironie registriert der Beifahrer gar nicht mehr, genauso wenig wie die Turnübungen hinter ihm: Die Harley-Dame hat jetzt nämlich ihre Brüste auf dem Tank abgelegt, der mit einer amerikanischen Flagge verziert ist, und streckt ihren Hintern so weit in die Luft, dass es von hier aussieht, als würde er wie der Mond über Nicks Kopf aufgehen.

Der Dude würde es wahrscheinlich nicht mal mehr mitkriegen, wenn sie schon *auf* seinem Kopf säße. Er blüht in seinem Nerd-gibt-auf-dem-Pausenhof-an-Modus voll auf.

»Und, und«, er nimmt hektisch einen Schluck, »wusstest du, dass das Gehirn von Optimus Prime auf eine Floppy Disk passt?«

»Ist nicht wahr!«, tue ich erstaunt. Optimus Prime, war das nicht der gute Transformer? Woher nimmt Nick nur die Hirnkapazität, um sich diese ganzen Achtziger-Nichtigkeiten zu merken? OUT OF MEMORY ERROR scheints bei ihm nie zu geben.

Nicks Wangen glühen: »Doch! Im Comic, da bringt sich Optimus Prime doch um, aber Ethan hat sein Hirn vorher noch praktischerweise abgespeichert. Und dann holt er eine Floppy aus so 'nem Zettelkasten. Das ganze Bewusstsein passt auf eine Diskette – also 165 Kilobyte, oder das Doppelte, wenn er sie gelocht hat!« Wahnsinniges Lachen. Vor lauter Begeisterung über sich selbst fuchtelt er so wild mit dem Bierglas rum, dass ein Schluck auf seine Hose schwappt und direkt – wo auch sonst – im Schritt landet, knapp vorbei an der Ausbeulung in seiner rechten Hosentasche, in der das Tape drin steckt.

Ich zeige mit dem Finger hin.

»Sag mal: Ist das 'ne Quarter-Inch-Cartridge oder bist du nur froh, mich zu sehen.«

Nick krümmt sich und japst nach Luft. Der wird doch nicht gleich Asthma kriegen oder so?

Doch plötzlich, als ob jemand den Stecker rausgezogen hätte, hört er auf zu lachen, rappelt sich hoch und starrt mich mit dem versteinerten Blick eines Besoffenen an, der ernst genommen werden will. Habe ich irgendwas Falsches gesagt?

Er kneift die Augen zusammen.

»Alter, merk dir, was ich dir jetzt sage.«

Jedes Wort kommt total klar raus, keine Spur mehr von all den Bierchen. Unglaublich, er *wollte* die ganze Zeit nur fröhlich und betrunken sein, aber der Prozessor in seinem Kopf hat völlig normal weitergearbeitet. Sein Frohsinn war exakt berechnet. Manchmal macht mir sein Übermenschentum richtig Angst.

Er tippt mit dem Finger gegen seinen Hosenbund.

»Dieses Tape, mein Freund, dieses Tape ist Millionen wert.«

Schweigen. Nick weiß genau, wie sein Satz eingeschlagen ist, und er genießt es, dass ich platt bin. Seelenruhig setzt er sein Glas an, kippt den Bodensatz runter und gibt ein lautes »Aaah« von sich. Dann hebt er den Krug hoch und macht mit der anderen Hand in Richtung Bar ein Victory-Zeichen. Noch zwei, bitte!

»Was heißt Millionen?«, frage ich.

Nick lächelt die Bedienung, die mit dem Nachschub zu uns rübertrabt, etwas zu offensiv an. »Wirst schon sehen«, sagt er ganz beiläufig, »wirst schon sehen«. Er nimmt dem Mädel die Gläser ab und drückt ihr mit einem »is okay« einen Schein in die Hand. Ein bizarr hohes Trinkgeld. Wir waren zwar vorhin nochmal am Geldautomaten, um abzuräumen, was ging, aber die Kohle jetzt so rauszuhauen? Nicht klug. Lustig: Wir hatten uns die Scheine hektisch in die Hosentasche gestopft und sind weggerannt wie zwei Schulkinder, die als Mutprobe beim Zeitschriftenhändler ein Päckchen »Mondbasis Alpha Eins«-Panini-Bildchen geklaut haben.

Der Beifahrer klopft mir jovial auf die Schulter, so, als wäre er Fridolin Kiesewetter, der Käpt'n Haddock gerade eine Versicherung andreht.

»So, jetzt trinken wir erst mal auf eine weitere gelungene Dienstreise.« Sein Glas klirrt unangenehm laut mit meinem zusammen.

»Ja, äh, genau: auf die Dienstreise!«, antworte ich mechanisch. Warum fühlt es sich so an, als wäre es unsere letzte?

Nintendo®

GAME BOY™

#20 T-4:23:33

Krissi, wir werden dich vermissen! Jemand hat die Worte mit einem roten Filzstift sorgfältig quer über die Seite geschrieben, in sauberer Mädchen-Schreibschrift, mit kleinen Herzchen statt Punkten auf den »I«s. Rührend, genau wie der Rest der Einträge. *Wir wünschen dir alles Gute bei deinem großen Abenteuer! Dein Onkel Eberhard.* Oder: *Krissi: Rock Amiland!* Noch bevor ich mir den Rest durchlesen kann, blättert das Mädchen weiter. Sie hat ihre Füße am Rand des Sitzpolsters abgestellt und ihren Kapuzenpulli über die Beine gezogen, sodass sie jetzt wie eine rote Mumie aussieht. Dazu trägt sie das volle Öko-Ornat: hennarot gefärbte Haare, Freundschaftsbändchen am blassen Handgelenk, so 'nen Indio-Ring.

Das bisschen, was man von ihrer Figur erkennen kann, sieht okay aus. Wenn nur nicht dieses herbe Gesicht wäre. Die fiesen Klassenkameraden drüben in den Staaten werden sie hinter vorgehaltener Hand ein »Butterface« nennen. Das leitet sich aus dem ziemlich gemeinen Satz ab: »She looks good – *but her face*!«

Mist, sie hat bemerkt, dass ich rübergucke! Zur Strafe feuert sie aus dem Augenwinkel einen Alter-Sack-was-ist-dein-Problem-Blick ab. Schon gut, ich starre ja schon wieder nach vorne. Warum geben einem solche Gören ständig das Gefühl, dass die eigene Existenz eine Zumutung ist?

Sie sieht wie siebzehn aus, vielleicht auch achtzehn. Genauso alt wie wir, als wir das erste Mal rübergeflogen sind, direkt nach dem Abi. Junge, das Reisebüro hat uns in den beschissensten Flug gesetzt, den es gab: Start in Amsterdam, danach noch zweimal umsteigen. Doch das spielte keine Rolle. Hauptsache, wir konnten nach drüben, ins gelobte Land, wo all die Sachen herkamen, die wir cool fanden. Nick hatte schon Monate vorher eine perfekte Route ausbaldowert, auf der wir bei allen wichtigen »Sehenswürdigkeiten« vorbeikommen würden, wie er sagte. Dass die nicht im Baedeker stehen würden, war klar.

Bei unserem ersten Ziel waren wir uns noch einig: Wir mussten einfach die ehemaligen Büros der Spielefirma Epyx finden, die unsere Brotkastenwelt seinerzeit mit Brettern wie *Summer Games* und *Impossible Mission* auf den Kopf gestellt hatte. Auch Ziel zwei ging von mir aus noch klar: die Klippe, von der aus Luke und Ben Kenobi auf den Raumhafen Mos Eisley runtergucken. Die Szene hatte Lucas irgendwo im Tal des Todes gedreht, meinte der Beifahrer. Und drittens, da wurde es mir schon etwas zu viel, musste der Militär-Nerd Nick natürlich noch an die Stelle in der kalifornischen Wüste, wo 1971 eine Lockheed Blackbird abgestürzt war, einer dieser schwarzen Hyperschallaufklärer, mit denen man beim Quartett auf dem Schulhof immer abräumen konnte.

Alle drei Aktionen endeten mit gloriosen Reinfällen, und zwar a) vor einem Zaun, b) im absoluten Nirgendwo oder c) an einem Ort, wo es im Schatten 40 Grad heiß gewesen wäre – wenn es denn welchen gegeben hätte. Bei manchen Sehensunwürdigkeiten kamen sogar a), b) und c) zusammen, was den Beifahrer natürlich erst recht dazu anstachelte, die Aktion für »endgeil« zu erklären.

Weil die »Forschungsreise« – so hatte Nick das Desaster verklausuliert – derart erfolgreich war, haben wir sie ab dann jedes Jahr wiederholt, natürlich immer mit anderen popkulturellen Perlen auf der Agenda.

Waren nicht immer leicht zu finanzieren, diese Zaun-Abenteuer. Damit die Kohle für die nächste Forschungsreise zusammenkam, mussten wir manchmal monatelang nur Hansa-Pils trinken und *Schnelle Teller* von Jokisch runterwürgen. Aber für das große Ziel galt es, Opfer zu bringen. Irgendwann sind aus den Forschungsreisen dann Dienstreisen geworden, die waren nicht mehr so lustig.

Ein langes »Ääääääh« kommt von links.

Nick rutscht stöhnend noch ein Stückchen weiter die Sitzfläche runter, sodass der Sicherheitsgurt bald unter seinen Achseln sitzt. Dann dreht er seinen Kopf in Zeitlupe zu mir um und schaut aus seinen rot umränderten Sehschlitzen zum Fenster rüber, wo *die Krissi* sitzt – solche Namen muss man einfach mit Artikel davor aussprechen. Seine Gesichtshaut sieht so fahl aus, als müsste er gleich Bröckchen husten. Nachdem er *die Krissi* kurz gemustert hat, verzieht er den Mund abfällig und dreht sich mit einem weiteren »Äääääh« wieder zurück. Irgendwie beruhigend zu sehen, dass ihn der Abend doch gerockt hat.

Wir starren wieder auf den orangefarbenen Bezug der Rücklehnen vor uns. Super-Arschkarte gezogen: Captain Kranich hat extra für uns mal wieder den ollsten Seelenverkäufer aus dem Museum geholt, um uns damit über den großen Teich zu gondeln. Und ausgerechnet auf unseren Plätzen sind die persönlichen Bildschirme kaputt. Damit sind wir zurückkatapultiert in eine Zeit, in der »Inflight Entertainment« bedeutete, auf einen Tomatensaft zu warten. Währenddessen wird mein Dienstrechner, auf dem alle Folgen von »The Prisoner« lagern, samt Dienstwagen wahrscheinlich gerade auf irgendeinen Abschlepphof verfrachtet. Ich sehe dich – nicht!

Oh Gott, ein Transatlantik-Flug ohne persönliches Unterhaltungsprogramm – das ist pure Agonie, ein Verstoß gegen die Genfer Konvention. Selbst Nick, der sonst zu jeder Gelegenheit über die goldenen alten Zeiten des Reisens schwärmt, hält sich erstaunlich bedeckt. Oh, sieh an: *Die Krissi* schreibt schon die erste Karte an die Daheimgebliebenen. Das wird sie nächste Woche noch einmal machen und die Woche drauf vielleicht auch, doch dann wird sie ihre deutschen Blutsbrüder und -schwestern vergessen und die Freundschaftsbändchen in einen Rest-Mülleimer schmeißen.

Wie immer lautet die grausame Strafe dafür, dass nicht ausreichend Technik am Start ist: Wir müssen reden. Okay, ich fange an.

»Was meintest du eigentlich gestern Abend mit den Millionen, die das Tape wert ist?«

»Ach, nix«, brabbelt Nick in sein Knie rein.

»Komm schon, Alter!«

Begleitet von einem »Äääääah« in Überlänge schiebt er sich langsam hoch.

»Also«, er muss aufstoßen und klopft sich mit der Faust so Opa-mäßig gegen das Brustbein. »Hier ist meine Theorie – aber nich lachen, okay?«

»Ehrenwort!« Wow, wenn er schon so fragt, wird seine Theorie *richtig* weit draußen sein.

»Ich seh die Sache so: Irgendein, äh, Top-Kunde hat der Datacorp das Tape zum Auslesen gegeben.« Top-Kunde? Also eine Regierung. Mann, wir sind doch unter Garantie raus aus der Firma, wozu noch das vertrauliche Getue?

Nachdem er einen großen Schluck Magensäure runtergewürgt hat, fantasiert Nick los. »Ein paar Ärsche in der Company haben spitzgekriegt, dass die Daten auf dem Tape 'ne Menge wert sind, und dachten: Warum sich mit dem normalen Honorar zufriedengeben, wenn man auch das Doppelte oder Dreifache kassieren kann? Und diese Typen wollen den Kunden jetzt erpressen, so nach dem Motto: Entweder ihr zahlt, oder ihr kriegt eure Daten niemals.«

Wieder ist einer der seltenen Momente da, in denen seine Paranoia fast plausibel klingt.

»... und die haben dann John aus dem Weg geräumt, weil er mit unserer Hilfe den Job sauber durchziehen wollte«, spinne ich weiter.

Mit dem üblichen »könnte sein« duckt sich Nick weg, um mir nicht recht geben zu müssen. Jetzt ist es Zeit, mal die ganze Story aus ihm rauszuholen.

»Okay. Und wohin fahren wir jetzt? Wer ist der mysteriöse Mister X mit dem IBM einundfünfzig-zehn im Keller, der uns helfen wird, das Tape auszulesen?«

Nick lockert den Sicherheitsgurt, damit er sich wieder in den Sitz sinken lassen kann.

»Warts ab«, flüstert er.

»Komm schon: Spucks aus!« Langsam geht mir sein Getue mächtig auf den Sack.

»Ich sage: Warts ab«, kläfft Nick zurück.

Ach, na klar! Jetzt ist klar, warum er nicht mit den Details rausrückt. Das ist eine Vorsichtsmaßnahme für den Fall, dass die Company als Nächstes *mich* entführt. Und je weniger ich weiß, desto weniger kann ich verraten und desto sicherer ist er. Schlau. Allerdings auch ziemlich abgebrüht.

Remaining Flight Time: 8 h flimmert über den Röhrenfernseher, den Captain Kranich ungefähr hundert Meter von uns weg im Gang aufgehängt hat.

Aber das ist doch kein Grund, sich zu langweilen!

Genau das würde Mutter jetzt sagen, genau so, wie sie es auf den zahllosen Urlaubsfahrten Richtung Süden gesagt hat, als Klimatisierung bedeutete, ein Handtuch oben ins – natürlich von Hand runtergekurbelte – Fenster reinzuklemmen. Als in den Kopfstützen von Mama und Papa noch kein Bildschirm eingebaut war und An-Bord-Unterhaltung darin bestand »Ich sehe was, was du nicht siehst« oder »Ich packe meinen Koffer« zu spielen. Was für absolut grauenhafte Zeiten.

Wenn gar nichts mehr ging, konnte man sich noch die Anleitungen aus dem Erste-Hilfe-Kissen reinziehen, die hatten echte Splatterqualität, so von wegen: Wenn Hirnmasse austritt, sofort Dreieckstuch drunterlegen.

Der Beifahrer ist immer noch voll und ganz mit Aufstoßen beschäftigt. Vielleicht möbelt ihn ja 'ne Runde Auto-Ausfüllen auf? Ich schubse ihn an.

»Bitte vervollständigen Sie diese Reihe: Willie Nelson, Al Jarreau, Bruce ...«

»... Springsteen, dann Kenny Loggins, dann der Dude, den wir nicht kannten, und so weiter, blabla ...«, leiert Nick runter, »schließlich Daryl Hall, Wacko Jacko, der ewig coole Huey Lewis, am Schluss die Feuersirene Cindy Lauper. Ich weiß, Alter, die Reihenfolge der Sänger bei ›We Are The World'. Hatten wir schon tausend Mal.« Gelangweilt popelt er am Knebelverschluss des Klapptischs rum, bis er aufpoppt und der Tisch auf seine Knie donnert – was ihm allerdings nicht mehr als ein geflüstertes »D'oh« entlockt.

Muss ich jetzt etwa über was Ernstes reden? Womöglich über sein Kind?

Von selbst erzählt er ja nie was drüber, vielleicht weil er weiß, wie unglaublich brennend solche Babystorys einen kinderlosen Single interessieren. Was nicht heißt, dass ich von der ganzen Sache überhaupt nichts hören will, nein, nein, die Update-Frequenz darf halt nur nicht zu hoch sein. Optimal wären ungefähr sieben bis zehn Jahre – das sind die Abstände, in denen er mich gerne über seine Tochter informieren darf, so nach dem Muster »ist in die Schule gekommen«, »hat Abi gemacht«, »ist schwanger geworden von einem Kneipenbesitzer, der jetzt in Thailand wohnt«. Der Abstand wäre okay.

Sagen würde ich ihm das natürlich nie, denn insgeheim ist er monsterstolz auf den Nachwuchs. Ein paar Wochen nach der Geburt habe ich sogar brav meinen Antrittsbesuch absolviert, das Baby in Augenschein genommen und wohl dosierte »Ganz der Papa / die Mama«-Kommentare abgelassen. Ob Nick meine Show durchschaut hat? Vermutlich schon. Das Baby war ... ein Baby halt. Sabina glühte, als sie es mir rübergereicht hat, damit ich es auch mal halten kann. Ich habe mir natürlich sofort eingebildet, dass ein Hauch von »Es hätte deins sein können« in der Luft lag. Und ja: Es sah ganz niedlich aus, in diesem rosa Anzug mit den kleinen Händen und so. Aber als es anfing, rumzukrähen, wars dann von meiner Warte aus auch genug mit dem Babygucken.

Immerhin hat es Nick geschafft, als dritten Namen Gianna durchzudrücken – weiß Gott, was er Sabina dafür im Gegenzug versprechen musste. Sehr cool jedenfalls und noch cooler, wenn sie ein zweites Mädchen bekämen, und er die auch so nennen würde. Dann wären sie die Gianna-Schwestern, hihi.

Völlig klar jedenfalls, dass ich das Kind die nächsten achtzehn Jahre nur mit seinem dritten Namen ansprechen werde. Sabina runzelt jetzt schon genervt die Stirn, wenn ich das mache, doch so viel Auflehnung muss drin sein.

Jungejunge, noch acht Stunden.

Dann landen wir in Denver, auf diesem komischen Flughafen, der aus der Luft aussieht wie ein Haufen Indianerzelte. »Airport zum schlechten Gewissen« hat Nick ihn mal getauft, weil in den Gängen überall alte Schwarz-Weiß-Fotos von Indianern hängen. Liegt mitten auf der grünen Wiese, oder besser gesagt, auf der braunen Wiese, denn wir haben Hochsommer, und das Weideland im Westen ist um die Jahreszeit völlig verdorrt. Es wird wie immer ein schöner Anflug: später Nachmittag, die

Sonne ist schon hinter den Bergen im Westen abgetaucht, sodass die Innenstadt vor der dunklen Wand der Rockies aussieht wie Helms Klamm.

Noch acht Stunden, dann wirds brenzlig. Ich mache die Augen zu und versuche zu schlafen.

❋21 T-4:13:13

Jetzt gehts los.

Gleich wird die Frau von der Autovermietung die Hand zur Theke ausstrecken. GRACE, SENIOR MANAGER, steht auf dem messingfarbenen Schild auf ihrer Brust. Senior Manager bedeutet in diesem Land, dass sie einen Tag auf der distinguierten *University of Car Rental* verbracht hat und seitdem für einen Mindestlohn in dem Laden ackert. Grace, die seniore Managerin, streckt die Hand aus, und ... Nein, doch noch nicht.

»Any additional drivers«, erkundigt sie sich ohne den Blick von ihrem Bildschirm zu lösen.

»Yes«, sagt Nick und schiebt seinen Lappen über die Theke. Er will also wieder fahren. Ich quetsche ein leises »Neeeeeein« zwischen den Lippen raus, das der Beifahrer unterbricht, indem er mir seinen Ellenbogen in die Rippen rammt. Grace guckt hoch und schüttelt innerlich den Kopf. Jungs ...

Wie alt wird sie sein? Vielleicht so alt wie wir, sieht aber viel älter aus – wie sollte es auch anders sein? Die dunkelblaue Polyesterbluse mit dem gelben Halstuch – meine Mutter würde die Kombination wohl als »flott« bezeichnen – macht sie auch nicht gerade jünger. Manche Leute sehen aus, als hätte man sie aus einem Siebzigerfilm extrahiert und mit Photoshop in die Gegenwart eingefügt, ohne dass man sagen könnte, woran genau das liegt. Vielleicht ist es diese Dauerwelle Typ aufgerissenes Sofakissen.

»Ooookay.« Grace schiebt Nick wieder seinen Führerschein rüber. Jetzt nur noch die Wagenwahl, dann wird sie es machen.

»What's the most popular SUV?«, erkundigt sich der Beifahrer. Aha, Geländewagen, wir werden den Highway also verlassen.

Grace beißt sich beim Nachdenken mit den Schneidezähnen auf die rechte Hälfte ihrer Unterlippe. Niedlich. Das sind diese kleinen Sachen, die Frauen machen und die dafür sorgen, dass man ihnen in diesem Moment nichts abschlagen kann; gut, dass die meisten das nicht wissen.

»The Dodge Durango, I guess«, sagt sie etwas unsicher.

»And the most popular colour?«, bohrt Nick weiter.

»Lemme see.« Gracie schaut zur Decke und rechnet im Geist nach. »That, um, would be white.«

»Okay, then we're going for the white Durango«, bestimmt Nick.

Erleichtert, nicht weiter verhört zu werden, tippt die seniore Managerin unsere Wünsche ein. So, es ist so weit: Jede Sekunde wird sie unsere Firmen-Kreditkarte durchziehen. Dann haben wir noch zwanzig Minuten, um hier wegzukommen – behauptet Nick zumindest.

Seine Rechnung hat er mir kurz vor der Landung präsentiert und sie geht so: Einige Millisekunden, nachdem Grace die Karte durchgezogen hat, wird eine Authentifizierungsabfrage an die Bank gehen, bei der die Datacorp Kunde ist. Von da marschiert die Buchung sofort in die Spesenabteilung der Firma, die natürlich sofort Alarm schlagen wird und die Hunde loslässt. Nick meint, sich erinnern zu können, dass die Datacorp in Denver ein Büro betreibt. Das heißt: Angenommen, die Jungs sind auf Zack, könnten sie mit dem Auto in zwanzig Minuten hier am Flughafen sein. Das wäre dann das Ende unserer Dienstreise. Aber das Risiko müssen wir eingehen, ohne Kreditkarte gibts keinen Wagen, so sind die Regeln.

Die Datacorp-Jungs werden selbstverständlich auch sofort bei der Vermietung anrufen und sich von Grace den Mietvertrag zufaxen lassen, was sie eigentlich nicht darf, aber dann doch tun wird, da ihr die zwei Guys aus Germany ohnehin seltsam vorkamen und sie nicht das Homeland in Gefahr bringen will.

Okay, mal abwarten. Im Moment jedenfalls tippt sie noch. Warum dauert das alles so lange? Nick stützt sich auf den Pfosten des mobilen Absperrbands, das die Schlange vor der Servicetheke in einen geordneten Zickzackweg zwingt; diese Teile bauen die Amis echt überall auf, wo mehr als zwei Menschen anstehen.

An seinem Unterarm stellen sich die Härchen auf. Hat die Autovermietung auch wieder schön runtergekühlt, das Büro, höchstens siebzehn Grad. Und dann auch noch der Lufterfrischer – Mandelduft ... einfach geschmackvoll. Im Wartebereich mit den blauen Sitzgruppen quakt ein Fernseher mit Lokalnachrichten vor sich hin. 95 Grad Fahrenheit, »scattered thunderstorms possible«, leiert die Wetter-Tussi runter.

»One more minute and you're set«, beruhigt uns Grace und klackert auf ihrer schrottigen Tastatur rum. Dann ist sie so weit.

»Aaaaaalllright.«

Sie nimmt die Kreditkarte von der Theke und zieht sie konzentriert durch den Schlitz neben der Zehnertastatur. Starren auf den Monitor, Stirnrunzeln. Scheint eine Fehlermeldung zu geben. Sie schüttelt den Kopf und lächelt Nick entschuldigend an.

»Let me try this.«

Sie reibt die Karte kurz über den Ärmel ihrer Bluse und zieht sie erneut durch. Nochmal warten. Ihr Gesicht hellt sich auf. Irgendwo an einem der Schreibtische hinter ihr fängt ein Nadeldrucker an, mit frenetischem Lärm den Mietvertrag zu produzieren. Es klingt original nach *Print Shop* – der Sound von Endlospapier, das durch den MPS-802-Drucker rattert und am anderen Ende als supercoole Geburtstagseinladung rauskommt, mit so richtiger Schrift, *wie gedruckt*. Nachdem das Teil angeschafft war, mussten unsere Eltern geschenkemäßig echt durch ein paar harte Jahre.

Später, während des Studiums, da gab es nochmal so einen echten Wow-Technologie-ist-geil-Moment, als die ersten Bonzen unter den Kommilitonen ihren ersten Tintenstrahldrucker anschafften. Und aus dem kam tatsächlich Schrift, die aussah wie gedruckt. Times Roman. Pure Magie. Als wir in der Schule Plakate gemacht haben, mussten wir für den gleichen Effekt noch stundenlang Letraset-Buchstaben abrubbeln.

So, Gracie hat die Karte durchgezogen, die Uhr läuft – ab sofort beginnt die Flucht. Wir haben noch zwanzig Minuten, um möglichst viele Meilen zwischen *sie* und uns zu bringen. Wir sprinten auf den Parkplatz raus und tauchen in ein Meer von weißen Durangos ein. Nick schmeißt mir den Schlüssel rüber, wohl wissend, dass mit mir als Fahrer unsere Chancen steigen.

»Wohin?«, rufe ich.

»Nach Norden, Interstate. So schnell, wie's geht.«

#22 T-4:12:24

Nicks Rechnung wäre vielleicht aufgegangen, wenn die Jungs von der Company, so wie er dachte, mit dem Auto gekommen wären.

Aber sie kamen mit dem Hubschrauber.

»Scheiße, Alter, Scheiße, *Scheiße*!«

Nick schlägt mit der Faust auf die Mittelkonsole. Er verrenkt sich in seinem Sitz, um besser zum Rückfenster rausgucken zu können. Sein Kopf glüht rot, das schwarze T-Shirt, das wir vorhin noch im Duty-free gekauft haben, klebt schon durchweicht an seinem Rücken.

»Alter, es geht nicht schneller«, schreie ich zurück. Halb sechs, Berufsverkehr, die Interstate ist knackevoll, da kann man nicht rumheizen, wie man will. Warum auch? Nachher ist das nur wieder sein Verfolgungswahn, und ich stresse mich völlig umsonst.

»Biste sicher, dass es nicht die Cops sind in dem Hubschrauber?«

»Negativ. Ist 'n Hughes 500, den fliegen die Cops nicht«, keucht Nick.

Hughes 500 – mit so einem kurvte auch der Böse in »Das fliegende Auge« durch die Gegend. Geiler Streifen, auch wieder mit Roy Scheider. Ja, Alter, ich weiß: Das fliegende Auge war in echt nur ein französischer Gazelle-Hubschrauber, an den sie ein paar böse aussehende Teile rangeklatscht haben. Was ich nie verstanden habe, war, warum Scheider auf die Uhr schaut, um rauszufinden, ob er verrückt ist. Spielt ja auch keine Rolle ... Jedenfalls regierte die Szene, in der sie auf Flüstermodus schalten, um von oben dieser Lady hinterherzuspannen.

Ganz ruhig. Erst mal checken, ob der ominöse »Verfolger«, von dem Nick faselt, überhaupt im Seitenspiegel zu entdecken ist.

Scheiße. Hinter uns klebt wirklich ein Hubschrauber, und er fliegt verdammt tief – viel tiefer als die Maschinen, die von den Fernsehsendern losgeschickt werden, um von den neuesten Staus zu berichten. Mal abwarten, vielleicht drehen sie ja ab, um irgendeinen Unfall zu filmen.

Nein, der Heli hält Kurs, und zwar direkt auf uns zu.

Sie sind es also wirklich.

Vor uns tut sich eine kleine Lücke in der Blechlawine auf. Ich trete aufs Gas, bis der Digitaltacho auf 80 Meilen pro Stunde hochgekrochen ist. Zehn Meilen überm Limit, wenn einen damit die Cops erwischen, kommt man mit 'nem Ticket davon und muss nicht vorm Richter antanzen.

OBJECTS IN MIRROR ARE CLOSER THEN THEY APPEAR. Nochmal den Seitenspiegel checken. Shit, das hat nichts gebracht. Der Hubschrauber hat sogar aufgeholt. Man kann ihn schon richtig erkennen, sieht aus wie bei *Operation Wolf*, nur ohne diese geilen Gatling-Kanonen über den Kufen. Den Piloten kann man im abgedunkelten Cockpit noch nicht erkennen, er scheint aber ganz schön Stoff zu geben, denn der dunkelbraun lackierte Heckausleger zittert nervös hin und her. Neben den Turbinenauslässen flimmert die Luft – jetzt nur noch auf Zeitlupe schalten und es wäre genau die gleiche Szene, die wir in zahllosen Vietnamtrauma-Verarbeitungsstreifen durchstehen mussten. Fehlt nur noch der Walkürenritt.

Ich steige aufs Pedal; die Automatik schaltet zurück, der Motor heult auf. Warum dauert es so lange, bis diese fahrende Schrankwand mal Tempo macht? 85 Meilen, 90 Meilen, dann wieder bremsen. Kann diese Scheiß-Soccer-Mom vor uns nicht ihren Großraum-Van aus dem Weg bewegen?

Seitenspiegel. Die Glaskuppel des Cockpits zuckt nach vorne, dem Piloten geht anscheinend die Geduld aus. Wie ein Bluthund, der an seiner Leine zerrt, wie einer von Higgybabys Dobermännern. Genau, daher kennt man die Maschine: T.C. bei »Magnum« flog ja auch 'nen Hughes 500.

»Wie weit sind die noch weg?«, schreie ich rüber.

Nick verrenkt sich noch mehr den Kopf und schaut an der B-Säule vorbei aus dem offenen Fenster.

»Weiß nich, 'n paar hundert Meter vielleicht.«

Dann wirds aber langsam mal Zeit für 'nen Plan, Alter, oder?

»Was sollen wir denn jetzt *machen*?«

Nicks Ader an der Schläfe pulsiert, als würde sie gleich platzen. Denk nach, Alter, denk nach! Diese ganzen bekackten Hubschrauber-Filme in den Achtzigern können doch nicht umsonst gewesen sein. »Airwolf« oder »Airborne – Flügel aus Stahl« mit Nick Cage – Mann, war der mies! Bei »Ein Colt für alle Fälle« kamen doch auch ständig Heli-Verfolgungsjagden vor. Wie hat Seavers die immer abgeschüttelt?

Klar, da gäbs natürlich den Klassiker: in 'nen Tunnel fahren, auf der Mitte umkehren und abdampfen, während der Heli am anderen Ende umsonst wartet. Aber wir sind noch Meilen von der Innenstadt entfernt, und hier draußen gibt es keine Deckung, nichts, außer braunem Gras und ein paar Lagerhäusern. Zisch, das Marriot Courtyard für die Vertriebler huscht vorbei, dann die fensterlosen Betonklötze der Paketdienste: gelb, blau-orange, braun. Tuff Shed, ein Großmarkt für Gartenhäuschen.

»... komm schon«, drängele ich.

Nick dreht sich wieder nach vorne um und starrt konzentriert auf die Strecke vor uns. In einer halben Meile kommt ein Autobahnkreuz, da müssten wir dann rechts abbiegen, wenn wir Richtung Norden wollen. Doch das würde bedeuten, an Denver vorbeizufahren, raus aufs platte Land, wo wir noch mehr auf dem Präsentierteller sind.

Hektisch dreht sich Nick wieder Richtung Heckscheibe um. Anscheinend ist ihm was eingefallen. Noch eine Viertelmeile.

»Was jetzt?«, keife ich rüber.

»Okay«, schreit Nick in mein Ohr, »wenn ich ›los‹ sage, wendest du.«

Ist er völlig durchgeknallt?

»Dann fahren wir denen ja noch *entgegen* ...«

»Pass auf!«, schreit Nick. Seine Stimme überschlägt sich. »Der Hughes schafft mindestens 220, wir fahren viel langsamer. In 'ner haben Minute haben sie uns eh. Also nochmal: Wenn ich ›los‹ sage, wendest du auf dem Mittelstreifen und fährst sofort auf der anderen Seite wieder drauf.« Totale Mist-Idee. Wozu stehen denn überall auf den Schnellstraßen diese Schilder, dass nur Notfallfahrzeuge einen U-Turn machen dürfen?

»Alter, weißt du, was das an Strafe kostet, wenn uns die Cops erwisch...« Plötzlich rauschen wir in den Schatten einer Autobahnbrücke.

»Looos«, schreit Nick. Warum sollte ich das tun? Hey, was soll das? Er hat blitzschnell seine Hand zum Steuer ausgefahren und reißt es nach links rum. Vollidiot, das kannste mit so 'ner Kiste nicht machen! Der Wagen bockt kurz und rumpelt auf den Grasstreifen rüber. Lehmbrocken knallen gegen die Federbeine. Jetzt bloß nicht zu heftig lenken, sonst kippen wir noch um. Grasbüschel prasseln auf die Motorhaube, von unten kommt ein hämmerndes Geräusch. Scheiße, die Steine hauen uns den Unterboden kaputt!

Langsam verliert die Karre an Tempo. Die Hälfte des Mittelstreifens haben wir geschafft, die Pfeiler der Brücke sind auch vorbei. Von überall her kommt wildes Hupen. Die ganzen Petzen hängen bestimmt alle schon am Telefon, um uns bei den Cops anzuschwärzen.

»Alter, du bist völlig besch...« Egal, jetzt erst mal vorsichtig bremsen, damit wir nicht in den Gegenverkehr rasen. Nick hat seine Hand zurückgezogen und umkrampft den Haltegriff. Sein Mund steht weit offen, so, als wollte er schreien, bekäme aber keine Luft. Endlich, wir sind wieder langsam genug, um gefahrlos zu lenken. Ich ziehe weiter nach links und drehe den Wagen ganz rum, bis unsere Haube in die Fahrtrichtung der Gegenspur zeigt. Gas.

Glück gehabt, in die andere Richtung ist nichts los. Schwupp, das Rumpeln hört auf, wieder Asphalt unter den Rädern.

»Gas, Gas, Gas«, keucht der Beifahrer. Sein Gesicht ist kalkweiß.

»Gas, Gas, Gas, wohin?« Die Aktion eben hätte auch schön in die Hose gehen können, mein Freund.

»Zum Flughafen!«

»Was ist mit dem Heli?«

Nick reißt den Kopf rum und versucht, gegen das Licht der untergehenden Sonne irgendwas zu erkennen.

»Scheiße, die drehen um, hat nicht geklappt.« Er klingt weniger resigniert, als er müsste. »Ich dachte, die sehen uns nicht, wenn wir unter der Brücke wenden. Wahrscheinlich haben wir 'ne Monster-Staubfahne hinterlassen und sie haben den Braten gerochen.«

Ich spüre, wie das Ende der Dienstreise näherrückt.

»Und jetzt?«

Nick schaut abwechselnd nach vorne und in den Seitenspiegel. »Einfach weiterfahren. Eine Chance haben wir noch.«

»Welche?«

»Erklär ich später, fahr einfach weiter.«

Später, später – wann erklärt er überhaupt mal was? Bloß nicht in den Spiegel gucken, bloß nicht in den Spiegel ... Ach, was solls. Was, *so* nah dran sind die schon? Man kann jetzt sogar den Piloten erkennen. Trägt 'ne Ray Ban *Aviator*, dafür müssten ihm die Bullen eigentlich eine Klischee-Knolle verpassen. Was soll der ganze Verfolgungsmist überhaupt? Was wollen die machen? Uns hier mitten im Berufsverkehr mit ihren Kufen von der Straße schubsen? Wir kurven doch nicht durch irgendeine Bananenrepublik, außerdem kriegen sie das Tape niemals in die Finger, wenn wir einen Unfall bauen.

Wie kann der Beifahrer nur so ruhig bleiben? Anstatt »weiterfahren« zu sagen, macht er nur noch mit der Hand so eine Bewegung Richtung Windschutzscheibe, als ob er einen Block Ziegelsteine in Zeitlupe durchschlagen wollte.

Da, jetzt hört man sogar die Turbinen, genau wie damals in Grönland. Seitenspiegel checken. Nein, sie sind nicht mehr zu sehen. Das heißt, sie kleben jetzt direkt über uns, im toten Winkel überm Dach. Um nachzuschauen, müssten wir uns rausbeugen, damit ginge das letzte Stückchen Tarnung flöten. Wäre eigentlich auch egal, denn leider gibt es nicht so viele weiße Durangos, wie Nick bei der Auswahl des Wagens wohl dachte. Wir stechen aus der Blechlawine raus wie die Fliege in der Suppe.

Anstatt irgendwas zu sagen, irgendwas, das Mut macht, zerhackt der Beifahrer weiter mit der Handkante die Luft.

»Weiterfahren. Du bist gleich da, Luke.« Witzbold.

Das nächste grüne Ausfahrt-Schild kommt in Sicht. Denver Int'l., gleich sind wir wieder genau da, wo wir vor fünf Minuten losgefahren sind.

»Fahr da raus, dann weiter Richtung Abflug«, weist Nick an.

Vielleicht hat uns auch nicht Grace von der Autovermietung verraten, sondern Andie? Sie könnte bei der Buchung nicht aufgepasst haben, sodass die Company von unseren Reiseplänen

Wind bekommen hat. Oder gehört sie sogar zu *denen*? Nein, tut sie nicht, ich weiß, dass sie zu den Guten gehört. Und zu mir.

Ausfahrt, schön runter auf 45 Meilen gehen, da stehen die Cops besonders gerne, um die Touris zu ficken, die mit ihrem ersten V8 unterm Arsch den totalen Abgang kriegen und es auf dem Highway natürlich sofort Burt-Reynolds-like krachen lassen wollen. An Ende des Verzögerungsstreifens teilt sich die Straße, links geht es zu den Parkplätzen der Autovermieter.

»Da rüber?«

Nick schüttelt den Kopf. Das Grummeln des Hubschraubers ist immer noch nicht leiser geworden.

»Ne, weiter Richtung Abflug, wir müssen möglichst nah ans Rollfeld rankommen.«

Aha, der Flugzeug-Nerd weiß irgendwas, was ich nicht weiß.

Es wird voller, ich muss abbremsen. Wir sind auf der Straße, die direkt zum Abflug führt, da knubbelt es sich immer. Spielt keine Rolle, so nah, wie der Heli uns auf der Pelle hängt, können wir ihm ohnehin nicht mehr wegfahren.

»Which Airline?« Ich versuche, so zu klingen wie der Typ, der den Shuttlebus der Autovermietung gefahren hat.

»Janet Airways, was sonst?«, witzelt Nick zurück.

Ein Taxi zieht mit heulendem Motor erst rechts vorbei, zuckt dann aber gleich wieder ein paar Zentimeter vor unserer Stoßstange zurück in unsere Spur. Vollidioten, die fahren uns noch rein, bevor wir die Karre wieder bei der Vermietung abgeben können.

Die Indianerzelte kommen in Sicht, mit dunklen Wolken dahinter. Das sind die angekündigten Gewitter. Nick lässt das Fenster wieder ganz runter. Ein heißer Sommerwind mit Kerosinfahne zieht rein.

Dass der Flughafen für uns ein mystischer Ort war, ist lange her. Den letzten Airport-Flash, mal nachdenken, hatten wir vor ungefähr hundert Jahren, damals, als die Nasa das Space Shuttle – warum auch immer – auf 'ner 747 durch Europa kutschiert hat. Genau, da standen wir am Flughafen auf der Besucherterrasse und waren total geflasht. Sogar Nicks Vater, der alte Spießer, war dabei, um mit seiner Spiegelreflex den außerirdischen Besuch zu knipsen.

»Jetzt ins Parkhaus«, befiehlt Nick.

Sollte er wirklich den alten Trick von Colt Seavers probieren wollen – ins Parkhaus reinfahren, damit der Hubschrauber den Sichtkontakt verliert. Nette Idee, doch was ist, wenn sie einfach so lange über der Ausfahrt kreisen, bis wir wieder rausfahren, oder einfach einen Wagen hinterherschicken? Dann sitzen wir im Parkhaus in der Falle. So nonchalant, wie die Jungs in der Botschaft mit Nick umgegangen sind, tun das Amis sicher nicht. Zumal wenn sie schon 'nen Hubschrauber schicken.

Obwohl – wo ist das Knattern der Rotorblätter?

Nick scheint dasselbe zu denken und beugt sich raus.

Als er den Kopf wieder reinzwängt, grinst er breit.

»Sind weg.«

»Wie weg?«

»Ja, weg – weg. Haben abgedreht.« Er sieht sichtlich erleichtert aus, sein Plan scheint eine Menge Unbekannte enthalten zu haben.

Ich stoppe vor dem Parkscheinautomaten und beuge mich auch raus. Der Hubschrauber ist wirklich verschwunden; stattdessen zieht hinter den Spitzen der Indianerzelte fauchend eine Air-Alaska-Maschine hoch. Ich starre ihr so lange hinterher, bis einer der Fahrer hinter uns anfängt zu hupen. Schon gut, Arschloch. Ich ziehe ein Ticket, der kühle Schatten des Parkhauses fühlt sich gut an.

Nick wischt sich mit der Hand über die Stirn.

»Jetzt brauch ich erst mal 'nen kühlen Dew.«

❋23 T-4:09:42

Willkommen im Air-Force-County.

Wie so oft in den kleinen Dörfern fehlt auch hier die Kohle, um außer der Hauptstraße irgendwas zu teeren. Deshalb starren wir von der Veranda unseres Motels auf einen braunen Strom aus Schotter. Auf dem verwilderten Grundstück dahinter steht ein Mobile Home, eines dieser Häuser, die man mit einem Tieflader woanders hinschaffen kann, falls die Bullen dahintergekommen sind, dass man in den eigenen vier Wänden ein bisschen Meth geköchelt hat – die Dorfdroge, die hier alle kaputt macht.

Wer auch immer in der Bruchbude gerade vor sich hinschmort, er hat Stil. Direkt vor der Tür rosten zwei alte Camaros vor sich hin, solche Angeberschleudern aus den Siebzigern, die bei uns nur Zuhälter fuhren. Beide sind gelb lackiert, mit zwei schwarzen Go-faster-Streifen quer über Dach und Motorhaube. Früher haben die Muscle-Cars mal geglänzt, jetzt ist der Lack so matt wie der Staub im Straßengraben, und über den Radkästen sprießen Rostpocken aus dem Blech.

Die Einfahrt zum Motel geht nicht zum Highway raus, sondern nach hinten, Richtung Trailerpark, was nichts anderes bedeutet, als dass in dieser Unterkunft niemals ein Ami mit geregeltem Einkommen absteigen würde. In diesem Land gibt es klare Übernachtungsregeln. Wer im Motel in der zweiten Reihe logiert, für den ist der amerikanische Traum geplatzt.

Kurzer Blick in die White-Trash-Checkliste, ja, das Motel erfüllt alle Anforderungen: Aufgerissene Polstermöbel *vor* den Zimmern? Check. Stapelbare Restaurantstühle mit bordeauxrotem

Kunstlederbezug im Zimmer? Check. Keine TV-Kanäle, weil der Motelbesitzer die Kabelrechnung nicht bezahlt hat? Check. Dafür hat uns der Aso im Office nicht schräg angeguckt, als wir zum Bezahlen unser Bares rausgeholt haben.

Zwei pickelige Teenies mit Baseballkappen klappern auf ihren BMX-Rädern vorbei, mitten durch Mückenschwärme, die in der Abendsonne über dem Schotterweg spielen. Für die Pickelbubis müssen wir ziemlich seltsam aussehen: ein blauäugiger Typ mit Nadelstreifenhose und verknittertem schwarzen T-Shirt. Daneben ein Dunkelhaariger mit Löchern in der braunen Cargohose und zerfetzten Chucks – der wirkt nicht ganz sauber, könnte von südlich der Grenze kommen. Wäre nicht das erste Mal, dass ich in der Mexikaner-Schublade lande. Jedenfalls zwei sehr seltsame Gestalten – zu abgefuckt, um auf Geschäftsreise zu sein, gleichzeitig zu alt für den Kumpeltrip. Bleibt wie immer nur eine Option übrig: Jungs aus San Francisco.

Wir sind mal wieder im Air-Force-County angekommen, in einem der Nester, die nur deshalb existieren, weil hier die Luftwaffe eine Basis aufgemacht hat – oder die Nationalgarde, so eine Art von Schützenverein mit Düsenjägern. Im Park neben der Schule, an dem wir vorbeifuhren, thronte ein riesiger Jet auf einem Podest – »eine F-111«, wie der Beifahrer zu berichten wusste. Erstaunlicherweise hat er darauf verzichtet, ein Retrorätsel draus zu stricken, so nach dem Motto »In welchem Titel kommt das Wort ›F-111‹ vor?«. Ha, es wären natürlich die obskuren Sigue Sigue Sputnik gewesen mit »Love Missile F-111«. Shoot it up.

So abgefuckt, wie das Nest aussieht, sind die *Fly Boys* wohl schon lange abgezogen. Es wird halt niemand mehr gebraucht, der die Westgrenze der USA gegen anfliegende russische Bomber absichert. Drei Stunden südlich von hier haben die Generäle damals einen ganzen Berg aushöhlen lassen, um sich da ihren

Atombunker einzurichten. Cheyenne Mountain, kennt man ja aus »War Games«. Dieser Mistfilm verfolgt uns echt.

Nachdem wir gewartet hatten, bis der Datacorp-Hubschrauber auch garantiert weg war, wagten wir uns ganz vorsichtig aus dem Parkhaus raus. Die Luft war rein. Da unsere Verfolger ja ohnehin schon wussten, wo wir sind, ist Nick nochmal schnell ins Terminal rein, um am Automaten Geld nachzutanken. Ich musste danach noch zwei Stunden lang fahren, bis wir uns einig waren, dass der Sicherheitsabstand zu Denver und unseren Verfolgern groß genug sei. Der Beifahrer bestand darauf, nur über Landstraßen zu holpern, anstatt die bequeme Interstate-Schnellstraße zu nehmen.

Jetzt, eine Dusche und einen Trip zur Tanke später, geht sein Wunsch von vorhin in Erfüllung: Genüsslich setzt er seine Dose Mountain Dew an, seine absolute Lieblingslimo. Warum er nach diesem Monstertag – und obendrein fünf Minuten vor dem Schlafengehen – ein Getränk braucht, das so viel Koffein wie ein McDonald's Kaffee enthält, bleibt sein Geheimnis. Ich habe mich für ein Coors-Bier entschieden, das kommt sogar halbwegs aus der Gegend.

Die Gewitterwolken haben sich in der Zwischenzeit verzogen, sodass die Abendsonne ungestört auf unsere Wangen brutzeln kann. Zum ersten Mal bleibt Zeit, richtig durchzuatmen.

»Jetzt spucks schon aus, warum hat der Quirl abgedreht?«

Nachricht an mich selbst: Einen Hubschrauber »Quirl« zu nennen, klingt nur bei Chuck Norris gut, bei allen anderen nach Küchenutensil.

Nick legt den Kopf etwas verlegen zur Seite, so, als sei ihm seine eigene Genialität peinlich. »Tja, die konnten vermutlich nicht anders. Rund um jeden Flughafen gibt es so Zonen, von A bis E. Und in die innerste Zone, den Class-A-Airspace, kommt so leicht kein Hubschrauber rein, weil sonst die Gefahr zu groß wäre, mit einer der startenden oder landenden Maschinen zu kollidieren.« Solche Worte liebt er – »kollidieren«. Er könnte auch »zusammenstoßen« sagen, nur würde das wesentlich unmilitärischer klingen. Lustig, dass gerade er, der Ex-Zivi, so auf diesen Armeesprech abfährt. »Jedenfalls scheint der Air Traffic Controller ...«, also der Fluglotse, »... den Jungs von der Datacorp keine Freigabe erteilt zu haben. Voilà – sie mussten abdrehen.«

»Hätten sie nicht einfach in der Luft warten können?«

»Klar hätten sie, aber spätestens nach anderthalb Stunden wäre ihnen der Sprit ausgegangen. Die haben sicher noch 'nen Wagen geschickt, aber der hat uns ja leeeeider verpasst.« Zufrieden nippt er kurz an seinem Dew. »Das darf uns aber nicht nochmal passieren!« Holla, der Business-Ton kam aber jetzt unvermittelt.

»Heißt?«, frage ich brav.

»Heißt: Ab jetzt dürfen wir der Firma nicht mehr den Fitzel einer Chance geben, uns zu lokalisieren.«

»Na, in diesem Loch finden sie uns sicher nicht«, witzele ich.

Nick lässt mich mit meinem jovialen Einwurf voll auflaufen.

»Da kannst du dir *nie* sicher sein«, sagt er und fügt mit einem extra-ernsten Gesicht hinzu: »Nie!«

Und was bedeutet das? Nick schaltet den Ich-weiß-etwas-was-du-nicht-weißt-Blick wieder aus.

»Die Regeln sind einfach: Nicht telefonieren, keinen Rechner anfassen, keine Kreditkarten benutzen – und kein Geld ziehen!« Logisch, den konnte er sich nicht verkneifen. »Außerdem große Städte meiden, da steht an jeder Ecke eine Cam, die den Verkehr überwacht. Um alle Straßen, die Maut kosten, müssen wir 'nen Bogen machen, weil an dem Zahlkabüffchen Kameras alle Nummernschilder aufzeichnen.« Dass die Datacorp selbstverständlich Zugriff auf all diese Netze hat, erwähnt er nicht mal mehr. In dem Moment, als uns der Heli aufs Korn genommen hat, ist bei ihm das letzte Quäntchen Vernunft verdampft.

Ein fetter Typ auf einem Quad knattert vorbei und zieht eine riesige Staubfahne hinter sich her.

Langsam findet Nick Gefallen an seiner Predigt und legt sich richtig ins Zeug.

»Wir dürfen mit niemandem reden, der auch nur in der Nähe eines Rechners sitzt. Sprich: Große Motelketten sind passee, weil die deinen Namen gleich in eine Marketing-Datenbank eintippen. Vor allem sollten wir den Cops aus dem Weg gehen. So, wie ich die Datacorp kenne, haben sie Grace von der Vermietung eingeredet, dass wir die Karre nicht zurückbringen. Sie wird dann vermutlich die Bullen informiert haben. Würde mich jedenfalls nicht wundern, wenn wir schon in einer Polizeidatenbank stehen.«

Noch bevor ich meiner Angst irgendwie Luft machen kann, spult Nick weitere Überwachungsszenarien ab: Mein Telefon solle ich nicht nur ausmachen, meint er, sondern am besten gleich wegwerfen, weil man es selbst abgeschaltet mit einem »nonlinearen Junction Detector« aufspüren könne – ein Gerät, das Radiosignale aussendet und merkt, wenn sie von Schaltkreisen reflektiert werden. Wow, vor dem Einwand ziehe ich respektvoll meinen Hut aus Alufolie. Dass ich ihm einen Vogel zeige, ignoriert er einfach und brabbelt weiter.

»Ums kurz zu machen ...« Damit beendet er immer seine Reden, wenn er es eben *nicht* kurz gemacht hat.

»Alter – wir müssen wieder analog werden.«

Nintendo®

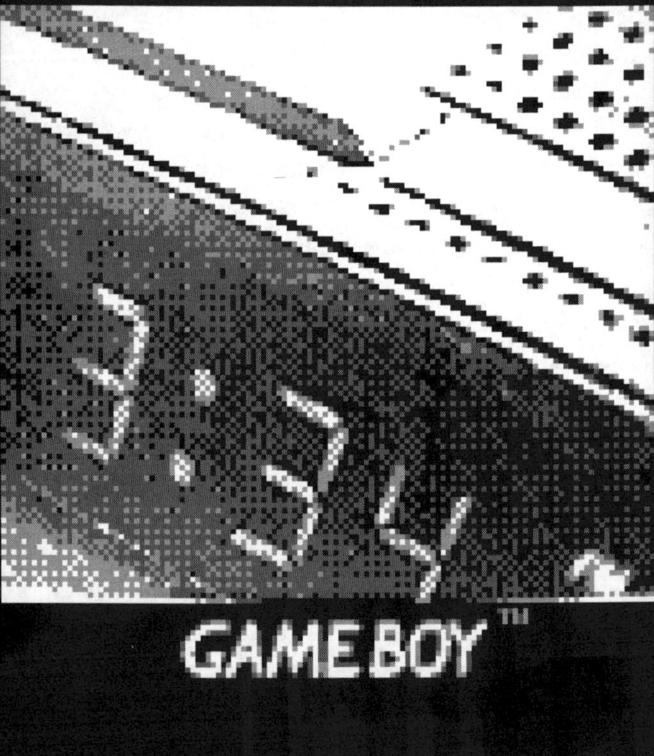

GAME BOY™

#24 T-4:02:22

Die rote Anzeige des Radioweckers glimmt vor sich hin.

3:34

Die Zahlen sind, wie sich das gehört, aus guten alten Sieben-Segment-Leuchtdioden zusammengebaut. Mensch, das war einer der vielen Momente, in denen mir klar wurde, dass ich niemals mit Nick würde schritthalten können: als er an einem Nachmittag mal hoppla-hopp genau so eine Anzeige zusammengelötet hat, aus Dingen wie einem »astabilen Multivibrator« – das Wort ist natürlich nur deshalb hängen geblieben, weil es »Vibrator« enthielt und wir als Dreizehnjährige dazu einige ungelenke Zweideutigkeiten absondern *mussten*.

3:34

Super, mal wieder richtig ausgeschlafen, wie immer in der ersten Nacht in den Staaten. Wenn es hier halb vier nachts ist, denkt der europäische Körper, es sei höchste Eisenbahn, endlich vom Mittagsschlaf aufzustehen. Habe ich überhaupt geschlafen? Nicks Bett quietscht, vielleicht ist er schon empfangsbereit.

»Alter?«

Wieder nur Lakenrascheln. Wahrscheinlich quält er sich gerade durch einen dieser horrormäßigen Jetlag-Träume, in denen alle Menschen immer zerfetzt werden oder verbrennen. Er pennt wie üblich im rechten Bett, weil das maximal weit weg von der Klimaanlage steht, in deren gewaltigem Luftstrom er sonst einen steifen Hals kriegt, wie er behauptet.

Schade, dass er schläft, dabei hätte ich so 'nen guten Eröffnungszug fürs Auto-Ausfüllen:

Bitte ergänzen Sie diese Liedzeile:

»Why does it hurt ...«

Vermutlich würde er den Rest der Zeile – »when my heart misses a beat« – nur so rausballern. Den Satz sagt die Frau am Anfang von »Dr. Mabuse«. Achtung: Bitte an dieser Stelle eine Pflichtzote einfügen, schließlich kommt in »Mabuse« ein Stück von »Busen« vor. Jaja, die geistige Armut männlicher Heranwachsender kann gar nicht groß genug eingeschätzt werden.

Propaganda hieß die Kapelle und kam aus Düsseldorf, was einen auf eine diffuse Art stolz machte. Im Grunde genommen ist es aber bedeutungslos, ob man die erste Zeile des Hits noch kennt oder nicht, genauer gesagt, es ist scheißegal. Denn fürs Unesco-Weltkulturerbe reicht der Kram ohnehin nicht. Als wir uns die Propaganda-CD letztens aus Spaß nochmal reingetan haben, konnten wir den Synthiebrei keinen Song lang aushalten. Er war einfach nur schlecht.

Komisch ist, dass die *Nostalgier* trotzdem nicht nachlässt. Kaum hat man gemerkt, dass *ein* Kindheits-Hit im Licht der Gegenwart von Schrott zerfällt, schwärmt man schon vom nächsten – der unterm Reality Check genauso zerbröseln würde.

Es ist wie mit den alten Games, die wir immer rauskramen. Selbst das von uns so verehrte Impossible Mission schrumpft »am Ende des Tages« – wie es der Nickmeister ausdrücken würde – auf zwei Dinge zusammen. Jump und Run. Plus ein Puzzlespiel, das kein Mitglied der menschlichen Rasse jemals interessiert hat. Deshalb zockt es sich heute so zäh. Das Spiel ist zwar dasselbe, nur der Mensch am Joystick nicht.

Sind meine Augen überhaupt schon auf? Es ist so dunkel, und so ruhig. Die Klimaanlage kann völlig ungestört vor sich hinbrummen, nicht mal ein Trucker, der möglichst früh auf dem Bock sitzen will, lässt seinen Kenworth einen Meter vor dem Motelzimmer warmlaufen. Hat die Null-Sterne-Absteige doch noch ihre Vorteile.

In zwei Stunden geht unsere elektronische Schleichfahrt also weiter.

Vielleicht sollten wir eine falsche Fährte legen, um unsere Verfolger abzuschütteln. Wir könnten zum Beispiel an der Tanke mein Telefon anschalten und es bei irgendeinem fremden Pick-up auf der Ladefläche deponieren. Dann würden die Bluthunde von der Datacorp hinter dem herhetzen.

Klingt zu einfach. Vermutlich würde der Beifahrer diese Idee in einer Nanosekunde zerlegen und mich als totalen Kindergarten-Agenten entlarven. Warum muss er immer recht haben? Warum muss er überhaupt immer alles haben? Wenn er wenigstens ein Angeber wäre, dann könnte man ihn einfach hassen. Aber nein, er muss ja so wahnsinnig gut und bescheiden sein – und kriegt trotzdem alles.

Keine Frage: Nick hat die Dinge im Griff, oder zumindest tut er so, als hätte er sie im Griff, auch jetzt, auf unserer Dienstreise. »Ist doch alles glattgegangen mit dem Hubschrauber«, würde er sagen, wenn ich ihn drauf anspreche. Ja, alles ganz easy, nur ein bisschen Flug-Nerdwissen ausspielen, und schon müssen die Bösen abdrehen.

Aber glaubt er wirklich, dass die Sache hier gut ausgeht – jetzt, wo es keinen John mehr gibt, der uns den Rücken frei hält? Shaun und die anderen hungrigen Karrieristen in der Company werden doch über Leichen gehen, um das Tape in die Hände zu kriegen.

Und selbst wenn wir die Sache durchstehen: Wie geht es danach weiter, im Leben nach der Datacorp? Vielleicht fällt dann ja ein Krümel von seinem Glückskeks für mich ab, wäre echt höchste Zeit. Es würde völlig reichen, wenn mal eine Frau hinter der Schiebetür am Flughafen auf mich wartet. Sie muss kein Schild mit »Kee« drauf hochhalten, ein Blumenstrauß reicht. Das wärs.

Nick raschelt weiter. Gute Nacht, John-Boy. Du weißt doch, Alter, dass ichs dir in Wirklichkeit gönne.

#25 T-3:21:44

Komm schon: Gib doch zu, dass du es brauchst, du Stück! Du brauchst mal wieder ein ordentliches Gerät!

Eine geschlagene Stunde friemelt Nick jetzt schon am Autoradio rum. Erst mal hat er alle Sender auf Mittelwelle durchgescannt – mit dem üblichen Ergebnis: Entweder kreischen irgendwelche konservativen Moderatoren rum, weil sie stört, dass man die Penner *nicht* auf der Straße verrecken lässt, oder es dudelt mexikanische Musik, die wie der Soundtrack zu einem Hütchenspiel klingt. Nach der Mittelwelle hat sich der Beifahrer die UKW-Frequenzen vorgeknöpft, wo es außer Country-Sendern auch nichts zu holen gab. Als Nächstes probierte der Herr sämtliche Equalizer-Einstellungen durch. »Cool, wir hören jetzt alles nur noch mit dem TALK-Preset, da klingt selbst UKW wie Mittelwelle.« Ja, supercool, Nick. Danach wurde die Uhr eingestellt, jetzt ist er beim Fader angekommen. Seit zehn Minuten lässt Nick das Country-Gedudel durch unser Boot wandern: Erst fiedelt es ganz hinten auf der Rückbank, dann pirscht sich der Sänger langsam an die Windschutzscheibe ran und jammert über »Bin Laden«, was sich bei ihm doch tatsächlich auf »forgotten« reimt. Nach dem Refrain marschiert das Gesülze wieder zurück Richtung Kofferraum. Zehn Minuten lang! Ich halts nicht mehr aus.

»Alter?«

Nick reißt seine Hand vom Radio weg und tut so, als wäre er nicht da.

»Ja?«

»Kann es sein, dass du elektronischen Entzug hast?«

»Was meinst du?« Noch mehr Unschuldsmiene.

»Na, dass du Gadget-Turkey schiebst, dass du dringend ein Gerät zum Rumspielen brauchst.«

Nick deutet einen Kinderschmollmund an, aber nur eine Sekunde lang, dann quillt es aus ihm raus.

»Und ob! Bitte, lass uns bei der nächsten Tanke rausfahren. Nur irgendwas mit Strom.« Seine Finger klimpern auf einer Tastatur aus Luft rum. »Wie wärs denn mit 'nem CB-Funkgerät, das wär doch geil.« Er hält sich ein imaginäres Mikro vor den Mund. »Schschschscht. This is Rubber Duck.«

Natürlich eine Anspielung auf »Convoy« mit Kristoffersen und Borgnine, ganz großer Streifen.

»Du vergisst, dass wir keine Spuren hinterlassen dürfen«, sage ich, wie ein braver Schüler, der sich freut, mal den Lehrer korrigieren zu dürfen.

Der Beifahrer legt wieder eine Schmollsekunde ein, kann sich von seiner CB-Vision trotzdem nicht ganz losreißen.

»Schschscht. Breaker, breaker, I need a bear check, over!«, krakelt er ins eingebildete Mikro.

Diesen Code benutzen Trucker, wenn sie von ihren Kollegen wissen wollen, ob jemand einen »Bären«, also einen Polizisten, auf der Strecke gesichtet hat.

Wo wir gerade langzuckeln, sind allerdings die Chancen größer, einen echten Bären zu treffen. Seit dem Frühstück geht es weiter nach Norden, immer an der Kante der Rockies entlang. Eine seltsame Landschaft, fast wie aus dem Computerspiel: Auf meiner Seite des Autos stapeln sich die Dreitausender bis zur Oberkante des Fensters – ein Meer dunkler Fichten mit Inseln aus schroffem Fels und Schnee. Auf Nicks Seite, wo die Morgensonne langsam hochkriecht, gibt es nichts zu sehen als eine platte beige

Ebene, die theoretisch bis Chicago reicht. So 'ne binäre Kulisse gibts bei uns nicht. Wenn man in Europa auf die Alpen zufährt, dann merkt man ja kaum was davon: Da kommen erst die Vor-Voralpen, gefolgt von den Voralpen und irgendwann steht man vorm Gotthard.

Die guten Menschen von Amerika sind natürlich schon aufgestanden. In den Vorgärten der Farmhäuser, allesamt so groß wie ein Fußballplatz, laufen die Rasensprenger auf Hochtouren; im Gegenlicht sehen die Fontänen aus wie Goldregen an Silvester. Ganz klar die schönste Zeit auf der Straße.

In einer Garageneinfahrt steigt ein kleiner Junge gerade zu seinem Vater aufs Quad. Beide tragen Tarnwesten und Gummihosen – wohl der Start eines Angelausflugs. Zoom. Wir zischen an einem Opa vorbei, der mit einem langen Piekser in der Hand den Seitenstreifen entlangspaziert und Müll aufsammelt. Er hat wohl die Meile des Highways adoptiert, für sich oder einen seiner Kameraden, der in Korea geblieben ist. Schöne Idee.

Ich schaue zu Nick rüber. Er stiert über den Rand seines längst eiskalten Tankenkaffees hinweg ins Nichts. Wohin wir fahren, lässt er sich nach wie vor nicht aus der Nase ziehen. Er hält sich strikt an das CIA-Prinzip *need to know*: Der Kollege erfährt immer nur genau so viel, wie er für seinen nächsten Schritt wissen muss – nicht mehr und nicht weniger. Nachfragen gehört sich nicht.

Sobald wir an eine Kreuzung kommen – was auf diesen Sträßchen alle paar Meter passiert –, schielt er kurz auf seine Karte, die er heute Morgen zusammen mit dem Kaffee gekauft hat, und zeigt dann in eine beliebige Himmelsrichtung. »Noch 'n guten Tag« würden wir noch brauchen, mehr verriet er nicht. Unser Ziel liegt also im nördlichen Wyoming oder in Montana, vermutlich kennt er die Location noch von seinem letzten Abenteuer im

Atombunker. Außer nuklearen Relikten gibts da oben nämlich nicht viel, nur ein paar *Missile Alert Facilities*, wo eine Legion armer Schweine immer noch rund um die Uhr mit der Hand am roten Knopf sitzen muss.

Wer da oben wohl einen IBM einundfünfzig-zehn im Keller hat? Vielleicht so ein durchgeknallter Waldschrat. Den Bundesstaat Montana kennt der Rest von Amiland ja nur als die Heimat des Unabombers, eines durchgeknallten Inlands-Terroristen. Kaczynski hieß der Typ, war zunächst ein unauffälliger Matheprofessor. Irgendwann sind ihm die Sicherungen durchgebrannt und er fing an, in einer Hütte im finsteren Wald Bomben zu basteln. Er wollte die Welt von aller Technologie befreien oder so. Drei Leute mussten sterben, Mitte der Neunziger hat das FBI ihn gekriegt. Zu so einem Typen würde es natürlich passen, dass er seine Manifeste auf einem Computer von 1978 tippt.

»Komm schon – nur das Funkgerät?«, bettelt Nick und faltet die Hände. Ich muss lachen.

Dann legt sich wieder Stille über unser Boot.

Nein, so sehr wir uns auch anstrengen: Das entspannte Cruisen will sich nicht richtig einstellen. Wie sollte es auch, wenn jeder ständig klammheimlich in den Rückspiegel guckt, um zu checken, ob wieder irgendein Hubschrauber zum Sturzangriff ansetzt?

Unser heiliges Tape hat Nick heute Morgen beim Einsteigen als Allererstes ins gekühlte Handschuhfach gelegt, und zwar so vorsichtig, als sei es ein Fabergé-Ei. Bloß nicht irgendwo anstoßen, das könnte die wertvollen magnetisierten Metallatome auf dem Band stören, die – zumindest in meinem Kopf – wie Dominosteine im Wind wackeln.

Ob wir wohl schon Stoff für eine Story auf CNN sind? Sehe schon das Laufband unten am Bildrand: GERMAN TERROR SUSPECTS IN CROSS COUNTRY CHASE. Die von CNN finden bestimmt irgend'nen

Dreh, um uns zu Feinden des Homeland hochzustilisieren. Auf der anderen Seite: Wen interessierts, was die senden? Okay, zu Zeiten des ersten Golfkriegs, von Bush Senior oder O. J. Simpson war CNN noch relevant. Aber heute läuft da allenfalls Promi-Klatsch. Das Bewusstsein der Welt ist schon lange ins Netz abgewandert.

Nintendo®

GAMEBOY™

weiteres Zeichen der Zeit. Sign o' the Times. Großartiges Video von Prince übrigens, alles in der Schriftart Times gesetzt, natürlich. Einer von den Clips, die Lichtjahre besser waren als der Song selbst, so wie »Stay The Night« von Chicago, da, wo Cetera die ganzen Stunts macht. Die Anmoderation von Stefanie Tücking bei »Formel Eins« habe ich heute noch im Ohr.

Wie Kamele, die sich um ein Wasserloch zusammenrotten, quetschen wir uns in den Minischatten, den die Telefonzelle wirft, und versuchen, nachzudenken. Sollen wir weitersuchen, oder gibt Nick endlich seine Fernsprechpläne auf? Das Sonnenlicht brennt seitlich durch die Fenster der Zelle und bricht sich in den Blasen, die die Leute mit ihren Kippen ins Plexiglas gebrannt haben.

Nick kickt unmotiviert ein paar Schottersteinchen weg, natürlich ganz vorsichtig, damit seine guten Lederschuhe nicht kaputtgehen. Er rechnet wohl damit, bald wieder zu einem Bewerbungsgespräch antreten zu müssen.

»Ist das nicht schlimm?«, nuschelt er.

Stop – Jammer-Time! In meinem Kopf dudelt unweigerlich der Loop von »Hammertime« los. Kein Zweifel, der Beifahrer legt gleich eine seiner gefürchteten Minuten-Depressionen ein.

»Was ist schlimm?«, erkundige ich mich.

Nick zuckt mit den Schultern.

»Na, dass alle Sachen, mit denen wir groß geworden sind, langsam verschwinden: Telefonzellen, Straßenkarten, Fotoalben, Kassetten ...«

»... Neonschilder, Blitzwürfel, Testbilder, Lexika«, ergänze ich. Vielleicht geht sein Nostalgieanfall ja schneller vorbei, wenn ich ihm helfe, die Liste zu komplettieren?

»Genau.« Der Beifahrer lässt seinen Kopf noch weiter nach unten sacken, reißt ihn dann aber plötzlich hoch, wie immer, wenn ihm was eingefallen ist.

»Weißt du, was das Aller-aller-aller-Albernste ist?« Er zielt mit dem Zeigefinger pistolenmäßig auf mich.

»Nö.«

»Wenn die Kids heutzutage im Konzert bei einer Ballade ihre Telefone hochhalten anstatt eines Feuerzeugs. Das finde ich maximal albern. Das sind so die Momente, in denen ich das Gefühl habe, auf einem fremden Planeten zu leben.« Tiefer Seufzer, sein Kopf fällt wieder auf die Brust zurück. »Ständig muss man dabei zugucken, wie Sachen, ohne die man früher nicht leben konnte, einfach so verschwinden, abgebaut werden.«

Oha, jetzt kommt der Herr mal wieder richtig in Schwung. Stolz, als wollte er Modell für eine Marmorbüste stehen, reckt Nick das Kinn Richtung Highway, blickt versonnen in die Ferne und bindet sein Retro-Klagelied mit maximalem Pathos ab:

»Wir sind die erste Generation, die ihre eigene Archäologie erlebt.«

Genug. Weißte was, Alter? Ich hab die Schnauze voll von dem Gesülze. Es ist bekackt heiß, mein Kopf brummt, weil wir kaum noch pennen. Meine Augen brennen, weil ich den Straßenrand nach Kameras und Cops oder Wem-auch-immer abscannen muss und du nudelst hier das ewig gleiche Früher-war-alles-besser-Band ab. Irgendwann reicht es.

»Mal im Ernst, Alter«, gifte ich rüber, »wie oft hast du *wirklich* in einer Telefonzelle telefoniert?«

Erschrocken zuckt der Beifahrer zusammen.

»Weiß nich. Zwei- oder dreimal?«, tastet er sich vor.

»Genau! Weil entweder keine in der Nähe war, wenn man sie brauchte, oder weils da drin derart nach Pisse gestunken hat, dass man direkt wieder rückwärts rausgekippt ist. Niemand, ich wiederhole, *niemand* vermisst eine Telefonzelle wirklich. Genauso wenig wie jemand heute noch ein Testbild sehen will, das war doch nichts als faschistoide Unterhaltungsverhinderung. Außerdem habe ich auch keinen Bock mehr, eine halbe Ewigkeit im Brockhaus zu blättern, weil mir nie einfällt, ob ›P‹ vor oder nach ›S‹ kommt. Und erst diese verfickten Falk-Pläne, die man zwar immer auseinander-, aber nie wieder zusammengefaltet bekam – hör doch auf! Dem ganzen Scheiß weint doch niemand wirklich eine Träne nach. Es ist doch so, Alter: In Wirklichkeit war doch früher kaum was besser – außer uns selbst vielleicht!«

Nick stolpert nach hinten, sodass er zur Hälfte in der von ihm so gehassten Sonne steht. Dabei schaut er bedröppelt wie ein Hund, der gerade von seinem Herrchen auf dem Schotterplatz neben der Straße ausgesetzt wurde. Okay, war vielleicht 'n bisschen dick aufgetragen, aber es musste mal raus.

Bewegungslos starrt mich Nick an. Angeblich reicht es ja aus, einem anderen Menschen drei Sekunden lang in die Augen zu sehen, um seine Seele zu erreichen. Diese Sekunden können verdammt lang sein, wenn es dein bester Kumpel ist.

Durch seine Pupillen rasen die Daten zu mir rüber: Wie konntest du nur die Sache verraten? Was fällt dir ein, alles infrage zu stellen, was uns seit einem Vierteljahrhundert verbindet? War es nicht immer schön, das ganze Retro-Geschraube? War es nicht zutiefst erfüllend, das Schrift-ROM vom Cevi zu sockeln, damit alles in altdeutscher Schrift erscheint? Seine Augenlider flackern. Keine Frage, gleich wird er zum thermonuklearen Gegenschlag ausholen. Drei, zwei, eins ...

Was ist das? Anstatt aus allen Rohren zurückzufeuern, wendet er sich ab und schlorrt zurück zum Wagen.

»Lass mal weitersuchen«, murmelt er, ohne sich umzudrehen.

Vielleicht ist es wirklich zu heiß.

Nintendo®

GAME BOY™

#27 T-3:16:29

Sandwich Artist.

Die Buchstaben aus weißem Garn leuchten auf dem dunkelgrünen Polohemd. Eigentlich müsste der Bursche Größe S tragen, doch die Firma hatte wohl nur noch XL da, deshalb schlackert der Stoff um den klapperigen Teenagerkörper wie eine Fahne im Wind. Sandwich Artist. Oha, hier haben wir es also nicht nur mit einer Aushilfe zu tun, die für einen Mindestlohn Stullen schmiert, sondern mit einem wahren Künstler.

»Footlong or six inch?«, leiert der Imbiss-Kunstschaffende wie eine Sprachbox runter. Die schwarzen Spitzen an seinen naturroten Haaren zeugen von einem fehlgeschlagenen Färbe-Experiment. Er ist höchstens siebzehn und steckt in dieser Phase, in der man sich vor der Welt und seiner eigenen Existenz besonders doll ekelt – was verständlich ist, wenn man sich die Aknekrater auf seinen bleichen Wangen anschaut.

Früher hätten wir ihn bestimmt in die Schublade »Goth« gepackt, die bei unseren Eltern immer »Grufti« hieß. Aber solche Jugendkulturen gibts ja angeblich nicht mehr, bis auf »Emo« oder so. Bei uns damals auf dem Schulhof, da war die Sache noch kompliziert: Da gabs zum Beispiel die Mods mit ihren Parkas, ein paar versprengte Punks und die Skins – natürlich keine dumpfen Faschos, sondern die echten Skins nach britischem Vorbild. Mit der Gruppe stylemäßig verwandt waren die Ska-Fans in ihren karierten Jacken, die auf der Schuldisco zu Madness immer so lustig getanzt haben. Am Retro-Ende standen die Psychobillys und Rockabillys. Die machten auf Fünfziger, mit hoch aufgetürmter

Haartolle und amerikanischer Collegejacke. Von denen meinte Nicks Dad, sie sähen aus wie diese »Proleten in seiner Jugend«, die Peter Kraus gehört hatten.

Jede Gruppe igelte sich mit ihren Klamotten und ihrer Musik ein, und wer sich nicht akribisch an den Codex hielt, wurde als »Pseudo« beschimpft und weggebissen. Da reichte es schon, gelbe statt weiße Schnürsenkel zu haben, und schon gabs was auf die Fresse. Diese – an sich ziemlich alberne – Schulhof-Kastenbildung wurde immer granularer und endete mit den »Heimat-Wavern«, die zu ihren Doc Martens bayerische Jankerl aus der CDU-Kleiderstube trugen – und trotzdem die *Smiths* hörten.

»Footlong – wheat!«, antworte ich dem kleinen Grufti und erspare ihm so direkt die nächste Frage, die er an dieser Stelle des Kundengesprächs stellen muss. Ein 30-Zentimeter-Sandwich, Weizenbrot, bitte.

Der Künstler zwängt seine Spinnenfinger widerwillig in ein paar Einmal-Handschuhe und schneidet das Brot längs und quer durch. Dann schubst er es einen halben Meter weiter zur Belagtheke, klatscht zwei Stapel Truthahn-Aufschnitt ins Pappbrötchen und schaut mich erwartungsvoll an.

»Cheese?«

»No cheese, no mayo«, instruiere ich ihn, so, wie das jeder Mensch tut, der a) über 30 ist und b) keinen amerikanischen Pass hat. Wer als Landesfremder an diesem Punkt nämlich nicht aufpasst, ist bald so fett wie die Gäste in Talkshows, die um die Mittagszeit ausgestrahlt werden.

Pling-plang-plong. Der elektronische Dreiklanggong an der Ladentür wimmert los, verendet aber schon nach dem zweiten Ton jämmerlich. Ah, der gute alte SAB600 IC. Gibt es einen Winkel der Welt, wo der keine Hörnerven malträtiert? Nick steckt sein glühendes Gesicht durch die Tür, dabei spreizt er stolz den

Daumen zum »Alles OK«-Zeichen in die Luft. Na also, alles wieder gut, Alter. Japsend stolpert er an den gelben Plastikbänken im Essbereich vorbei und baut sich neben mir vor der Theke auf. Obwohl es kurz nach zwölf ist, sind wir die einzigen Kunden. Gierig saugt der Beifahrer einen Zug eiskalte klimatisierte Luft ein und pustet sie wieder raus. Seit Kurzem ein echter Luxus.

»Alles klar. Keine Unregelmäßigkeiten.« Er grinst von einem Ohr zum anderen. »Sabina sagt, dass sich die Kleine schon an allen Sachen hochzieht. Noch 'n paar Tage und sie läuft!«

Was ist los, E.T.? Wenn du früher nach Hause telefoniert hast, wurden mir die Einzelheiten dezent erspart.

»Na, ist doch toll«, lüge ich mit gespielter Begeisterung.

»Sir?«, quakt der Rotschopf dazwischen. Stimmt, der ist ja auch noch da.

Ich muss ihm wieder was zu tun geben.

»Bell peppers, lettuce, jalapeños and some mustard. Take out.«

Natürlich zum Mitnehmen. »Wir müssen unbedingt in Bewegung bleiben – wie die Haie«, hatte mir der Beifahrer schließlich heute Morgen eingeschärft. Seine Erklärung klang einleuchtend: Wenn wir irgendwo lange parken, steigt die Chance, dass ein Bulle vorbeikommt und unseren Wagen bemerkt. Und weil die Datacorp sicher dafür gesorgt hat, dass er zur Fahndung ausgeschrieben ist, wäre unsere kleine Dienstreise an dieser Stelle vorbei. Deshalb haben wir beschlossen, wenn es geht, nur noch im Auto zu essen, was in diesem Nest bedeutet, beim Team von der U-Bahn einzukehren.

»Some chips?«, erkundigt sich der Sandwich-Künstler.

Ich lehne ab. »The same for me«, ruft Nick von der Seite rüber, während er einen kleinen Berg Vierteldollarmünzen durchzählt, den er sich zum Telefonieren zusammengerafft hatte. Der Rotschopf guckt kurz verwirrt, setzt sich dann aber langsam

Richtung Brotregal in Bewegung, um Material für sein nächstes Oeuvre zu holen.

Was haben wir denn da? Nachdem das Polohemd-Zelt zur Seite geweht ist, starrt uns eine Linse an. An der Wand hinter der Kasse klebt eine Kamera an der Wand, Modell Webcam aus den Neunzigern – eine Kugel aus silbernem Plastik. Dabei hatten wir uns doch extra eine Filiale ausgesucht, die nicht in einer der großen, mit Kameras gepflasterten Tanken untergebracht ist, sondern die alleine steht, auf einem Grundstück am Highway, schön mit Rasen drum herum.

Ich stoße Nick in die Rippen.

»Cam!«

Er schaut kurz hoch und mustert die Kamera.

»Keine Panik: Closed circuit, die hängt nicht am Netz.«

Dann wendet er sich wieder seinen Münzen zu.

Ding-ding-ding. Das amerikanischste aller Geräusche plärrt aus dem Fußraum: dieser Nervgong, mit dem der unmündige Fahrer in der Neuen Welt vor so ziemlich allem gewarnt wird – vom platten Reifen bis zum nicht angelegten Gurt. Da scheinen sich die Herren in Detroit echt abgesprochen zu haben, der klingt bei allen Herstellern gleich. Ding-ding-ding. Seit Jahren nehmen wir uns vor, mal den NF-Verstärker anzuzapfen und den Sound aufzunehmen, wofür auch immer. Im Zweifel um zu zeigen, dass es geht.

»Floor it«, befiehlt Nick, nachdem er die Autotür zugepfeffert hat. Analyse: Zitat aus »Speed« mit Bullock, ich soll das Gaspedal bis zum Boden durchdrücken.

»Wohin?«

»Zurück auf den Highway. Nach Norden, Schätzchen.« Er ist immer noch total high von seinem Telefonat. Unseren kleinen

Bruderzwist eben an der Telefonzelle hat er in seinem Kopf längst mit neuen Daten überschrieben. Darauf kann man sich verlassen: Nicks maximale Einschnappzeit liegt unter zehn Minuten, egal, wie heftig wir uns gestritten haben.

Wann wird er endlich verraten, welchen Bunker oder welchen Kumpel wir da oben ansteuern?

Behäbig schaukelt unser Boot über den Bordstein des Parkplatzes und rollt zurück auf den leeren Highway. Jetzt vorsichtig auf 25 Meilen pro Stunde vortasten und immer schön sachte an den Schulbushaltestellen vorbeikriechen – da verstecken sich die Cops mit ihren Radarpistolen besonders gern.

Die Häuser auf der Hauptstraße haben was von Westernstadt im Freizeitpark: Von vorne sehen sie voll protzig aus, mit Erkern, Vorsprüngen und Schnörkeln, doch wenn man vorbeigefahren ist und seitlich draufguckt, merkt man, dass der hintere Teil des Hauses nur aus einem fensterlosen, einstöckigen Kasten besteht.

Wie bei allen Nestern in der Gegend sind auch hier schon die besten Tage vorbei. An den meisten Häusern hat die Sonne die weiße Farbe abgeschält, sodass die dunkelroten Backsteine rausgucken. In der »J. F. K. Bar« an der Ecke wird nur noch ein »Zu vermieten«-Schild serviert, genau wie im alten J. C. Penney daneben.

Gierig reißt Nick das Papier von seinem Sandwich ab und beißt ihm den Kopf ab.

»Kennst du eigentlich John Titor?«

»Nie gehört.« Sollte das der Typ sein, zu dem wir fahren?

»Krasse Geschichte.« Schmatzend schiebt er sich den nächsten Inch Weizenpappe rein. »Also: Um die Jahrtausendwende ist im Netz ein Typ aufgetaucht, der sich John Titor nannte und erklärte, ein Zeitreisender aus dem Jahr 2036 sein zu.«

Oh Mann, voller Bullshit voraus!

»Ne, is klar«, feixe ich.

Wie üblich tut der Beifahrer so, als wäre ich Luft.

»Jedenfalls behauptete Titor, rückwärts in der Zeit gereist zu sein, um einen bestimmten Computer zu beschaffen. Einen – und jetzt kommts ...« Vor lauter Vorfreude fluppt ihm ein senfverschmierter Jalapeño aus dem Mund und kullert in seinen Schritt. »... einen IBM aus der Einundfünfziger-Serie!«

Genauso ein seltener Rechner wie der, hinter dem wir her sind, um damit unser Tape auszulesen? Okay, das *ist* ein erstaunlicher Zufall. Damit hast du dir eine zweite Chance verdient, Alter.

»Warum gerade den?«, erkundige ich mich.

Nick versucht, mit einer Serviette das grüngelbe Scheibchen zu schnappen, bevor es noch weiter unter seinen Hintern rutschen kann. »Äh, ja, Titor sagte, er brauche ihn, um in der Zukunft damit irgendeinen Legacy Code auszulesen. Also im Prinzip war er auf der gleichen Mission wie wir.«

»Und? Hat er einen gefunden?«

Schnapp! Er fängt die Chilischeibe ein – und stopft sie doch tatsächlich in das Sandwich zurück! An solchen Details merkt man, dass er ziemlich lange allein gelebt hat. »Keine Ahnung. Titor verschwand wieder in der Versenkung – allerdings nicht, ohne ein paar düstere Prognosen abzusondern. Er orakelte, dass 2004 ein Bürgerkrieg in den USA ausbricht und die Russen 2015 alles nuken und so weiter.«

»Du glaubst doch nicht im Ernst, dass da irgendwas dran ist, oder?«

Nick nimmt das Sandwich aus dem Mund, um wenigstens einen Funken Seriosität zu versprühen.

»Okay: Etwas nachdenklich bin ich geworden, als Titor behauptete, seine Zeitmaschine sei in einer Corvette von 1967 untergebracht ...«

Er muss so heftig lachen, dass ein Krümelregen aus seinem Mund auf das Handschuhfach niederprasselt.

Die letzten weiß getünchten Holzhäuschen huschen vorbei und das 55-Meilen-Temposchild erklärt die Ortschaft für beendet. Der Zuckerschock vom Sandwich kickt jetzt richtig rein und wir lachen, bis uns die Tränen in den Augen stehen.

Japsend legt Nick nach: »Wusstest du eigentlich, dass die Russen im Zweiten Weltkrieg Supersoldaten eingesetzt haben: Die bekamen ein Hirnimplantat aus Gold verpasst, das ihr Schmerzzentrum ausschaltete – und kugelsichere Titanknochen. 1994 haben sie in Vitebsk auf einem alten Friedhof die Leiche eines Mannes gefunden, dessen Knochen aus Stahl bestanden – kein Scheiß!«

Wir biegen uns vor Lachen und vergessen für ein paar Minuten sogar, die Seitenspiegel im Blick zu behalten.

Nintendo®
GAME BOY™

❋28 T-3:08:03

Endlich wieder Bonanza. Es gibt nichts Schöneres, als wenn es in der Wirklichkeit aussieht wie in einer Fernsehserie. Das ist dann wie Nach-Hause-Kommen. Wenn man zum Beispiel nach Südkalifornien reinfährt, fühlt man sich sofort heimisch, weil es original aussieht wie auf einem Planeten, auf den sich Kirk und Spock runterbeamen könnten – zusammen mit den Typen, die ein rotes Oberteil tragen und garantiert nicht zurückfliegen. Und wenn die kalifornische Landschaft mal nicht nach Star-Trek-Planet aussieht, dann erinnert sie zumindest an die Hügel im Vorspann von M.A.S.H.

Und hier ist halt voll Bonanza. Lorne Green alias Ben Cartwright könnte gleich um die Ecke reiten. Der Highway schlängelt sich durch ein enges Tal, das völlig mit Kiefern zugewachsen ist – die heißen sogar Ponderosa Pines, hat uns mal 'n Motelbesitzer erzählt. Ab und zu blitzt im Wald eine Lichtung auf, über die ganz gemächlich ein paar pechschwarze Rinder trotten. Abgerundet wird die Bonanza-Kulisse durch diese Zäune aus verwitterten Baumstämmen, an die sich theoretisch nonstop ein Cowboy lehnen müsste, um sich ein Streichholz an der Sohle seines Stiefels anzureißen.

Von der verdammt schönen Vorabendserien-Landschaft und dem rosaroten Vorabend-Himmel kriegt der Beifahrer allerdings nichts mit. Er steckt immer noch auf seinem kleinen Nerd-Planeten fest. Den gesamten Nachmittag hibbelte er schwitzend auf seinem Sitz herum und ließ eine abstruse Theorie nach der anderen vom Stapel. Zehn Prozent Transpiration, neunzig Prozent Konspiration.

Für diese Gespräche hat sich im Laufe der Jahre eine bewährte Dramaturgie eingeschliffen. Nick fängt an, indem er sein Hirngespinst *du jour* total detailverliebt und mit der angemessenen Aufregung präsentiert. Als Nächstes bin ich an der Reihe, die Offenbarung möglichst sarkastisch in meinen eigenen Worten zu wiederholen. Je nachdem, wie gut ich meinen Job mache, bricht er a) in Gelächter aus oder b) setzt eine todernste Miene auf, so, als wollte er sagen: »*So* haben die Leute Galilei auch angeguckt.«

Gerade ist Sput-Nick mal wieder bei einer Weltraum-Geschichte angekommen: Sie dreht sich um eine seltsame Gesteinsformation, die eine Sonde auf dem Merkur angeblich fotografiert hat.

»Wenn ichs dir doch sage: Die Steine liegen genau da wie ein X! Und wie jeder weiß, gibt es in der Natur keine rechten Winkel.« Die Felsmauer scheint unter den Spacefreaks so was wie der Nachfolger des Marsgesichts zu sein.

»Du willst also sagen ...« – das ist mein Standard-Einstieg – »... dass Aliens, die über eine Technologie verfügen, um zweieinhalb Millionen Lichtjahre von der Andromeda-Galaxie bis zu uns rüberzudüsen, der Menschheit eine Botschaft senden, indem sie *ein paar Steine nebeneinanderlegen*?«

Nick presst kurz die Lippen aufeinander, dann bricht er doch zusammen und prustet los.

»Okay, okay, okay. Dann vielleicht der: Wusstest du, dass die CIA an den Einwohnern eines französischen Dorfs heimlich die Wirkung von LSD ausprobiert hat?«

Da ich vor Lachen nicht mehr antworten kann, schüttele ich nur den Kopf.

»Also, 1951 drehten in dem kleinen Ort Pont-Saint-Esprit alle Leute total durch. Die sahen plötzlich Monster, dachten, sie könnten fliegen und so weiter. Ein paar sind sogar in der Klapse gelandet. Nachher kam dann raus, dass die CIA denen LSD ins

Baguette ...« Mehr kriegt er nicht raus. Dicke Tränen kullern ihm die Wangen runter, der Rest des Satzes erstickt in gurgelndem Gelächter. Komm schon Alter, bring die Story zu Ende! Nick schnappt nach Luft. »... das Zeug war jedenfalls im Baguette...«

Plötzlich zuckt er zusammen.

Ich schaue rüber.

»Was ist?«

Auf Nicks Gesicht steht immer noch ein breites Grinsen, aber es wirkt irgendwie erstarrt, als hätte man ihn mit flüssigem Stickstoff übergossen. Er fixiert seinen Seitenspiegel.

»Alter, hast du den Cop gesehen?«

»Wo?« Ich schaue in den Rückspiegel. Scheiße! Er hat recht. Aus einem der kleinen Waldwege ragt eine Motorhaube raus. Weil es schon dämmert, kann man bis auf einen schwarzen Schatten kaum was erkennen. Doch, da ist was! Neben dem Spiegel des fremden Wagens hängt ein Suchscheinwerfer aus Chrom. Also wirklich ein Polizist. Was macht der so alleine hier draußen? Raser wird er hier keine ficken können, zum Heizen ist die Straße viel zu kurvig.

»Nicht gut, nicht gut, nicht gut«, stammelt Nick, »wie schnell sind wir?«

Ich schaue auf den Tacho.

»Nicht mal vierzig, und hier ist fünfundfünfzig erlaubt!«

»Okay, weiterfahren!«, kommandiert Nick, »bloß nicht bremsen«.

Als ob er mir das noch erklären müsste, nach all den Tickets, die wir schon kassiert haben ...

Das Tal vor uns öffnet sich, wir kommen aus den Bergen raus. Nur noch ein paar Meter bis zur nächsten Kurve, dann sind wir aus dem Sichtfeld des Cops. Nick atmet schwer.

»Siehst du was?«

Spiegelcheck. Der schwarze Umriss hat sich nicht bewegt. Vielleicht nur eine Attrappe – manche Kaffs stellen ja irgendeine Rostlaube an den Ortseingang und malen sie wie ein Copmobil an, damit die Leute abbremsen.

»Nee, da tut sich nichts«, beruhige ich ihn. Doch Nick scheint überhaupt nicht hinzuhören.

»Kannst du dich an das letzte Schild erinnern? Wann kommt das nächste Kaff?« Alter – ich war damit beschäftigt, mir deine Storys über LSD in Baguettes anzuhören.

»Keine Ahnung!«

Nur noch ein paar Meter bis zur nächsten Kurve, das Tal wird immer breiter. Vorsichtig abbremsen, einlenken, und rumzirkeln. Geschafft, der Cop hat sich bis zuletzt nicht bewegt.

Mein Blick wandert vom Spiegel zurück nach vorne.

Nick brüllt »Shit!«

Ich steige voll in die Eisen. Direkt vor uns sind Bremslichter, viele Bremslichter. Ein Stau? Mitten im Nichts? Da rauscht auch schon ein gelbes Schild vorbei, das ausgeklappt auf dem Randstreifen steht.

D.U.I. AND LICENSE CHECKPOINT

Dieses Schild markiert das Ende unserer Fahrt.

#29 T-3:07:53

Wenn es nicht so ernst wäre, könnte man glatt drüber lachen. In all den Jahren sind wir nicht ein einziges Mal in eine Alkoholkontrolle gekommen, weder zuhause noch hier in den Staaten. Dabei hätte es reichlich Möglichkeiten gegeben, vor allem früher, da waren viele unserer Trips nicht astrein. Heute lassen wir diese Ha-ha-und-sie-haben-uns-nicht-erwischt-Geschichten lieber unter den Tisch fallen, weil es uns mit jedem Jahr ein bisschen peinlicher wird, was wir damals für eine Kinderkacke veranstaltet haben. We was young and we was dumb – leider allzu wahr, 2PAC, du alter Ghetto-Heintje.

Aber es waren halt die Löschblattjahre, da ging es darum, möglichst alles aufzusaugen: das Leben, Mädchen, Assembler. Wenn es sein musste – und das musste es – dann haben wir halt auch mal acht Stunden am Stück *Elite* gezockt, was kein Problem war, denn die fühlten sich ohnehin nur wie zehn Minuten an. Heute schaut man beim Code-Schreiben schon nach zehn Minuten auf die Uhr, weil sie einem wie acht Stunden vorkommen.

Sachte lasse ich das Boot ausrollen, bis der letzte Wagen der Schlange nur noch eine Motorhaube entfernt ist: ein roter Toyota Pick-up, dessen Besitzer im allerfeinsten Neunziger-Stil den eingeprägten **TOYOTA**-Schriftzug auf der Heckklappe bis auf ein schwarzes **YO** in Wagenfarbe nachlackiert hat.

D.U.I. – Driving under the Influence, Fahren unter dem Einfluss von was auch immer. So sehen die Checkpoints also aus, vor denen alle amerikanischen Teenager zittern. Die Highway Patrol hat den Mittelstreifen mit Hütchen abgesteckt und hinten, am Ende der

Autoschlange, wo kontrolliert wird, ein mobiles Stoppschild aufgestellt. Jetzt ist auch klar, warum der Cop eben in dem Waldweg auf der Lauer lag. Der ist dafür da, sich alle Schlaumeier zu krallen, die die Kontrolle sehen und noch schnell umdrehen wollen.

Man kann schon erkennen, wie hinten die Taschenlampen der Cops durchs Halbdunkel tanzen, es scheinen zwei zu sein. Dieser Sorte sind wir als Teutonen natürlich schon öfter begegnet, immer wenn wir überm Tempolimit erwischt wurden. Die meisten Bullen haben absolut professionell das Bußgeld von uns kassiert, nur einer hat mal 'nen Witz rausgedrückt: »Guys, this is *not* the Autobahn!«

Die Herren in Schwarz werden sich also wieder etwas unterkühlt vorstellen und nach den Wagenpapieren fragen. Wir werden galant »It's a rental« kundtun, woraufhin sie den Vertrag verlangen. Nick reicht ihn rüber und grinst dabei etwas verlegen, weil der Wisch schon so zerknittert ist. Der Cop wird es ignorieren und mit dem Papier zum Streifenwagen rübergehen, um das Nummernschild in seinen Rechner einzutippen. Irgendwas Ungewöhnliches wird auf dem Display erscheinen, irgendwas, das den Bullen dazu bringt, vorsichtig den Druckknopf zu öffnen, mit dem sein Revolver im Holster fixiert ist.

Wir sitzen in der Falle, und bis zum Stoppschild sind es noch fünf Autos.

Wie kann Nick nur so ruhig bleiben? Fast nachdenklich legt er den Kopf zur Seite und stöhnt angenervt, so als hätte er sich den Fingernagel aus Versehen abgebrochen.

Schade, dass wir keine Zeit haben, die Szenerie zu genießen. Dabei brechen gerade die wunderbaren zehn Minuten an, in denen von Osten her eine dunkelblaue Wand über den Himmel zieht, als ob jemand ein Tintenfass umgeworfen hätte. Das Tal breitet sich wie ein großes, schwarzes U hinter dem Highway aus. Am Horizont flackern schwach ein paar Lichter in der letzten heißen Luft. Von da müssen die Bullen gekommen sein.

Fast alle Fahrer vor uns haben in vorauseilendem Gehorsam ihren Motor abgestellt. Nick beugt sich vor, um unter seinen Sitz zu greifen. Widerwillig zieht er das Tape raus und hält es mir unter die Nase.

»Okay?«

Ich verstehe nichts.

»Was ist okay?«

»Na, wenn ich das Tape rauswerfe. Jetzt sind wir noch weit genug weg. Wenn wir erst da vorne stehen, kriegen die Bullen das mit.«

Ist er völlig durchgeknallt?

»Bist du bescheuert? Warum denn das?«

Nick tut so, als wolle er das Band wieder zurücklegen.

»Von mir aus – wenn *du* damit erwischt werden willst ...«

Er scheint sich ja mal wieder eine ziemlich umfassende Theorie zusammengebaut zu haben.

»Was ist denn so verdammt gefährlich an dem Tape? Was passiert, wenn uns die Cops damit erwischen?«

»Was passiert? Was passiert?«, explodiert Nick und rutscht vor lauter Aufregung in die Kopfstimme. »Warum, glaubst du, haben Shaun und die anderen Wichser in der Company den armen John ausgeschaltet? Weil *hier* der Source Code für Visicalc drauf ist?« Er schüttelt das Tape, als wolle er so die Daten rauskriegen. »Alter, ich garantiere dir, dass diese Informationen uns in den Scheiß-Knast bringen. Und da warten ein paar sehr böse Herren nur darauf, dass ihnen anschmiegsame weiße Jungs wie wir die Seife aufheben. Ich weiß ja nicht, was mit dir ist, aber ich hab da keinen Bock drauf!«

Er winkelt den Arm mit dem Tape an, als ob es ein Frisbee wäre, den er gleich mit voller Kraft losschleudern will. »Wenn du also keine besseren Vorschläge hast, würde ich das Teil jetzt entsorgen. Mit 'n bisschen Glück sieht es der Bulle nicht mal. Also: Was ist?«

Vorne startet einer den Motor, und sofort drehen auch alle anderen Fahrer am Zündschlüssel, um ja nicht aufzufallen. Der Toyota lässt sich – ziemlich unamerikanisch – nach vorne rollen, ohne den Motor anzumachen. Mittlerweile sind wir von hinten durch andere Autos eingekeilt, sodass mir nichts anderes übrig bleibt, als auch aufzurücken. Widerwillig tippe ich kurz das Gaspedal an.

Noch vier Autos.

Aber wenn wir das Tape jetzt opfern, wäre der ganze Scheiß ja umsonst gewesen, der Hack in der Botschaft, unsere Flucht übern Teich. Vielleicht haben wir ja noch was vergessen, eine weitere Option, ein cooler Hack wie mit dem Heli? Dem Beifahrer *muss* was einfallen, tut es doch sonst immer. Ich muss ihn nur aus seinem Zombie-Modus rausholen, damit er wieder klar denken kann.

»Was kann denn da so Schlimmes drauf sein?«, frage ich.

»Keine Ahnung.« Seine Stimme ist mittlerweile wieder auf normale Höhe runtergerutscht, doch seinen Arm mit dem Tape hält er unverändert in Abschussposition. »Irgendwas, das die nationale Sicherheit gefährdet, Infos über ein neues Watergate, eine Todesliste der CIA, vielleicht Drogenscheiß, spielt doch auch keine Rolle. Es ist irgendein Dreck drauf, und die Ärsche von der Company wollen den Besitzer des Tapes damit erpressen.«

Er kneift die Augen zusammen und schaut nach vorne. Die zwei Cops in ihren schwarzen Hemden beugen sich von beiden Seiten in den ersten Wagen rein. In einem solchen Moment sollte man im Auto besser cool bleiben und keine hektischen Bewegungen machen, sonst brennen die einem gleich eins mit der

Elektroschock-Pistole über – im besten Fall. Da, sie treten einen Meter vom Auto weg, dabei halten sie ihre Taschenlampen tatsächlich genauso albern wie Nick – mit angewinkeltem Arm. Der eine gibt dem Fahrer das Signal zum Weiterfahren und das Anlasser-Domino geht von vorne los.

»Ich warte«, ranzt Nick rüber, »die Bullen sehen uns schon fast! Was ist jetzt: Noch 'ne zündende Idee?«

Das ist doch nicht mein Job, oder?

Der Toyota rollt nach vorne, wir hinterher.

Noch drei Autos.

»Und was ist, wenn wir ihnen alles erzählen?«, schlage ich vor.

Gekünsteltes Lachen von rechts.

»Ach ja? Die Company wird der Autovermietung irgendeine Räuberpistole erzählt haben, von wegen, dass wir die Karre klauen wollen oder was auch immer. Deshalb werden uns die Cops keine Sekunde lang zuhören, ganz egal, was wir sagen. Außerdem – wem werden sie glauben: einer ordentlichen Firma wie der Datacorp, die im Homeland Steuern zahlt, oder irgendwelchen Pennern aus Old Germany? Vergiss es: Wenn wir erst da vorne sind, haben wir allerhöchstens das Recht zu schweigen.«

Was? Es geht schon weiter? In dem letzten Wagen hat wohl ein Kumpel des Sheriffs gesessen.

Noch zwei Autos. Wir rollen nach vorne, langsam kann man alles erkennen. Oha, der zweite Cop ist eine Frau, sie trägt einen stramm aussehenden Pferdeschwanz. Über ihr schwarzes Kurzarmhemd hat sie eine neonrote Warnweste mit Streifen aus Katzenaugen gestülpt. POLICE steht unten quer drauf.

Nick hibbelt mit dem Bein, als ob er gleich einen epileptischen Anfall kriegt. Dann bäumt er sich ein letztes Mal auf: »Alter, ich hau das Ding jetzt raus! Dann kriegen uns die Bullen nur fürs Autoklauen, oder was auch immer uns die Company angedichtet hat. Ich will nich in den Bau, ich will nach Hause!« Er winselt, als ob ihn einer abstechen will.

Sabina, das Kind, das Haus – stimmt schon, bei ihm ist der Einsatz höher. Was wartet auf mich? Das Dorint, eine Familie, die mich längst abgeschrieben hat, und eine Sammlung von Laserdiscs, die der Bit-Rot langsam dahinrafft – eine ziemlich ärmliche Existenz. Ob ich im Bau sitze oder nicht, würde wohl niemanden interessieren. Traurig, traurig.

Was will der? Warum leuchtet der Cop mit seiner Mist-Taschenlampe zu uns rüber, dabei sind wir doch noch gar nicht dran. Was macht der mit der Hand? Ach so, ich soll den Motor ausmachen. Okay, okay. Die Zündschlüssel klimpern, der Achtzylinder verstummt. Auf einmal klingt das Zirpen der Grillen im Straßengraben so laut wie eine Kiste voll altersschwacher Türsummer.

Gott sei Dank. Der Cop leuchtet wieder zum ersten Wagen rüber, man kann schon Fetzen von dem verstehen, was er redet. Ein freundliches, aber bestimmtes »Sir«. Seine Kollegin schlendert vom Streifenwagen zurück zum Stoppschild und nickt mit dem Kopf. Auch ihr letztes Kontroletti-Opfer, ein grauer Familien-Van mit abgedunkelten Scheiben, ist vom Haken und darf weiterfahren. Scheiße, warum lassen sie keinen blasen oder auf 'ner Linie laufen oder was auch immer die hier tun, um rauszukriegen, ob einer strack ist?

Um nicht nochmal aufzufallen, lasse ich den Toyota ein paar Meter voraus rollen, bevor ich aufschließe. Immer schön Abstand halten.

Noch ein Auto.

Der Cop huscht durch den Kegel des Standlichts: Es ist ein schmächtiger Typ, vielleicht dreißig, mit einem hellblonden Bürstenhaarschnitt. Nachdem er dem Fahrer ein paar knappe Anweisungen gegeben hat, nimmt er die Papiere und studiert sie mit zusammengekniffenen Lippen. Das ist also der offizielle Vertreter der Vereinigten Staaten von Amerika, mit dem wir es gleich zu tun kriegen werden.

Nick schluckt laut. Die Idee, das Tape rauszuwerfen, scheint er aufgegeben zu haben. Seine Hand baumelt so schlaff runter, dass die Bandhülle fast den Boden berührt.

Warum geht das alles so verdammt schnell? Warum kann die Cop-Frau nicht langsamer zum Wagen marschieren? Übrigens, diese Hose macht keinen guten Hintern, junge Dame. Wie viele verschissene Blaulichter haben die eigentlich da oben auf der Karre drauf? Sie schwingt sich durch die offene Tür. Das Licht im Streifenwagen scheint fahl auf das Gitter, mit dem die Delinquenten auf der Rückbank von den Cops ferngehalten werden. Unsere Plätze sind schon reserviert. Was ist hinter uns los? Warum macht da einer nicht den Motor aus? Will der unbedingt gefickt werden?

Zack, die Bullenfrau schwingt sich aus dem Wagen, mit irgendeinem Wisch in der Hand. Sind hier nicht alle Führerscheine im Kreditkartenformat? Was für ein schnelles Netz haben die überhaupt hier draußen, dass der Kennzeichen-Check nur Sekunden dauert? Der Kollege reicht das Papier in den Toyota zurück und nickt kurz.

Was ist das an meinen Finger? Ach, nur du. Nicks Hand fühlt sich klebrig und warm an. Jetzt gehts gleich los, Alter. Der Cop streckt die Hand aus und winkt uns rüber.

Wir sind dran.

Nintendo®

GAME BOY™

#30 T-3:07:48

Zzzzong, zzzong, zoong. Scheiße, was ist das für ein Geräusch, ich habe unsere Kiste doch ausgemacht? ZZOOONG! Irgendwas bollert von draußen gegen unsere Karosserie. Ich reiße meinen Arm von der Seitenverkleidung weg, schnell reinholen, sonst matscht den noch einer platt, so wie bei »Die Hand« mit Michael Caine. Ganz klar, da ist was gegen die Tür gedonnert, und zwar so heftig, dass die ganze Karre gewackelt hat. Jemand hat uns gerammt, Scheiße, und das ausgerechnet hier und jetzt!

Da! Da vorne fährt der Typ, der uns gestreift hat. Siehste das, Alter, auf der Gegenspur, der Wagen rast einfach an der ganzen Schlange vorbei – krass! – und mäht dabei alle Hütchen um, einfach so. Zzong, zong, zong. Ach so, das war der Schlag an der Tür, nur ein Hütchen. Hat aber trotzdem bestimmt 'ne ordentliche Beule reingehauen. Wow, jetzt brettert er gleich an den Bullen vorbei und ... holla, das war knapp, der letzte Kegel, den er weggeputzt hat, ist so knapp an dem Cop vorbeigezischt, dass der richtig zur Seite hechten musste. Das gibt Ärger. *Alter, das kann nicht wahr sein, siehst du das?* Jetzt donnert er gleich in den Bullenwagen rein! Nein, knapp vorbei, Mann, muss der hackedicht sein, fährt nur noch Schlangenlinien. Achtung: Gleich fliegt die Kiste in den Graben ab ... nein, doch nicht. Das Glück des Stracken, er mäht nur ein bisschen Gras. Hast du dir irgendwas gemerkt, Alter, was das fürn Wagen war oder so? Nee, ich auch nicht. Habe nur gesehen, dass es ein Geländewagen war, ein weißer. Seine Rücklichter werden schon kleiner, der fährt mindestens achtzig.

Klar, die Cops lassen sich nicht lange bitten: Das Duo hechtet sofort in den Wagen, startet den Motor, knipst die Lightshow auf dem Dach an. Junge, ist die Sirene von Nahem laut. Der Bulle tritt das Gas so doll durch, dass die Hinterräder durchdrehen und kurz qualmen. Dann drischt er den Wagen mit schlingerndem Heck auf den Highway raus. Hör mal, da stimmt schon ein anderer Streifenwagen ins Heulkonzert ein, die haben über Funk alle zur Jagd eingeladen.

Wooosh – noch ein Cop zischt an uns vorbei, so dicht, dass sich unser tonnenschweres Stadtmenschen-Mobil kurz nach links lehnt. Das muss der Bulle aus dem Waldweg gewesen sein. Mit dieser Armada werden sie den armen Irren bald einkassiert haben.

Vor unseren Scheinwerfern verzieht sich langsam der Staub, den der Amokfahrer bei seinem Ausritt auf den Seitenstreifen aufgewirbelt hat. Das Heulen der Sirenen klingt aus. Ein halbes Dutzend Hütchen liegt quer über den Highway verstreut, das Stoppschild wackelt leicht im Abendwind. So, wie es aussieht, sind *wir* – als letztes Auto in der Schlange – jetzt die Polizeikontrolle.

Nicks Mund steht offen. Ich tippe ihn an der Schulter an.

»Alter?«

Er zuckt zusammen, als ob man ihn aus dem Halbschlaf geweckt hätte.

»Ja?«

»Was in aller Welt war das?«

»Der, äh, da ist einer einfach an der Kontrolle vorbeigefahren«, stottert Nick. Er fuchtelt mit den Händen unkoordiniert rum, als wollte er zeigen, wie wild der Wagen unterwegs war. »Einfach so, ein weißer Ford Bronco, oder?« Ausnahmsweise scheint sogar der Nickmeister an die Grenze seiner optischen Aufnahmefähigkeit gekommen zu sein. Er starrt immer noch ungläubig nach draußen. Gelobt seist du, namenloser Besoffski, der du uns hast den Arsch gerettet!

Hinter uns kommt Unruhe auf. Ein Auto wird angelassen, jemand lacht, ein Radio dudelt. Ich drehe mich um. Ein paar Fahrer sind ausgestiegen und unterhalten sich, andere kurbeln schon wild an den Lenkrädern, um auszuscheren.

»Hast du 'ne Ahnung, was wir jetzt machen sollen?«

Nick zuckt mit den Schultern. »Nö. Ich kenn da die amerikanischen Gesetze nicht so genau: Muss man jetzt warten, bis die Cops einen Vertreter schicken, der uns kontrolliert? Ich, äh ...«

Da er noch nicht auf dem Planeten Erde angekommen ist, muss ich wohl den nächsten Zug machen.

»Bullshit. Wir fahren jetzt weiter.«

Da der Beifahrer nicht protestiert, fasse ich den Zündschlüssel an und drehe ihn so vorsichtig rum, als wäre er ein CMOS-Chip – und ich hätte gerade auf einem Kunststoffteppich den Atari-Shuffle getanzt. Gangschaltung auf D, langsam anrollen lassen, Rückspiegelblick. Gott sei Dank, der Typ hinter mir fährt auch an. Selbst wenn wir das Gesetz brechen, sind wir zumindest nicht die einzigen. Es ist die klassische deutsche Rechtfertigung – und sie wirkt.

Während wir hinaus in die Dunkelheit gleiten, löst sich die Kolonne hinter uns langsam auf. Vorsichtig, als säße der Fahrprüfer auf der Rückbank, tasten sich alle am Mittelstreifen entlang durch die Dämmerung. Schnell schrumpfen die Scheinwerfer im Rückspiegel und es fühlt sich fast an, als wären wir wieder alleine auf dem Highway. Von den Bullen sind in der Ferne nur noch die Blaulichter zu sehen, ein schwaches rotblaues Glimmen, wie ein weit entferntes Feuerwerk.

Nintendo®

GAME BOY™

#31 T-3:07:13

Wenn es darum geht, das eigene Leben so zu inszenieren, dass es genauso aussieht wie in einem der B-Filme aus Hollywood, die wir jahrelang verschlungen haben, entwickelt der Beifahrer fast übermenschliche Kräfte. Vor allem, sobald Alkohol im Spiel ist, kennt seine Inszenierungswut keine Grenzen. »Alter: Wir. Müssen. Da. Rauf.« Das waren seine Worte, und er hat sie mir zusammen mit seiner kapitalen Fahne ins Gesicht gepustet. Also mussten wir da rauf – auf das Riesen-Werbeplakat neben der Straße. Denn nur dort oben würden wir unsere Bestimmung erfüllen. Nur dort würden wir uns in Harley Davidson und den Marlboro Man verwandeln. Die hocken nämlich in dem gleichnamigen Film auch auf so 'nem Riesenteil und sehen verdammt cool dabei aus.

So weit der Plan. Ihn zu verwirklichen hat uns gut zwanzig Minuten, ein weiteres Sixpack Miller und einen Leistenbruch gekostet – vermute ich zumindest, weil es mir so komisch in der Hüfte zieht. So was passiert, wenn zwei mittelalte Menschen in einem dunklen Straßengraben versuchen, das erste Mal seit dreißig Jahren wieder Räuberleiter zu machen.

Jetzt sind wir also oben, aber so richtig supertoll fühlt es sich nicht an. Der Abstand zum Vorbild aus dem Film ist einfach zu groß. Wie sitzen nämlich nicht wie Harley Davidson und der Marlboro Man vor einer coolen Werbung für das sündige Las Vegas, sondern lehnen uns gegen die Reklame einer ortsansässigen Immobilienmaklerin. Und die sieht aus wie eine in die Jahre gekommene Monica Lewinsky. Ihr gigantisches Pferdegebiss hinter meiner Schulter scheint fast nach meiner Miller-Dose zu schnappen. Aber egal, wir sitzen auf dem Werbeschild, dem Drehbuch im Kopf wurde Genüge getan.

Harley Davidson und der Marlboro Mann – lustig, solche Titelhelden hat der Zeitgeist völlig unmöglich gemacht, die würden heute garantiert anders heißen. Individualverkehr und Rauchen – wie schockierend!

Wir starren abwechselnd in unsere Dosen und auf die Highway-Kurve unter unseren Füßen. Durch den Asphaltkorridor, der den dichten Wald durchkreuzt, weht ein warmer Abendwind. Unser Werbeschild steht kurz vor dem Ortseingang des Zwanzig-Seelen-Dorfs, in dem wir abgestiegen sind. Hier oben zwischen den haushohen Tannen ist es stockdunkel. Nur von dem kleinen Depot der Straßenmeisterei auf der anderen Straßenseite funzelt ein bisschen Licht rüber. Da wacht eine einsame, orange glimmende Straßenlaterne über eine Schneefräse und einen Haufen Split.

Für unsere Verhältnisse war es eine ziemlich mutige Aktion, aufs Schild zu klettern, denn angenommen, ein Wagen käme vorbei, säßen wir mitten im Scheinwerferlicht, und mal schnell runterspringen und weglaufen wäre bei der Höhe nicht drin. Doch das Miller hat alle Ängste vor Bullen oder Mitmenschen betäubt. Es ist nach zehn, da hat Chief Wiggum ohnehin schon lange Feierabend.

Trotzdem: Es war eine gute Idee von Nick, hierherzukommen und den ganzen Stunt mit dem Schild auf uns zu nehmen. Nach so einem Tag hätten wir nicht vor dem Motelfernseher wegpennen können. Wir mussten einfach – haha – runterkommen, den ganzen Stress vor der Bullenkontrolle mit ein paar schönen neuen Daten überschreiben. Deshalb geben wir uns auch beide ordentlich Mühe, einen gelungenen Abend zu fabrizieren.

Wie wäre es mit ein bisschen Auto-Ausfüllen, Alter, passend zur Location?

»Sind wir Freunde?«, fange ich an.

Nick braucht trotz der Bierchen keine Sekunde, um die Eröffnung zu erkennen: Es ist die Unterhaltung von Rourke und Johnson, als sie oben auf dem Schild sitzen, natürlich.

Er grinst. »Sicher sind wir Freunde.«

»Wie kommt es dann, dass – nach aller Scheiße, die wir durchgemacht haben – du mir noch immer nicht auf die Frage geantwortet hast, die ich dir schon tausendmal gestellt habe?«

»Welche Frage?«

Da Nick keine zerrissenen Cowboystiefel trägt, sondern von der Kletteraktion ziemlich zerkratzte Anzugschuhe, weiche ich vom Skript ab.

»Wohin fahren wir?«

Eigentlich hätte ich erwartet, dass ihm an dieser Stelle das Grinsen vergeht und er in sein professionelles Business-Schweigen verfällt. Stattdessen schließt er seine Augen auf diese wohlwollende väterliche Art, so, als wollte er sagen: *Ja, ja, nur noch einmal schlafen, dann ist Silvester und du darfst deine D-Böller-Sammlung hochjagen.*

Nick räuspert sich. »Morgen, Harley, morgen sage ich dir, wohin es geht.«

Was die ganze Kletterei extra kompliziert gemacht hat, war, dass er darauf bestand, das Tape mit hier raufzuschleppen. Jetzt liegt die Kassette direkt neben seinen Beinen, die er wie Pippi Langstrumpf von dem schmalen Holzbrett runterbaumeln lässt. Unsere Sitzfläche ist eine halbe Arschbacke breit, dahinter geht es bestimmt zwei Meter senkrecht runter – ein ziemlich unsicherer Platz für unseren Schatz, Alter!

Ich zeige auf das Tape.

»Mal im Ernst: Was, meinst du, ist da wirklich drauf?«

Nick grinst.

»Vielleicht ein verlorenes Nasa-Tape.«

Haha, die Nasa-Datenbänder. Mit dem Beispiel habe ich meinen Eltern damals erklärt, was wir bei der Datacorp machen. Eine coole Geschichte, die zeigt, was digitale Demenz bedeutet. Sie beginnt irgendwann Ende der Achtziger: Damals findet eine Archivarin der Nasa in einem alten Salzstock einen riesigen Stapel alter Datenbänder – über tausend fette 70-Millimeter-Tapes in Aludosen. Sie verfolgt ihre Spur zurück und macht eine überraschende Entdeckung: Auf den Bändern sind hochauflösende Fotos gespeichert, die ein paar Mondsonden Ende der Sechziger geschossen haben. Sie wurden von den Amis losgeschickt, um passende Landeplätze für die Apollo-Mission zu finden. Die Sonden haben die Bilder erst auf Analogfilm geknipst, dann wurden sie direkt an Bord gescannt und an eine Nasa-Bodenstation in der Nähe von Madrid gefunkt. Und genau da hat man die Fotos dann auf den Tapes gespeichert.

Diese Bilder müssen sofort veröffentlicht werden! Das zumindest meint die Archivarin und erklärt die Rettung der Tapes zu ihrem privaten Kreuzzug. Allerdings fährt sie schnell gegen die klassische Legacy-Wand: Niemand kann die Tapes lesen, weil die Bilder in der Bodenstation seinerzeit von einem steinzeitlichen Ampex-FR900-Rekorder aufgezeichnet wurden, und obendrein in einem analogen Format, das seit Jahrzehnten ausgestorben ist. Also fängt sie an, weltweit nach passenden Laufwerken zu fahnden, die die Daten lesen könnten: bei der CIA, in Waffentestgeländen und Radaranlagen. Sie kann vier Rekorder lokalisieren – dann geht ihr das Geld aus und sie lagert die Tapes samt der Geräte in einer Hühnerfarm ein. Das Projekt fällt für weitere Jahrzehnte wieder in den Kryoschlaf.

Ende der Nuller tritt eine gewisse Firma Skycorp auf den Plan und belebt das Projekt neu. Der Rekorder wird aus der Scheune geholt und ein Ingenieur ausfindig gemacht, der damals bei Ampex den Rekorder entworfen hat. Der Mann steht zwar kurz vor der Rente, lässt sich aber überreden, ein Laufwerk zu restaurieren. Die Ausleseaktion kann steigen! Skycorp bringt die gesamte Operation ausgerechnet in einem verlassenen McDonald's unter, was dazu führt, dass die Presse hellhörig wird. Reporter und Fernsehteams schneien rein, Bilder der bizarren Tape-Rettungsaktion gehen um die Welt. Darauf zu sehen sind Menschen, die mit ihren Macs an den festgeschraubten Mäckes-Tischen hocken, und Tape-Berge neben der ehemaligen Fritteuse in der Küche.

Irgendwann wird es der Nasa doch zu peinlich, dass ihr Erbe in einem ehemaligen Schnellimbiss verwaltet wird, und die Behörde spuckt Geld aus, um die Amateure zu unterstützen. Ein Reinraum für die Laufwerke wird gebaut, die Techniker beschaffen Ersatzteile bei Ebay, bauen neue Verstärker aus Germanium-Transistoren. Seitdem rödeln die Bandmaschinen still und heimlich im *McMoons* vor sich hin und spucken Stück für Stück einen hochauflösenden Atlas des Mondes aus, Stand 1966.

Als ob er meine Gedanken gelesen hätte, lehnt sich der Beifahrer mit dem Hinterkopf gegen das Pony der Immobilienmaklerin und starrt in den Nachthimmel hoch. An den Stellen, wo die schwarze Wolkendecke aufreißt, glimmt ein bisschen Mondlicht durch.

»Keine Ahnung, was auf dem Tape ist«, wiederholt er abwesend, »mit ein bisschen Glück erfahren wir es morgen.«

Nintendo®

GAME BOY™

#32 T-2:17:40

Nick wirft nervös einen Blick auf seine Timex Datalink.

»Keine Sorge, wir werden erwartet.«

Ich mach mir keine Sorgen, Alter, aber du vielleicht?

Erstaunlicherweise haben wir es gestern Abend noch geschafft, ohne Verletzungen von diesem Werbeschild runterzukommen. Den komatösen Suffschlaf danach beendete der Beifahrer heute Morgen um fünf mit seiner Standardansage »die Räder müssen rollen«, was sie dann auch taten. Einen halben Tag lang lotste er mich noch über irgendwelche Sträßchen, die natürlich schöne große Bögen um jedes Dorf mit mehr als zwanzig Einwohnern machten. Denn dort, so meinte er, könnten Webcams über der einzigen Ampelkreuzung lauern.

Die Irrfahrt endete wie so oft im epischen Nichts.

Eine kleine Windhose tanzt vor uns über den Acker. Jetzt, nach der Ernte, ist von der ehemals grünen Ebene nur noch eine Wüste aus Lehm und verdorrten Maisblättern übrig. Aus unserem Wagen, den Nick einfach mitten auf dem Weg geparkt hat, klingelt das unendliche Ding-ding-ding für *Driver Door Open!* und paart sich mit dem leisen Pfeifen des Windes. Für die perfekte High-Noon-Kulisse fehlt nur noch eine Wüstenrose, die in Zeitlupe über den Weg kullert. Zieh, Bübchen!

Nick wischt sich mit der Hand über den schweißnassen Nacken und wirft einen besorgten Blick rüber zum Wagen. Wenn unser Kontaktmann nicht bald auftaucht, wird sich das Tape unterm Sitz bei der Bullenhitze bald aufrollen wie eine Luftschlange.

Weit und breit keine Menschseele in Sicht, dabei ist mindestens zwölf Uhr, vielleicht auch schon halb eins. Unsere eigenen Schatten sind so winzig, dass sie nur knapp über die Fußspitzen hinausreichen.

Die letzte Etappe bis zu unserem Zielort war reine Durchführung. Frühstück, tanken, auf die Straße, zweihundert Meilen runterreißen bis rein nach Montana. Dank Jetlag sind wir schon um fünf aus dem Bett gefallen, was dazu führte, dass wir um elf wieder Hunger kriegten – der reife Mensch braucht ja seine regelmäßigen Mahlzeiten, Essen ist der Sex des Alters. Also hielten wir an einem x-beliebigen Verschlag an, um ein Sandwich an Bord zu holen. Da hat Nick dann nochmal kurz telefoniert. »May I use your phone – it's a local call«, hatte er die Dienst habende Mom gefragt. Er wollte unserem Kontaktmann Bescheid sagen, wir waren also fast am Ziel.

Auf den letzten Meilen hat sich Nick dann noch eine Aktion geleistet, die balancierte mal wieder genau auf der Grenze zwischen lächerlich und gänsehautmäßig: Nach dem Sandwich-Stopp bestand er nämlich drauf, selbst zu fahren. Nachdem ich auf seine Seite rübergerutscht war und er hinterm Steuer kauerte, bat er mich ganz höflich, doch jetzt bitte die Augen zu schließen. Ich habe natürlich gefragt, was der Scheiß solle, aber er meinte nur ganz beiläufig, das sei eine »reine Vorsichtsmaßnahme« und sein Kontakt sei »recht sensibel«. Das war wieder einer der Momente, in denen ich Angst habe, ihn bald in der Klapse für Tinfoil-Hats abliefern zu müssen.

Selbstredend habe ich nur so getan, als würde ich die Augen zumachen, und den Rest der Route schön durch einen Sehschlitz mitverfolgt. Im letzten Kaff bog er auf eine Schotterstraße ab, dann ging es vorbei an zwei Farmen, und nach ungefähr drei Meilen waren wir angekommen im Nirgendwo.

Die Leute denken ja immer, in Montana sähe es aus wie bei »In der Mitte entspringt ein Fluss«, mit dichten Wäldern und netten Flüsschen zum Fliegenfischen et cetera. Tut es aber nur in der westlichen Hälfte des Staates, da, wo die Rockies anfangen. Der Rest von Montana ist absolut stinklangweiliges Farmland, platt und öde, nur unterbrochen von Dörfchen, denen seit Jahrzehnten die Einwohner weglaufen.

Da stehen wir also, mitten in der Agrarwüste, direkt unter einem großen Tor aus Baumstämmen, das den Eingang zu einer Ranch markiert. In den obersten Balken hat jemand mit einem Lötkolben ein paar wackelige Buchstaben reingebrannt:

BRUDERHOF

Das klingt ungut. Genauso ungut, wie die Farm aussieht. Von hier sind nur ein paar graue Flachbauten mit rotem Giebeldach und erstaunlich wenig Fenstern zu erkennen. Die sehen eher wie eine neu gebaute Kaserne aus als wie ein Bauernhof, ein bisschen auch wie eine der geheimen Farmen aus »Akte X«, wo diese außerirdischen Killerbienen gezüchtet werden oder was auch immer.

Bruderhof, seltsam. Nachher hocken da drüben irgendwelche Nazis, die den Staat hassen und uns mit ihrem Scharfschützengewehr ein Dum-dum-Geschoss in den Kopf jagen, weil sie denken, dass wir vom FBI sind.

»Was sind'n das für Freaks hier, Alter?«, erkundige ich mich.

»Warts ab«, zischt Nick zurück.

Verschwiegen bis zum Schluss, der Gute. Er schaut wieder auf die Uhr, dann hält er sich die Hand schützend vor die Stirn und lässt den Blick über den Horizont schweifen.

Auf einmal reißt er den anderen Arm hoch und fängt an, wild zu winken.

»Da! Er kommt.«

Tatsächlich ist am Ende der Schotterstraße ein winziger Punkt aufgetaucht.

Nick mag ja grundsätzlich auch keine Menschen, da geben wir uns nichts. Seit der Schule hat er original keinen einzigen Freund neu dazugewonnen. Sicher, da gab es diese Kiffbrüder, mit denen er während des Studiums abhing, aber die hätte er niemals im Leben als Freunde bezeichnet. Bei mir sieht es natürlich nicht anders aus. Außer Familie und Schulfreunden hat es niemand in die Datei mit den Kontakten geschafft. Diagnose: Seit uns der Direx das Abizeugnis in die Hand gedrückt hat, steht unsere Welt – sozial gesehen – still. Etwas verschroben, sicher, aber der Beifahrer meinte, das sei halt so wie mit den alten Games: »Wenn du weißt, was du magst, warum dann weiterziehen?« Never change a running system, das war auch immer sein Motto bei Sozialkontakten. Nach dem Abi hatte er alle Rollen besetzt, es bestand also kein Anlass, nach weiteren Lebens-Komparsen zu suchen.

Genau das macht die Sache hier so interessant. Wenn Nick um die halbe Welt jettet, um sich mit jemandem zu treffen, und denjenigen obendrein vorher anruft, um einen Termin auszumachen, muss dieser Mensch wirklich etwas Besonderes sein.

Der schwarze Punkt springt hoch und runter, unser Kontaktmann scheint den Weg zu uns zu rennen.

Über die Kollegen bei der Datacorp verliert Nick normalerweise kein Wort, alles andere wäre in den Augen eines überzeugten Business-Kaspers wahrscheinlich unprofessionell. Außerdem lästern gute Menschen wie Nick nicht. Da muss schon ein aggressiver Unsympath wie Shaun kommen, um ihn so weit zu bringen, dass er ein paar Seitenhiebe austeilt. Den hat er mal als »the Fabio of IT« abgekanzelt, obwohl Andie direkt danebenstand. Sie musste voll lachen und hat sich verschämt die Hand vor den Mund gehalten – als wäre sie die Queen und jemand hätte gerülpst. Fabio ist ein zweitklassiger Bodybuilder, den kennt hier in den Staaten fast jeder – so ein supercheesy Typ mit langer blonder Mähne, der früher auf Kitschromanen für Frauen abgebildet war und mittlerweile Werbung für Diät-Margarine schiebt.

Nick hastet zum Auto rüber, um das Tape unterm Sitz hervorzuholen, dabei löst er seinen Blick keine Sekunde vom Horizont. Durch die Luftspiegelungen über dem Weg sieht es kurz aus, als würden zwei Personen auf uns zujoggen.

Lebens-Komparsen klingt natürlich erst mal hart, trifft es trotzdem ganz gut. Denn wirklich ernst nimmt Nick niemanden. Er ist zwar immer superfreundlich zu allen, grüßt brav und vergisst keine Geburtstage, doch tief in sich drin sind die Leute für ihn Luft. Wenn er jemanden neu kennen lernt, braucht er mit demjenigen nur fünf Minuten zu reden, und schon hat er ihn einsortiert: Er weiß, was ihn antreibt, wo sein geistiger Horizont endet, welche intellektuelle Stimulation von ihm zu erwarten ist. Und im Kopf geht Mister Spocks Daumen dann meist nach unten. Mit dem ist nichts anzufangen. Das provoziert natürlich die alles entscheidende Frage: Warum hängt er ausgerechnet mit mir ab? Ist wohl das letzte Rätsel der Menschheit.

Da, jetzt kann man den Typen richtig erkennen.

Komisch, auf die Entfernung sieht er wie ein Kind aus.

»Niklas!«

Unglaublich, der Hosenscheißer hat ihn tatsächlich mit seinem *echten* Vornamen angesprochen! Was für eine Provokation.

Und dann schüttelt er ihm auch noch ganz locker die Hand, so, als wären Nick und er schon seit Jahren dicke Freunde. »Ist ja schon eine Ewigkeit her«, sagt er, ein bisschen außer Atem. Seine Stimme leiert unentschlossen zwischen den Tonlagen rum. Na, da naht wohl der Stimmbruch.

Hier stimmt einiges nicht. Punkt eins: Was ist das überhaupt für ein Vogel? Ich hatte den üblichen IT-Schrat mit grauem Pferdeschwanz erwartet – einen dieser alten Säcke, von denen es in der Legacy-Branche so wimmelt. Aber der Typ hier sieht eher aus, als könnte er zusammen mit dem Sandwich-Künstler von gestern auf die Highschool gehen. Wie alt wird er sein? Maximal fünfzehn und damit deutlich zu jung, um in der Vergangenheit zu leben.

Meine Anwesenheit passt ihm jedenfalls nicht. Sieht man daran, wie seine blauen Augen hinter der billigen Metallbrille unruhig hin- und herwandern, um mich nicht anschauen zu müssen. Warum schwitzt der nicht? Sein Outfit sieht aus, als müsste er jeden Moment einen Hitzschlag kriegen: Die schlaksigen Arme stecken in einem hellgrauen Langarmhemd, das er schön bis zum Hals zugeknöpft hat. Über die Schultern spannen sich Hosenträger, die seine schwarze, viel zu große Arbeitshose daran hindern, auf den Boden zu fallen. Er trägt Sandalen und – als ob ihm noch nicht warm genug wäre – schwarze Socken. Der Sommer scheint völlig von ihm abzuprallen. Seine Wangen leuchten so kalkweiß, als würde er unter der Erde leben. Vielleicht tut er das ja auch, bei Muttern im Keller.

Punkt zwei: Mit der Art, wie er spricht, stimmt was nicht. Es klingt zwar erst mal nach Deutsch mit heftigem amerikanischem Akzent, doch drunter schwingt noch was anderes mit, ein Dialekt, österreichisch vielleicht. Er hat die »Ewigkeit« zu einem breiten »Ewigkääit« gedehnt. Genau – er klingt original wie Arnold Schwarzenegger!

Nick zumindest scheint über den Auftritt des Pupsis kein bisschen überrascht zu sein. Alter und andere Äußerlichkeiten beachtet er ja ohnehin nicht, das muss man ihm echt zugutehalten. Er pumpt jedenfalls erst mal ausgiebig die Hand seines Kumpels, kommt dann aber schnell zur Sache. Die Herren haben wohl schon zu einem früheren Zeitpunkt eine tiefere Geek-Connection aufgebaut.

Nick reicht ihm das Tape rüber. Der Dreikäsehoch wirft einen professionellen Blick drauf.

»Eine Quarter-Inch-Cartridge, für den Fiftyone-Ten, nehme ich an.« Das »an« walzt er zu einem »ooaahn« aus.

»Korrekt«, gibt Nick kurz zurück. Im Gegensatz zu seinem Gegenüber ölt er wie ein Schwein vor sich hin. Kleine Schweißbäche bahnen sich aus seinem Haaransatz ihren Weg die Schläfe runter.

Erst jetzt, nachdem er den Grund für das Treffen präsentiert, hält es der Beifahrer für nötig, mich vorzustellen.

»By the way: Das ist Kee, er arbeitet auch für die Company.«

Der Winzling hält mir seine Hand hin, und ich versuche, das wabbelige Knochengestell so kurz wie möglich zu drücken. Der Kleine hat kein bisschen Handschweiß, unfassbar.

»Freut mich«, sagt er.

»Mich auch«, sage ich.

Er fixiert meine Pupillen, zuckt aber schon nach einer halben Sekunde zurück und schaut auf den Boden. Immerhin, dieser In-die-Augen-starr-Wettbewerb ging an mich. Kee – eins, unbekannter Nerd-Kumpel von Nick – null! Der Hosenscheißer dreht die Kassettenhülle etwas verlegen hin und her.

»Ich nehme an, die nationale Sicherheit steht mal wieder auf dem Spiel?«, feixt er.

Das hätte er natürlich nicht sagen dürfen. Das war ein schwerer Verstoß gegen die Datacorp-Regeln. Dank seiner Indiskretion weiß ich jetzt, dass er und Nick bei seinem letzten Einsatz hier oben zusammengearbeitet haben, als die Rechner in der Atomraketen-Basis abgeraucht waren. Dabei habe ich nicht das *need to know*! Wäre der Kleine auch bei der Company angestellt, hätten sie ihn dafür rausgeworfen.

Der Beifahrer tut so, als habe er nichts bemerkt, dabei wurmt es ihn innerlich, dass jemand die Vorstellung in seinem Vertraulichkeitszirkus so jäh unterbrochen hat.

»Wissen wir noch nicht. Kannst du das Tape lesen?«

Der Typ nickt kurz. Dann wechselt er das Standbein und stützt sich mit der Hand ziemlich ungelenk in der Hüfte ab, als wüsste er nicht, wohin mit seinen Gliedmaßen.

»Sure. Aber der Fiftyone-Ten ist nicht auf dem Bruderhof, sondern in der alten Scheune, you know. Wir können uns da treffen, wenn das Abendgebet, ääh, ist vorbei.«

Okelidokeli, Ned Flanders. Jetzt rück das Tape wieder raus, damit wir endlich abdampfen können. Ich brauche Fahrtwind!

Nick scheint es auch eilig zu haben, denn er reißt seinem Kontaktmännchen die Kassette förmlich aus der Hand.

»Sehr schön. Dann sehen wir uns um ...« Er schaut seinen Gegenüber fragend an.

»... ten p. m., dann sind wir sicher«, ergänzt der Junge und dreht sich um.

Sicher wovor?

❋33 T-2:17:26

Nick ist so was von scheißtolerant, dass es nervt. Ich habe ihn doch nur gefragt, was für ein Jesusfreak das denn bitteschön war, und er geht gleich an die Decke.

»Das war kein ...«, er deutet mit den Fingern Gänsefüßchen an, »... *Jesusfreak*, sondern ...« An dieser Stelle bricht er seine Gardinenpredigt plötzlich ab, um mir den Autoschlüssel rüberzuschmeißen. »Ach, ist ja auch egal, lass uns erst mal losfahren.«

Wir schwingen uns in die Kiste und versuchen dabei, möglichst wenig Hintern-Kunstleder-Kontakt herzustellen, da die bordeauxroten Polster glühen.

»Scheiße!« Nick zieht sich am Haltegriff hoch und versucht, die schwebende Jungfrau zu machen.

Ich lutsche meinen Zeigefinger an, halte ihn ans Polster und mache dazu ein Zischgeräusch, als ob ich auf eine heiße Herdplatte gefasst hätte. Der Beifahrer muss lachen und – zack – schon hat er mir meine politisch unkorrekte Spitze gegen seinen Busenfreund verziehen. Vielleicht läuft bei denen ja so ein Vater-Sohn-Ding.

»Kannste wohl laut sagen. Das Zeug ist so heiß wie flüssiges Metall«, sagt Nick und versucht, seine Stimme in den Barry-White-Keller runterzudrücken. »Model T-one thousand, liquid metal.«

Sehr schön frei assoziiert, mein Freund. Wir kichern eine Runde, dann starte ich den Motor, und mit dem ersten kühlenden Stoß Fahrtwind ist alles wieder gut. Erst jetzt fällt mir auf, dass der Vogel eben gar nicht seinen Namen gesagt hat.

»Wie heißt der überhaupt?«

»Joseph«, drückt Nick raus.

»Und was für Verein ist das da, auf dem Bruderhof?« Ich rolle das »r« wie ein Wochenschau-Sprecher aus den Fünfzigern und kassiere den nächsten bösen Seitenblick.

Nick räuspert sich.

»Schon mal was von den Hutterern gehört?«

»Haben die was mit Jabba dem Hutterer zu tun?« Komm schon, Alter, der war nicht schlecht.

»Genau. Der ist da der Chef«, gibt der Beifahrer etwas säuerlich zurück. Dann spult er den Eintrag aus seiner Nickipedia ab: Anscheinend sind die Hutterer so eine Art von Sekte, die vor hundertfünfzig Jahren aus Europa in die USA ausgewandert ist. Überall, wo sie hinkommen, rotten sie sich zu hundert Mann auf einem Hof zusammen, auch hier in Montana und nebenan in Kanada. Untereinander sprechen sie Deutsch mit bayerischem und österreichischem Einschlag. Und weil die Jungs immer schön mit ihren Cousinen verheiratet wurden, haben sie wohl sogar eine eigene Blutgruppe.

»Innerhalb der Sekte gibt es noch so verschiedene Gruppen mit ganz *strangen* Namen«, doziert Nick, »so zum Beispiel Prärieleut oder Arnoldleut.«

Ha! Das erklärt den Arnie-Akzent. Weil er gerade so schön im Flow ist, behalte ich den Witz aber lieber mal für mich und lasse ihn zum Ende kommen.

»... jedenfalls leben die so kommunenmäßig zusammen und haben auch mit Technik nicht so viel am Hut.«

»So krass wie diese Amish, die immer noch mit der Kutsche rumfahren?« Bei denen spielte doch »Der letzte Zeuge« mit Harrison Ford.

»Nene. Die Hutterer dürfen schon Technik benutzen, die fahren auch mit 'nem Mähdrescher die Ernte ein und so. Allerdings müssen sie eine Regel befolgen: Solange die Technik noch funzt, darf nix Neues gekauft werden.«

»Quasi ein Update-Verbot!« Genial, die perfekte Religion für uns! Langsam wird auch klar, warum die Datacorp zu denen beste Verbindungen pflegt ...

»Naja, und weil sie keinen neuen Kram anschaffen dürfen, müssen sie den alten eben am Laufen halten.« Nick setzt einen stolzen »Tadaa«-Blick auf. »Mir ist Joseph im Netz aufgefallen, weil er dutzendweise alte Commodore 64 aufgekauft hat. Später erzählte er mir, dass die Kolonien in den Achtzigern mal ein Cevi-Programm für die Kuhzucht oder so angeschafft haben und dass er das jetzt bis in alle Ewigkeit am Laufen halten muss. Joseph ist bei denen wohl so was wie der Admin.«

Interessant, trotzdem wird es langsam mal Zeit, zum Punkt zu kommen.

»Und der hat einen IBM einundfünfzig-zehn in seiner Scheune?«

»Nicht nur das.« Nick holt Luft, als wollte er ganz groß auftrumpfen, atmet dann aber aus und legt eine bedeutungsschwangere Pause ein. »Aber wirste ja sehen.«

Wir haben die Stelle erreicht, an der aus dem Feldweg wieder asphaltierte Straße wird. Dass ich den Weg zurückgefunden habe, obwohl ich doch auf dem Hinweg die Augen zumachen musste, fällt Nick nicht auf. Er plant wohl im Kopf schon den nächsten Schritt.

Nintendo®
GAME BOY™

#34 T-2:11:43

Der Beifahrer starrt wie hypnotisiert auf das Warmhalteöfchen, in dem sich zwei Hotdogs müde drehen. Das tun sie scheinbar schon ziemlich lange, denn ihre Haut sieht runzeliger aus als die der Rentnerinnen am Strand von Boca Raton, Florida. Trotzdem rotieren die beheizten Metallstangen, auf denen die Hotdogs liegen, gnadenlos weiter, vermutlich bis sie zu Briketts geworden sind.

Fasziniert verharrt Nick vor dem Würstchenballett, sein leerer Blick scheint das Grillgut zu durchdringen.

Plötzlich zuckt er zusammen und schlorrt in den nächsten Gang, über dem ein riesiges Schild hängt, das *Gourmet Café* verspricht. Auf dieser Seite des Atlantiks bedeutet das, die Lorke wurde mit Zimt, Haselnussaroma oder Schokolade versetzt und ist für einen Menschen mit Y-Chromosom absolut ungenießbar.

Nick stromert weiter, bis er die normale Kaffeemaschine in der hintersten Ecke erreicht hat, und schnappt sich zwei Becher. Während er den Zapfhahn runterdrückt, spult er seine Infos ab:

»Okay, die Jungs vom Bruderhof haben den IBM wohl mal in den Siebzigern angeschafft, um eine Bewässerungsanlage zu steuern. Deshalb hat er sogar eine ...«, zufriedener Seufzer, »... V.24-Schnittstelle.«

Nicks Retromanie hat in letzter Zeit einen neuen Höhepunkt erreicht: die Bus-Nostalgie. Beim Anblick eines Firewire-Anschlusses kriegt er schon fast feuchte Augen, und wenn er davon redet, es sich »mit einem leckeren Port« gemütlich zu machen, ist er vermutliche der einzige Mensch auf dem Planeten Erde, der an eine SCSI-Schnittstelle denkt.

Alles schön und gut. Aber die V.24-Schnittstelle bringt uns nichts, da wir keinen Rechner dabei haben, auf den wir die Daten vom IBM digital überspielen könnten. Bleibt also nur, den Inhalt des Tapes auf »tote Bäume«, wie Nick immer lästert, auszudrucken. Ein harter Medienbruch, der ihm weh tun wird. Aber hier, in Mutterns Tanke mitten im Nirgendwo, gibt es nun mal keine Computer zu kaufen, und das Äußerste, was an Elektronik im Sortiment ist, sind ein paar 12-Volt-Kabel für den Zigarettenanzünder. Dabei stapeln sich im Wal-Mart ein Kaff weiter die Rechner bis unter die Decke. Doch dahin zu fahren hat der Beifahrer mir gerade erst verboten, weil es da »zu viele Augen« gäbe.

Muttern selbst steht hinter der Kasse und hat keine Prozessorleistung mehr frei, um uns oder unsere ausländische Sprache zu bemerken, weil sie auf einem uralten Game Boy zockt. Und zwar auf diese Weise, wie es nur Menschen unseres Alters tun: mit diesem Ausdruck totaler Überforderung im Gesicht. Dieses Gedudel ... jap, sie spielt *Super Mario World*. Besonders weit ist sie allerdings noch nicht gekommen, es fiept diese orientalische Mucke rüber, das heißt, sie steckt in der dritten World fest, wo alles so pseudoägyptisch ist und man sich immer fragt: Was nervt mehr – das Gedudel oder die Klötze, die von der Decke rieseln? Währenddessen fixiert sie den alten Game Boy angestrengt durch ihre Lesebrille.

Ich scanne die Regale. Ein Großteil des Platzes nehmen gefühlte zweihundert Sorten Beef Jerky ein, das sind getrocknete, völlig versalzene Fleischstückchen, typischer Provinzfraß. Wo ich schon in der Essensabteilung bin, packe ich gleich noch zwei eingeschweißte Sandwiches ein, unser Abendessen.

Nick drückt gerade den Kleckerschutz auf die Kaffeebecher. Wie immer hat er nicht die richtige Größe erwischt, merkt es aber nicht und lehnt sich auf den Plastikdeckel, damit er sich endlich über den Becherrand stülpt.

»Shit!« Er hat sich bei seinem Gewürge einen Schluck Kaffee auf die Hand gekleckert.

Auf einmal mischt sich Mom ein.

»Can I help you?« Sie schlurft aus ihrer Kasseninsel raus und zur Kaffeetheke rüber. »The large ones are over here«, sagt sie und zeigt auf einen weiteren Stapel Kleckerdeckel unter der Theke, die die richtige Größe haben.

Sie sieht exakt aus wie alle U.S.-Moms, die schon erwachsene Kinder haben. Dauerwelle, roter Häkelpulli mit aufgenähtem Kram aus Pailletten, untenrum maximal uncoole Bügelfalten-Jeans – diese Sorte nennen die Kids hier schon »Mom-Jeans«, eben weil alle Muttertiere sie tragen. Außerdem hat sie seit ihrer Prom-Night vor dreißig Jahren ein paar Apfelkuchen zu viel gegessen.

»Äh, thanks«, Nick tupft sich hektisch seine Hand ab. Da fällt sein Blick auf den Game Boy in ihrer Hand.

Plötzlich setzt er seinen hyperfreundlichen Beamten-und-Mütter-bezirz-Blick auf und legt mit seinem angetäuschten Oxford-Akzent los:

»Ma'am: Would you consider selling this?«

Er trägt ordentlich auf, sagt extra britisch »considdaah« – wie immer, wenn er amerikanische Damen mit dem Charme der Alten Welt betören will. Und es klappt: Mom kriegt rote Wangen, das Kästchen gehört schon so gut wie ihm. Zumindest der schlimmste Gadget-Entzug ist abgewehrt.

Nintendo®

GAME BOY™

#35 T-2:11:26

»Es reibt sich die Haut mit der Lotion ein!«, kreischt Nick und biegt sich vor Lachen. Natürlich ein Zitat aus »Schweigen der Lämmer«, wie so oft. Was er sagen will, ist: Alter, mal wieder ein Motelzimmer, in der auch der freundliche Serienmörder von nebenan absteigen könnte.

Er hat recht. Das ganze Motelzimmer ist mit diesem Billigholz ausgekleidet, mit dem früher Nicks Vater auch den Partykeller zugepflastert hat, um für etwas Gemütlichkeit zu sorgen. Die Holzvertäfelungen verfolgen uns echt auf dieser Dienstreise. Dazu ein kackbrauner Teppich mit einem Flor, der so hoch ist, dass die Zehen fast drin verschwinden. Komplettiert wird die Schändungsromantik durch ein paar gerahmte Aquarelle von Büffelherden über unseren Betten.

Wir tun dem Motel natürlich schreiendes Unrecht an, denn es ist eigentlich ganz nett: Jedes Doppelzimmer ist in so einem kleinen pseudobayerischen Blockhäuschen untergebracht, das zwischen den Highway und einen kleinen Bach gequetscht wurde. Im Namen des Motels steht der Zusatz »Chalet«, wie immer, wenn der Ami in Alpenromantik investiert hat.

Nick haut sich aufs Bett und fängt sofort an, an seinem neuen Spielzeug, Moms Game Boy, rumzudengeln. Läppische zwanzig Kracher waren nötig, um sie davon zu trennen, dafür hat sie uns sogar noch dieses seltsame, quietschgelbe Kameramodul dazugeschenkt. Das hatte Nintendo irgendwann in den Neunzigern rausgebracht. Wird ganz normal wie ein Spiel oben in den Game Boy reingesteckt und schießt Fotos in absolut grottenschlechter Auflösung – mit vier Graustufen. Für die ganz harten Fans gabs noch einen Drucker dazu, der die Werke auf einen Streifen Thermopapier bannte, der ungefähr so breit war wie ein Kassenbon. Eben nur was für Freaks.

Freaks wie Nick. Seit gut zwanzig Minuten hat er einen Riesenspaß dabei, mit der Kamera seinen Fuß zu knipsen. Dabei liegt *genau dasselbe* Teil schon seit Jahren bei ihm zuhause, und nicht nur das, er benutzt die Kamera sogar noch, obwohl wir schon das 21. Jahrhundert haben und es weiß Gott bessere Dokumentationstechnologien gibt. Aber nein, er schießt immer noch Fotos mit 0,01 Megapixeln. Vermutlich von Sabinas Möpsen.

Egal, er hat jedenfalls seine Gadget-Dosis gekriegt, und damit steigt seine Stimmung enorm, und meine irgendwie auch. Unsere Laune wird fast ein bisschen *zu* gut. Langsam fängt der Kopf nämlich wieder an, sich die Dinge zurechtzubiegen, die unangenehmen Daten auszublenden. Die Entführung in die Botschaft? Ein Missverständnis. Der Hubschrauber am Flughafen? Vielleicht doch nur ein Zufall.

»Apropos ...«, setzt Nick an, ohne seinen Blick vom Display loszueisen.

Apropos »apropos«: Anders als bei anderen Leuten bedeutet dieses Wort beim Beifahrer nicht, dass jetzt irgendwas kommt, das mit dem davor Gesagten zu tun hat. Nein, es signalisiert einfach nur, dass er jetzt über ein Thema seiner Wahl einen Vortrag absondern wird.

»... apropos Telefon. Das ist ja auch so eine von den Sachen, die kannste im Film nicht mehr bringen. Du weißt schon, diese klassische Comedy-Handlung: Ein Typ steigt bei seiner Freundin ein, um seine eigene Nachricht auf dem Anrufbeantworter zu löschen. Neeeee, das geht ja nicht mehr. Da müsste er heute in das Datenzentrum von AT&T in Roanoke, Virginia, einbrechen, um an den Server mit der Voicemail ranzukommen – und das wäre ja dann wieder ein ganzer Film für sich!«

Okay, jetzt mal eins nach dem anderen. Also, das Thema lautet: Filmplots, die heute technikbedingt nicht mehr funktionieren. Alles klar, ich steige ein.

»Was auch nicht mehr geht, ist der alte Dreh ›Sie trifft ihn und weiß nicht, dass er Milliardär/Schauspieler/Massenmörder ist', so wie bei *Before Sunset*, wo Julie Delpy keine Ahnung davon hat, dass ihr Schwarm mittlerweile ein berühmter Schriftsteller ist – obwohl sie seinen Namen weiß! Mit ungefähr einem Blick ins Netz hätte sie das schon rauskriegen können, oder?«

Ich bin ziemlich stolz auf meine Einlassung, doch Nick verzieht das Gesicht. »Stimmt. Aber so 'n reinrassiger Frauen-Scheiß gilt eigentlich nicht als Beispiel.«

Er legt sich aufs Bett und starrt am Game Boy vorbei an die – natürlich getäfelte – Decke.

»Überhaupt Film ...« Noch so eines von seinen Füllworten. Genau wie »apropos« läutet »überhaupt« bei ihm eine neue Runde fröhliches Assoziieren ein.

»... überhaupt, kennst du das Ende von *The Beach*, da, wo DiCaprio am Schluss mit dem ganzen anderen Backpacker-Gesocks im Internetcafé sitzt und seinen, haha, Hotmail-Account checkt? Da ist mir das erste Mal klar geworden, dass es das alte Reisen, wie wir es immer durchgezogen haben, nicht mehr gibt.«

»Verstehe ich nicht.«

»Naja, wenn die Kids heute Urlaub machen, dann haben sie ständig ihr Telefon an, sodass jeder ihrer total supi Freunde in jeder Nanosekunde genau weiß, wo sie sind und ob sie sich gerade die Socken zusammenrollen.«

»Kann ja auch praktisch sei...«

Ich kriege wie üblich keine Chance, meine Attacke gegen seine Retro-Windmühlen zu Ende zu reiten.

»Damals, da hieß es: Tschüss, Taschentuch winken an den Landungsbrücken, wir sehen uns in drei Wochen«, giftet er dazwischen, »zuhause anrufen? Keine Chance, weil es entweder mordsmäßig teuer war oder die Schlange vor der Zelle einmal ums Hotel ging. Also: Die einzige Möglichkeit, in der Zwischenzeit was zu *posten*«, Ekelblick, »war, eine Postkarte in den Briefkasten zu schmeißen.«

Er legt den Game Boy zur Seite und dreht sich zu mir rum.

»Weißt du, was der Unterschied zwischen dem Reisen heute und dem früher ist?«

Wie üblich wartet er nicht auf mein rhetorisches »Neee«.

»Der Unterschied ist: Früher warst du *echt weg*!«

Stimmt. Eigentlich so wie wir jetzt.

#36 T-2:08:24

In zehn Minuten wird die Welt untergehen.

Jedenfalls sieht der Himmel so aus. Am Horizont, also ziemlich genau vor uns, zucken Stroboblitze durch die düsteren Wolkenberge und glühen nach wie Plasmasalven, die in die Hülle eines Raumkreuzers einschlagen. Windböen ruckeln am Wagen und zerzausen Nicks Haare, bis sie nicht mehr nach oben stehen, sondern ponymäßig in die Stirn hängen, wie bei der Maklerin auf dem Werbeplakat.

Wir schweigen. Die Zeiten des lockeren Auto-Ausfüllens sind vorbei, dafür ist die Sache hier zu wichtig. Wenn Josephs alter IBM mit unserem Datentape, das wir um die halbe Welt hierher gekarrt haben, nichts anfangen kann, wird es eng. Wir können uns nicht ewig in irgendwelchen amerikanischen Nestern verstecken, auf analoger Schleichfahrt durch die Staaten gondeln und hoffen, dass uns die Company vergisst. Irgendwann werden sie uns kriegen, und dann müssen wir die Karten, oder besser gesagt: das Tape auf den Tisch legen und hoffen, dass wir nicht auch – extragroße Finger-Anführungszeichen – zufällig mit dem Flugzeug abstürzen.

Gott, hoffentlich hat die Hitze im Auto dem Band nicht geschadet.

Es liegt was in der Luft heute Abend. Wir schweben in unserem Boot durch die schwüle Nacht. Für die Verfilmung unseres Lebens, die wir im Kopf ständig planen, bedeutet das: Der Beleuchter muss im Fußraum ein schwaches Licht platzieren, weil der Kameramann sonst außer unseren Autoscheinwerfern nichts drauf bekäme. Unsere Gesichter werden also von unten blassblau angefunzelt, während die Kamera über den Kotflügel hinweg unsere unbeweglichen verschwitzten Gesichter fixiert. Im unscharfen Hintergrund verglüht rosarot der Tag. Sehr schön. Die Vorspannschrift wird eingeblendet:

Two Players.

Dann Schnitt: Einstellung aus dem Helikopter, schräg von oben auf das Fahrerfenster, der Pilot dreht ganz sachte ab, sodass unser Auto immer kleiner und kleiner wird, bis es sich als Punkt in der schwarzen Unendlichkeit verliert. Yeah, wir sehen wie Tubbs und Crockett aus, wie sie in ihrem Ferrari Daytona durch Miami rollen, zur Legende veredelt durch »In The Air Tonight«. Das ist die einzige Nummer, die Collins' Existenz rechtfertigt – in dem Punkt waren wir uns schon immer einig.

Mit knappen Kommandos lotst mich der Beifahrer durch die Nacht.

»In einer Meile müssen wir vom Highway runter.«

Er kaut auf seinem Tanken-Sandwich rum. Truthahnbrust, mit Plutonium bestrahlt. Muss es sein, anders wäre es nicht zu erklären, dass sich das Teil ungefähr bis zum übernächsten Schaltjahr hält.

Unser Zielgebiet scheint weit weg vom Bruderhof zu liegen.

Draußen ist es pechschwarz, obwohl wir gerade mal halb zehn haben. Dabei sind wir doch schon hoch oben im Norden. Angenommen, wir fahren bis morgen Mittag weiter, wären wir in Kanada.

Nick lässt sein Fenster hochsurren. Über den Griff zu diesem Knopf denkt man auch nicht mehr nach. Hach, der erste Fensterheber – was war das für ein Flash! Unverschämter Luxus, fast wie die Zentralverriegelung. Junge, wie lange hat man noch nach dem Knöpfchen zum Runterdrücken gesucht?

»Hab den ersten Tropfen abgekriegt«, nörgelt Statler.

Ich fahre alle Fenster hoch, ein letzter Kubikmeter schwüle Luft und ungefähr tausend Mücken schlängeln sich noch rein, dann herrscht im Cockpit wieder zenmäßige Ruhe, wie früher auf unseren Forschungsreisen.

Nick klopft gegen seine Scheibe wie gegen eine Haustür.

»Da rechts rein.«

Ich biege vorsichtig in den Feldweg ein. Holla, jetzt gehts richtig los. Die erste Tropfensalve prasselt gegen die Frontscheibe. Und wir müssen ausgerechnet über diese Lehmpiste schippern! Das kann gefährlich werden, denn die Feldwege kreuzen oft ausgetrocknete Bachläufe, und wenn es losplästert – so wie jetzt – und man bleibt da stecken, säuft der Wagen mit Maus und Mann ab. Heißt Flash Flood und reißt jedes Jahr etliche Natur-Ignoranten wie uns in den Tod.

Mein Angst-Bruder kann meine Gedanken natürlich ahnen.

»Sind gleich da«, sagt er mit seiner »Jaaaanz ruhich, Henry«-Stimme.

Wir sehnen uns beide nach dem Ende der Geschichte und einem kühlen Miller. Nick hat garantiert schon die Pläne für seine Zeit nach der Datacorp in der mentalen Schublade – muss er ja auch, schließlich gilt es, jeden Monat die Rate für das feine Eigenheim zu überweisen. Sonst wäre der sorgfältig eingestielte soziale Aufstieg ganz schnell zu Ende.

Sabina ist sicher krank vor Sorge – um ihn natürlich, nicht um das Haus, solche Sachen waren ihr nie so wichtig. Komisch, warum sie sich das ganze Eigentum überhaupt an die Backe gehängt haben? Wahrscheinlich ein klassisches Missverständnis: Sie denkt, dass Nick sich nach all seinen Junggesellen-Medienbunkern mal ein echtes Zuhause wünscht – dabei hat er sich in seinen Hardware-Hotels immer ausgesprochen wohlgefühlt.

Und Nick denkt, dass sie auf den ganzen Spießerhokuspokus abfährt, und macht auf Häuslebauer, obwohl er nichts mehr hasst, als den Rasenmäher-Mann zu spielen. Mehr Ekel kann er nur für den gleichnamigen Film mit Pierce Brosnan aufbringen – Stichwort: Neunzigerjahre Virtual Reality. Kotz.

Er schubst mich mit dem Ellenbogen an.

»Langsam, da vorne isses!«

Woher will er das wissen? Vor uns ist *absolut nichts* zu sehen, außer einer hell angestrahlten Wand aus Regen. Der Dodge gräbt sich mühsam durch die vollgelaufenen Spurrillen. Schhhhhlick. Ein Reifen dreht durch, das Differenzial packt zu und schubst den Wagen weiter nach vorne.

»Fahr hier ran«, bestimmt der Beifahrer.

»Wo?« Am Straßenrand ist doch gar nichts zu sehen, außer ein paar Sträuchern.

»Na einfach hier!«

Unser Köpfe stoßen zusammen, als sich der Wagen den steilen Rand der Lehmpiste hochgräbt. Ich schalte den Motor ab, wir sitzen schweigend da und schauen den überforderten Wischern zu. Noch bevor sie den halben Weg über die Scheibe zurückgelegt haben, verdecken die Bäche von oben wieder die Sicht.

Und da sollen wir also raus? Raus auf die abgemähten Felder, wo unsere Köpfe garantiert die höchsten Erhebungen sind – und das mitten im Weltuntergang.

Ein Blitz zuckt direkt vor uns auf die Ebene runter, und für einen kurzen Moment zeichnet sich die Scheune als Scherenschnitt ab: Es ist nur ein Holzverschlag, so groß wie ein zweistöckiges Haus, windschief, als ob er noch aus der Zeit der Pioniere stammt. Gehört das etwa auch noch zur Kolonie? Überhaupt ein komisches Wort: die Kolonie. Es klingt nach etwas Bösem.

Fuck, wo gehts 'n hier rein?

Wie Dick und Doof tasten wir uns an den Holzlatten entlang, treten uns auf die Füße und stoßen gegeneinander. Endlich ein Lichtspalt. Nick fährt sein Knie aus, und die alte Holztür springt knarrend auf.

Willkommen im 19. Jahrhundert.

Als Joseph vorhin sagte, dass der IBM in einer Scheune steht, klang das so nach einem ordentlichen Kuhstall, mit Betonwänden und so. Aber er steht wirklich in einer Scheune, und zwar in einer, die aussieht wie in diesem Freilichtmuseum, wo wir mit der Schule früher immer hingefahren sind.

Joseph sitzt auf einem Melkschemel in der Mitte des Raums und starrt auf den IBM, den er zusammen mit einem riesigen prähistorischen Drucker auf einen kleinen Holztisch gequetscht hat. Direkt über seinem Kopf baumelt eine nackte Neonröhre, die eine kleine Lichtinsel in die Mitte des Verschlags zaubert. Die Decke ist so hoch, dass man das Ende des Kabels nicht erkennen kann. Knarrend schließt sich die Tür hinter uns.

Beunruhigend: Hier herrscht nicht das übliche Geek-Chaos. Auf dem Boden stapeln sich keine ausgeweideten Rechner, nirgendwo liegen Diskettenstapel rum, keine Platinen oder Kabel – nichts. Alles wurde ratzekahl leergeräumt, als ob hier gleich irgendeine Firmenpräsentation stattfinden soll.

Wir stehen wie angewurzelt an der Tür. Seltsam, dass Nick auch so überrascht ist, schließlich war er schon mal hier.

Junge, ist das heiß, wie in 'ner Duschkabine – und laut. Von allen Seiten trommelt der Regen gegen die Holzwände. Ab und zu schafft es ein Tropfen durch eine Ritze und schlägt kalt im Nacken ein. Deshalb hat Joseph den Tisch so dramatisch in der

Mitte platziert – damit der Rechner in dem undichten Holzverschlag nicht nass wird.

Nick setzt seinen Fuß unsicher nach vorne, also immer schön dranbleiben. Stroh raschelt unter unseren Füßen. Ob der staubige Lehmboden die richtige Umgebung für so ein wertvolles Museumsstück ist?

»Guten Abend«, begrüßt uns Joseph.

Korrektur: Er begrüßt uns auf Nerd-Art, was bedeutet, dass er uns völlig ignoriert und weiter auf den Monitor starrt. So bei Licht besehen wirkt der Bildschirm des IBM noch winziger als bei dem Exemplar, das in Johns abgestürztem Flugzeug lag, er ist nur einen Tick größer als eine Kippenschachtel.

Joseph hat sein Interesse an unverbindlichen Schwätzchen wohl verloren, denn er streckt nur wortlos den Arm in unsere Richtung aus, ohne sich umzudrehen. Vielleicht muss er gleich zur nächsten Gebetsstunde oder so; er trägt immer noch die gleichen Klamotten und seine altmodischen Hosenträger.

Nick zögert. Komm schon, Alter, aufwachen.

Na endlich, er fischt die Kassette unter seinem T-Shirt heraus, fummelt die Hülle auf und drückt Joseph das Tape in die Hand.

Ned Flanders schnappt es sich und schiebt es in einen Schlitz direkt über der Tastatur.

»Let's seeeee ...«

Ein paar Zeilen weiße Schrift scrollen über den Monitor. So richtig erkennen können wir nichts, weil wir zu Josephs Tisch immer noch einen guten Meter Sicherheitsabstand halten, als ob ihn ein Kraftfeld umgibt, das man besser nicht berührt. Der Typ ist einfach gespenstisch.

Seine weißen Finger rasen über die Tastatur. Enter. Der IBM beginnt, die Daten vom Tape runterzuziehen. Kein Rappeln aus dem Laufwerk, keine hochpoppenden Fehlermeldungen. Es ist also wirklich ein Tape für genau diesen Typ von Rechner, und die Metallatome auf dem Band scheinen auch noch alle am richtigen Platz zu sitzen. Teil eins des Auftrags ist gemeistert, der Showdown unserer Dienstreise kann beginnen.

Elektronik altert schnell und meistens würdelos. Kann man hier mal wieder sehen. Die Tasten des IBM wirken gigantisch, vor allem im Vergleich zu Josephs dürren Fingerchen; die gleiche Art von Tastatur packte IBM in die legendären Selectric-Kugelkopfschreibmaschinen. Höhepunkt der Steinzeit-Tech sind die Schalter auf der schwarzen Frontplatte, die so bedeutsam aussehen, wie sie im heraufdämmernden Zeitalter der Elektronenhirne einfach mussten. Allein dieser wuchtige Ein-aus-Hebel aus rotem Plastik – der wirkt so gefährlich, als könnte man mit ihm den Hauptreaktor des Todessterns abschalten. Dr. Strangelove, Ihr Computer steht bereit.

Augenblick – der Rechner ist ja gar nicht so alt, der ist ja im Prinzip nur so alt wie wir, sogar noch was jünger! Dass bedeutet, wir müssen innen drin genauso verschrammt, vergilbt und überholt sein. Die gleichen Kräfte, die diese Maschine aus Metall und Silizium in ein paar Jahrzehnten völlig abfucken konnten, haben die ganze Zeit auch auf unsere Zellen gewirkt – Sonne, Licht, Kälte, Hitze, Entropie. Wenn man drüber nachdenkt, ist es ein Wunder, dass wir noch leben.

Eine LED auf der Frontplatte blinkt geschäftig. Gleich gehts los. Gleich werden wir sehen, ob der Beifahrer richtig lag und diese lächerliche Kassette die nationale Sicherheit der Vereinigten Staaten gefährdet – oder ob nur der Bewässerungsplan von irgendwelchen Jesusfreaks drauf gespeichert ist.

Was? Jetzt schon? Über den Monitor huschen ein paar Zeilen, dann glimmt nur noch ein kurzes Wort am oberen Rand, wahrscheinlich READY. Scheint ja nicht viel drauf zu sein auf dem

Band. Aber es hat gereicht, um John dazu zu bringen, sein Leben zu riskieren.

Selbst Joseph zuckt kurz zusammen. Er hatte sich mit der Aussicht auf eine längere Ladezeit schon geistig ausgeklinkt und fällt jetzt vor lauter Überraschung ins Englische zurück.

»The file is about eight kilobyte. Do you need a printout?«

Ohne unsere Antwort abzuwarten, beginnt er, an dem riesigen grauen Drucker auf dem Tisch rumzuhantieren.

»Sure«, antwortet Nick.

Joseph beugt sich zum Rechner zurück, tippt ein paar Kommandos ein. Mit einem infernalischen »Gnäääääääääh« hämmert der Nadeldrucker die erste Zeile aufs Papier. Acht Kilobyte auszudrucken müsste ja eigentlich kein Problem sein, wissen wir ja noch aus der 64er-Zeit. Wenn man jedes Byte als zweistellige Hex-Zahl darstellt, immer mit einem Leerzeichen dazwischen, müsste die gesamte Datei auf drei, maximal vier Seiten passen. Die Papierkosten werden die Kolonie jedenfalls nicht ruinieren.

»Gnnähhhhh.« Das erste Blatt ist zur Hälfte aus dem Drucker rausgekrochen. Der Zahlensalat sieht original aus wie die endlosen Maschinenspracheprogramme, die wir früher aus der »64'er« abgetippt haben: Erst kam DATA – und der Rest der Zeile war zugehauen mit Zahlen zwischen 0 und 255. Obwohl einen der geniale Checksummer sofort warnte, falls man eine Ziffer falsch abgetippt hatte, war das Ganze eine unfassbare Geduldsprobe. Der zeitgenössische Grundschüler würde es vermutlich ablehnen, überhaupt im Heft nach einem Programmcode zu blättern. Verdammte vom *Random Access* verwöhnte Brut, die brauchen keine Infos mehr zu *suchen*, sondern kriegen die Stelle, an der es interessant wird, immer gleich auf dem Silbertablett serviert.

Klack, der Nadeldrucker zieht die zweite Seite Endlospapier ein – es sind diese Blätter mit den dünnen grünen Linien drauf und den Löchern am Rand, wo die Zahnräder des Druckers anpacken.

Joseph rutscht unruhig auf dem Schemel rum.

»Sollen wir mal reinschauen?«, schlägt er beiläufig vor.

Aha, er wird auch neugierig, er will auch wissen, was auf dem Tape drauf ist.

Nick zögert natürlich, aus Geheimhaltungsgründen, doch ich überstimme ihn einfach.

»Auf jeden Fall!«

Freudig erregt greift Joseph in die Tasten, während er in seinem Arnie-Deutsch weiterknödelt.

»Also, die Daten auf dem Tape gehören nicht zu einem Programm für den IBM, ich denke, der Code ist für eine andere Plattform geschrieben worden, aber was für eine, kann ich nicht sagen.« Weiteres intensives Klickern. »Ich schaue mal, ob ein EBCDIC-Text drinsteckt.« Weiße Buchstabenblöcke drängeln sich von oben auf den Bildschirm, als ob er den Basic-Klassiker eingegeben hätte:

```
1 X=X+1
2 PRINT X
3 GOTO 1
```

Das Miniprogramm hatten wir alle noch unterm Weihnachtsbaum in den C64 reingehackt, um unseren Eltern zu demonstrieren, was für total ernste wissenschaftliche Anwendungen wir mit der Kiste vorhatten. Zwölf Stunden später zockten wir *Samantha Fox Strip Poker*.

»Fast fertig«, murmelt Joseph.

Woooom – der saß. Das Gewitter muss direkt über uns sein, beim letzten Donner hat die ganze Hütte gewackelt. Nicht gut, jetzt fängt auch noch die Neonröhre an zu flackern, wenn der Strom ausfällt, war die ganze Aktion umsonst. Oder der absolute Worst Case: Der IBM stürzt ab und löscht beim Neustart ein paar Bits auf dem Band – durch die Stromspitze oder so. Deshalb musste man beim Cevi ja auch immer erst die Diskette rausnehmen, bevor man das Laufwerk einschalten konnte.

Joseph zuckt zusammen.

Er reißt seine Hände von der Tastatur weg und erstarrt, als ob man *seinen* roten Power-Knopf umgelegt hätte: Dann steht er wie in Trance auf und schiebt seinen wurmstichigen Hocker zur Seite.

»Ich glaube, Sie gehen jetzt besser!«

Warum so förmlich, junger Mann? Er macht einen Schritt zur Seite, damit wir freien Blick auf den Monitor haben.

Obwohl das bedeutet, unseren Sicherheitsabstand zu verletzen, beugen wir uns vor, bis wir die Worte auf dem Schirm entziffern können.

KEYHOLE 11/9 ATTITUDE CONTROL SYSTEM

#37 T-2:07:21

Absolut ungeschlagen ist der Beifahrer darin, in total ernsten Situationen total unpassend den Clown zu spielen. Jetzt zum Beispiel: Nachdem uns Joseph rauskomplimentiert hatte, blieb uns nichts anderes übrig, als durch die Dunkelheit zurück zum Wagen zu stolpern und darauf zu warten, dass der Weltuntergang vorbeigehen würde. Durch die Matschwüste zurückzufahren kam nicht infrage, da wären wir garantiert irgendwo stecken geblieben.

Jetzt sitzen wir also da, im Gefunzel der Cockpit-Lämpchen, und hören zu, wie der Regen aufs Dach unseres Geländewagens trommelt, der ausschließlich für das Gelände ›Parkhaus im Shoppingcenter‹ gebaut wurde.

An sich ein ganz guter Moment, um ein bisschen still nachzudenken. Und was tut *er*? Er sitzt und pfeift, und zwar immer die gleiche Melodie, in Endlosschleife. Anstatt mir ja zu erklären, warum uns Ned Flanders angeschaut hat, als ob wir Ebola hätten, trällert er vor sich hin. Und mit jedem Durchlauf wird die Melodie lauter und schriller, bis ich schließlich einknicke.

»Okay, Alter: Was ist das nochmal?«

Von meiner Unwissenheit angestachelt flötet Nick noch lauter und wackelt dazu im Takt auch noch mit dem Kopf, als ob er ein Liedermacher beim Kindergartenfest wäre, der will, dass endlich mal jemand mitsingt.

Ich erkenne das Lied trotzdem nicht. Nun rücks schon raus, Mann!

»This is not Americaaa«, fistelt er plötzlich los. Ach so.

»Schalalalala«, ergänze ich dienstbeflissen, »Bowie und Pat Metheny, oder?«

»Genau: *Pet my weenie*«, lacht Nick. Klasse Wortspiel: Streichel meinen Pimmel.

Ich spende ihm einen müden Golfapplaus – das heißt: zweimal in Zeitlupe in die Hände klatschen –, was der Dude mit einer angedeuteten Verbeugung quittiert.

»Weißte noch: Das war der Song aus dem Film *Der Falke und der Schneemann*«, quasselt er los.

»Hm, habe ich damals aber nicht gesehen. Du?«

»Jau, war ganz okay – obwohl mit Sean Penn.« Er fängt an, in den Ausdrucken rumzuwühlen, die Joseph uns von den Daten auf dem Tape gemacht hat. Sich nur mit einer Sache auf einmal zu beschäftigen, reicht Nick ja fast nie. Also wird geblättert – *und* schwadroniert.

»Der Film basierte ja auf einer wahren Geschichte: Ende der Siebziger haben zwei Jungs den Russen Informationen über amerikanische Spionagesatelliten verkauft. Sind natürlich geschnappt worden. Einem von denen haben sie 40 Jahre Knast aufgebrummt, der müsste heute noch sitzen.«

»Und?«

Anstatt zu antworten, klopft der Beifahrer auf das Endlospapier zwischen seinen Beinen.

»Alter: *Wir* sind jetzt der Falke und der Schneemann.«

Das sagt er so ganz ruhig? Will er im Ernst andeuten, dass die Daten auf dem Tape irgendwas mit Spionagesatelliten zu tun haben?

Jetzt ist er endgültig durchgeknallt. Zu viel Kaffee und Dew, zu wenig Schlaf und zu wenig Kuscheln mit Sabina. Er ist fertig mit der Welt, braucht wahrscheinlich einfach nur ein bisschen Ruhe. Alles klassische Burnout-Symptome.

Trotzdem erst mal mitspielen, sonst kriegt er womöglich noch einen cholerischen Anfall, wenn ich ihn nicht ernst nehme. Spinnern und Schlafwandlern muss man ja immer gut zureden.

»Im Ernst?«, frage ich brav.

»Jap. *Keyhole* ist der Codename für die Spionagesatelliten, die Amerika in den frühen Achtzigern hochgeschossen hat. Jede Mission bekam ihr eigenes Kürzel. Ich dachte zwar, bis in den Orbit hätten es nur Keyhole 11/1 bis 11/8 geschafft, aber anscheinend haben sie noch einen mehr gebaut – wieder was gelernt. Und das *Attitude Control System* ist der Bordrechner, der die Fluglage kontrolliert.«

Gespenstisch, genau mit diesen Worten fing die Datei wirklich an:

Keyhole 11/9, Attitude Control System.

Bei jedem anderen Menschen wäre jetzt der Moment gekommen, in einen Lachanfall auszubrechen. Aber Nick ist Sput-Nick, der kennt sich mit dem ganzen Weltraumscheiß aus, und was er sagt, leuchtet auf unangenehme Weise ein.

»Das heißt, auf dem Tape ...«

Er nickt. »... ist das Navigationsprogramm eines uralten Aufklärungssatelliten, oder zumindest ein Teil davon.«

»Scheiße.«

»In der Tat: Scheiße. Damit dürfte so ziemlich jede *Agency* dieses schönen Landes hinter uns her sein.«

Nintendo®

GAME BOY™

#38 T-2:07:16

Wenn Nick Sachen sagt, klingen sie immer so logisch, als ob Gott ein gigantisches Flowchart gemalt hätte, durch das sich die Menschen nur durchhangeln müssen. Bei ihm hat alles so eine Zwangsläufigkeit. Deshalb scheint es ihn auch nicht überrascht zu haben, als Joseph uns offenbarte, dass wir Satelliten-Software durch die Gegend karren. Für den Beifahrer stand schon lange fest, dass wir es bei der Datacorp früher oder später mit Weltraumschrott zu tun bekommen würden.

»Ist doch klar, Alter, das größte Computermuseum der Welt kreist eben *da*«, er tippt an den bordeauxroten Autohimmel, »von hier aus tausend Kilometer immer nach oben.«

Um bei dieser Schlussfolgerung zu landen, musste ich allerdings erst mal einen zehnminütigen, ultra-detaillierten Kurzvortrag zur Geschichte der EDV in der modernen Raumfahrt durchstehen.

Wie üblich hätte es auch nur ein Satz getan:

Im Weltraum kreisen keine Schweine, sondern EDV-Antiquitäten.

Leuchtet ja auch ein: Wer einen Satelliten hochschießt, will auf Nummer sicher gehen, da muss alles bombensicher funktionieren, und zwar jahrzehntelang. Sind die Sachen erst mal oben, gibt es schließlich keine Möglichkeit, mal schnell 'ne neue Grafikkarte reinzustecken oder so. Deshalb greift der militärisch-industrielle Komplex für Raumfahrttechnik lieber zu bewährten Chips, als den neuesten Prozessor zu nehmen, weil der zwar schneller ist, aber vielleicht noch Macken hat, die noch niemandem aufgefallen sind. Das beste Beispiel ist das Hubble-Teleskop: Um die Jahrtausendwende sollte das Teil einen neuen Prozessor kriegen, doch die Nasa baute damals keinen seinerzeit modernen Pentium ein, sondern ein olles 486er-Modul. Was sich ja dann auch als ziemlich schlau rausgestellt hat, Stichwort: Pentium-Bug.

Es gibt aber noch einen besseren Grund dafür, bei Weltraumtechnik gnadenlos auf Retro zu setzen: Alles da oben steht nämlich unter Dauerbeschuss. Jenseits der Stratosphäre brutzelt pausenlos die kosmische Strahlung runter, und die macht vor allem den Chips zu schaffen. Wenn ein Transistor nämlich besonders heftig von einem Strahlungspartikel getroffen wird, kann es sein, dass er einfach so von »0« auf »1« springt – und dann beginnt der Ärger. Zu Beginn des Space Age wusste die Nasa das noch nicht – und plötzlich wunderten sich die Jungs, dass die Uhren ihrer Raumsonden falsch gingen oder sonst was schieflief.

Das Strahlungsproblem lässt sich allerdings leicht lösen: Man baut in die Sonden einfach uralte Chips ein. Bei denen drängeln sich nicht so viele Transistoren auf dem Siliziumplättchen, sondern die Schaltkreise sind noch schön groß. So passen zwar nicht so viele Transistoren auf den Chip, aber dafür kann der Prozessor die Strahlung besser ab. »Außerdem kommt der Chip auf ein spezielles Substrat, Saphir zum Beispiel. Strahlungsgehärtet heißt das dann, oder *rad-hard* wie der Profi sagt«, klärte mich Sput-Nick auf. Ich kannte bis dato nur »Rage Hard« von *Frankie goes to Hollywood.*

Okay, Strich drunter: Wenn du willst, dass dein Satellit auch in zwanzig Jahren noch funktioniert, lässt du ihn am besten von einem Apple II steuern.

Netter Exkurs. Aber wie kann er sich so sicher sein, dass auf dem Band wirklich das Steuerungsprogramm für einen Spionagesatelliten ist?

Also erst mal ganz in Ruhe ein paar Gegenargumente abfeuern.

»Aber auf dem Tape waren doch nur acht Kilobyte Daten – das ist doch superwenig, da brauchte ja jedes Spiel auf dem Brotkasten mehr Speicher«, wende ich ein.

»Alter, wir reden über die Siebziger, da war Speicher halt noch rar, da mussten ein paar Kilobyte reichen. Kannste dich noch an die Voyager erinnern?«

»Nur aus dem schlechten Star-Trek-Film.«

Nick verdreht die Augen. »Oh Mann, stimmt, der war schlecht.« Er versucht so pseudoernst wie Shatner zu klingen: »*Wiiiiiieeedscher.* Was für ein Mist. Ich habe bis heute nicht verstanden, warum die Aliens so einen riesigen Heitzefeitz um die olle Sonde drumrum gebaut haben – aber es nicht für nötig hielten, mal den Dreck vom Namensschild wegzuwischen. Dann hätten sie doch sofort gesehen, dass es nicht V'ger, sondern Voyager heißt. Wie dem auch sei.«

Er schaut nochmal intensiv auf einen der Ausdrucke, schüttelt den Kopf und legt ihn beiseite. »Zum Thema Datenmenge: Bei der echten Voyager-Sonde haben sie die Software zur Flugsteuerung in *vier Kilobyte* gequetscht – und einer der Programmierer konnte den ganzen Code sogar auswendig. Der wäre heute der Held auf jeder Demoparty!«

Okay, das Speicherargument zieht nicht. Wir haben also dieses Band, auf dem eine Software abgelegt wurde. Die steuert einen Satelliten, der über unseren Köpfen kreist, seit wir in der Grundschule waren. Wie wäre es mit dem naheliegenden Einwand?

»Aber warum in aller Welt ist dieses Band so wichtig?«

Als ob er nur darauf gewartet hätte, zwinkert der Beifahrer wie ein verhinderter Freibad-Gigolo mit dem rechten Auge.

»*Das*, mein Freund, ist die große Frage. Deshalb werden wir gleich im Chalet mal ein kleines Telefonat führen.«

Nintendo®

GAME BOY™

#39 T-2:06:39

Für einen ziemlich langen Moment wackelt die Dose auf dem Rand des Papierkorbs herum, so, als könnte sie sich nicht entscheiden, wohin ihre Reise gehen soll: Außenseite oder Innenseite? Dann kippt sie doch außen runter, wie ein Taucher, der sich rückwärts ins Wasser gleiten lässt, und schlägt mit einem dumpfen »Kloing« im braunen Flokati-Meer auf. Ein paar Tropfen Bier spritzen bis zur Wand und perlen von der Vertäfelung ab.

»So eine Scheiiiiiiiße«, schreit Nick und springt mit hochrotem Kopf auf seinem Bett rum. Tja, Regeln sind Regeln, Dude, jetzt musst du anrufen – wo auch immer.

Ich greife in das kleine Fach unter dem Nachttisch und frickele eine neue Dose aus dem Sixpack, das oben von so einem Plastikband zusammengehalten wird; in den Dingern verfangen sich angeblich jedes Jahr zehn Trillionen Möwen und verrecken, weil irgendwelche Asis sie in die Landschaft geschmissen haben, also die Dosenbänder.

Jetzt nur noch den Moment abpassen, in dem Nick zum Durchatmen eine kurze Hüpfpause einlegen muss, dann ein Auge zukneifen und den perfekten ballistischen Kurs für die Dose fixieren.

»Achtung!«, warne ich vor.

»Feuer!«, verlangt der Beifahrer, streckt die Arme aus und geht leicht in die Knie, wie ein Footballspieler, der einen Pass erwartet.

Okay, Feuer.

Ich schmeiße die Dose rüber. Mist, Error, falsche Flugbahn! Die Dose eiert durch den Raum und rast – statt auf Nick – auf den Zenith-Fernseher zu; es ist ein altes Modell, wo man das

Programm vorne noch mit einem Drehknopf einstellt, wäre schade drum. Nick denkt das Gleiche. Anstatt die Dose einfach vorbeifliegen zu lassen, hechtet er mit einem lauten Kampfschrei hinterher, schnappt sie aus der Luft und schlägt mitsamt seiner Beute krachend hinterm Bett auf. Ich springe sofort hoch.

»Alles klar, Alter?«

Kurze Stille, dann wächst Nicks Hand mit der Bierdose hinter der Bettkante hoch. Er präsentiert sie stolz in die Luft gereckt, als ob es die Fackel der Freiheitsstatue wäre. Manchmal vergisst er echt, wie alt wir sind. Das sind so Aktionen, nach denen so mancher Kollege unseres Jahrgangs in der Notaufnahme landen würde. Aber um Retro-Tech zu retten, riskiert Nick eben alles.

»Vielen Dank, meine Damen und Herren«, verkündet Evel Knievel grinsend, nachdem er sich wieder aufgerappelt hat. Er klopft kurz auf die Dosenoberseite und reißt sie auf. »Muss mir noch Mut antrinken.«

Welche mysteriöse Person wir anrufen müssten, um zu erfahren, was es mit der vermeintlichen Satelliten-Software auf sich hat, ließ er sich nicht aus der Nase ziehen, weder im Auto noch im Motel. »Erst mal 'n Bierchen«, lautete seine Ansage.

Wir beschlossen, ein Spiel draus zu machen: Wer es als Erster *nicht* schafft, seine leere Dose vom Bett aus in den Papierkorb zu treffen, der neben dem Fernseher steht, muss anrufen. Es hat ein paar Runden gedauert, aber jetzt ist das Match entschieden: Auge-Hand-Koordination hat mal wieder gegen Hirn gewonnen. Kee wins, der Nickmeister muss an die Strippe.

Gierig gurgelt er die Hälfte seiner neuen Dose in einem Zug runter. Theoretisch ist er schon viel zu hacke dazu, um irgendwo anders als bei einer Horoskop-Hotline anzurufen, aber ich vertraue auf seine geheime Übermenschen-Reserve. Im entscheidenden Moment wird er schon wieder nüchtern sein.

Zeit für die Gretchen-Frage.

»So, und wen rufen wir jetzt an? Gesine Obermann?«

Nick schüttelt den Kopf, ohne die Dose abzusetzen. Gesine war bei uns damals in der Stufe das Alphaweibchen, von dem alle träumten. Die hatte schon richtig was Frauliches, trug immer Schuhe mit leichten Absätzen, in denen ihre Fesseln zum Niederknien aussahen. Leider kickte sie nicht nur in einer anderen Liga, sondern in einem anderen, von uns sehr weit entfernten Universum. Bei ihr hatten nur *Studenten* mit Golf-Klasse oder drüber Chancen. Vermutlich bekämen wir selbst heute noch vor lauter Ehrfurcht keinen Ton raus, wenn sie vor uns stünde.

Nick kippt den Rest der Dose auf ex runter. In den letzten zwanzig Jahren hat er nicht mehr mit so einer Entschlossenheit aufgetankt – ist es Zeit, sich Sorgen zu machen? Der Anruf scheint ihn ja echt Überwindung zu kosten.

Nachdem er leise in seine Gedärme hinein aufgestoßen hat, stellt er die Dose beiseite und fängt an, das Codefeld auf der Telefonkarte freizurubbeln, die ich vorhin noch vorsorglich an Moms Tanke gezogen habe.

»Nein, wir rufen jetzt beim NRO an«, erklärt er mit dem üblichen Ton von Selbstverständlichkeit.

»Wo?«

Erstaunlich, dass er nach all den Jahren noch eine Drei-Buchstaben-Abkürzung aus dem Hut zaubern kann, mit der er mich noch nicht drangsaliert hat.

»Beim *National Reconnaissance Office*. So heißt die Behörde, die hier für die Spionagesatelliten zuständig ist. Wurde in den Sechzigern gegründet und versorgt die CIA und NSA mit Fotos *von oben*.« Ah, wunderbar, er nüchtert sich selbst mit einem kleinen Vortrag aus.

»Krass, wusstest du eigentlich, dass die Satelliten bis in die Siebziger hinein noch mit Film geknipst haben?« Nö. Nick stößt nochmal auf. »War aber so. Der volle Film wurde mit 'ner Kapsel abgeworfen, und die kam dann irgendwo in der Nähe von Hawaii an 'nem Fallschirm runter. Die Schwierigkeit bestand darin, die Kapsel *aus der Luft zu schnappen*, bevor sie ins Meer stürzte. Dafür gabs so Spezialflugzeuge, die ein riesiges Seil hinter sich herzogen. War am Anfang wohl ein ziemliches Glücksspiel. Ende der Siebziger hat das NRO dann die ersten Sats mit Videochip in Dienst gestellt, die erst mal gigantische 800 mal 800 Pixel Auflösung lieferten! Das musste dir mal vorstellen: Die schießen so ein Teil hoch – das ist so groß wie 'n Schulbus und wiegt vollgetankt zehn Tonnen – nur um Fotos mit 'nem guten halben Megapixel zu machen.«

Er schiebt das wissende Lachen eines Insiders hinterher. Erst jetzt fällt ihm auf, dass ich seit ungefähr einer halben Minute meinen extradoofen »Hä?«-Blick aufgesetzt habe.

»Okay, okay«, lenkt er ein. Na endlich, jetzt kommt die Mutter-Version.

»Also, du musst dir so einen Satelliten vorstellen wie ein Hubble-Teleskop – bloß in die andere Richtung gedreht.« Er macht mit der Hand eine Bewegung, als wollte er den Satelliten höchstpersönlich wenden. »Es ist ein gigantisches, von außen mit Teflon verkleidetes Fernrohr, das durch die Dunkelheit reist.« Kurze dramatische Pause mit dem obligatorischen Blick in die Ferne, dann rappelt er sich auf und kehrt in das Hier und Jetzt zurück. »Naja, die Satelliten kreisen ständig um die Erde, machen Fotos und funken sie runter zu einer Bodenstation. Exemplare der Keyhole-Serie sind mittlerweile übrigens echte Klassiker. In den Nullern wollte das NRO die Oldies durch eine kleine und billigere Version ersetzen, doch der Prototyp kam vom Kurs ab und musste eliminiert werden. Seitdem werden wieder die guten alten Teile im Schulbus-Format hochgeschossen. Ich sags ja: Wenn du willst, dass der Job erledigt wird, musst du auf altes Material setzen.«

Klingt ja hochinteressant. Aber ist es ein guter Plan, mitten in der Nacht bei irgendeiner Geheimbehörde anzuklingeln?

»Und da willst du jetzt anrufen, also bei den Jungs, die die Satelliten steuern?«

»Jau.«

»Und du weißt die Nummer auswendig?«

»Jau.«

»Ist das nicht ein bisschen so, als würde man beim BND anrufen und sagen ›Hi Leute, ihr macht doch so 'n Geheimzeugs. Wir haben da was ganz Tolles gefunden'?«

Nick lacht. »So ungefähr ist das«, gibt er zu.

»Das heißt, die Chancen stehen ungefähr eins zu tausend, dass sie uns *nicht* sofort aus der Leitung schmeißen«, erkundige ich mich.

Er lässt seine roten Augen extraböse unter den Augenbrauen durchblitzen.

»Sag mir niemals, wie meine Chancen stehen.«

Er nimmt das Telefon vom Nachttisch und stellt es vor sich auf das Bettlaken. Der Hörer sieht aus, als könnte ihn Karl Malden in den »Straßen von San Francisco« wütend auf die Gabel knallen – so ein hautfarbiges Modell mit einer kleinen roten Glühbirne dran, die blinkt, wenn jemand anruft. Das Hörerkabel ringelt sich wie ein Schweineschwanz einmal um den Kasten.

Hoch konzentriert nimmt Nick ab und fängt an zu tippen, während er die Nummer vor sich hinmurmelt.

»Acht – null – acht ...«

Unserem Abstieg in die Liga der völlig durchgeknallten Gentlemen steht also nichts mehr im Weg. Wir sind dabei, die

Aufsicht über die amerikanischen Spionagesatelliten anzurufen. Es ist nur noch eine Frage der Zeit, bis sie über uns echt eine Akte als Feinde des Homeland anlegen. Was für ein Schwachsinn.

»... eins – eins – neun ...«

Ach, was solls, die Herren kriegen wahrscheinlich jede Nacht solche Anrufe von zugedröhnten Verschwörungsfreaks. Sie werden auflegen, bevor Nick auch nur einen einzigen Fetzen von seinen Hirngespinsten absondern kann.

»... und die Acht.«

Nicks Grinsen hat sich aufgelöst. Mit schweren Zügen saugt er die Luft ein, während er den Hörer ans Ohr presst. Seine Stirn glänzt doppelt – von der Aufregung jetzt und vom Hüpfen vorhin.

Komisch, er legt nicht sofort wieder auf. Es scheint tatsächlich zu klingeln.

Plötzlich geht ein Zucken durch seinen Körper. Nick setzt sich kerzengerade hin wie ein Schüler, der ermahnt worden ist, und fängt mit kühlem Ton an zu reden.

»Yes, we have information concerning Keyhole 11/9. Could we speak to someone in charge?«

»Warteschleife«, flüstert er und hält die Hand vor den Hörer. Wie kann er diese Aktion so verdammt ernst nehmen? Hallo: Wir sind zwei Besoffskis aus Deutschland, die im Hauptquartier einer Organisation anrufen, die bis vor wenigen Jahren so geheim war, dass nicht einmal die amerikanischen Politiker von ihr wussten. Und wir faseln etwas von Satelliten-Software aus einem abgestürzten Flugzeug. Der Aberwitz der Situation muss ihm doch auch klar sein.

»Was läuft'n? ›Eye in the Sky‹ von Alan Parsons Project?«, flüstere ich rüber.

Angeekelt wie *die Krissi* im Flugzeug dreht sich der Beifahrer zur Seite.

Also ein neuer Angriff, diesmal mit Musik.

»Das ist Orbit, natürlich ohne Zucker, ja, der schmeckt so lang, so lang ...«

Wortlos fährt Nick sein Bein aus und zimmert mir die Spitze seines Scheiß-Lederschuhs direkt gegens Schienbein. Alter, was soll ...

»Yes, good evening, Sir«, er reckt sich noch gerader hoch, als hätte ihm jemand einen Stock in den Rachen gerammt. »Yes, we *do* have some information concerning Keyhole 11/9. The information was ...«

Der Typ am anderen Ende scheint nicht viel Geduld zu haben. Geschieht ihm recht, dem Sput-Nick, dass ihm so ein Militär-Heini mal einen zünftigen Einlauf verpasst. Spionagesatelliten? Das ist das Zeug, aus dem die Hintergrundstorys von schlechten Shootern gemacht sind, das ist Futter für die Zwischenszenen, die jeder sofort wegdrückt. In echt gibts so was nicht, Alter!

»Yes«, stammelt Nick, diesmal noch devoter. Sein Gesprächspartner scheint mit ihm ordentlich Schlitten zu fahren.

»Yes, Sir, a copy of the original ACS code.«

Was? Die reden schon über Details? Die reden *überhaupt* miteinander? Hätte das NRO nicht längst auflegen oder die Fangschaltung aktivieren müssen? Überhaupt Fangschaltung: Vielleicht wäre es besser, wenn Nick langsam mal auflegt, bevor sie uns endgültig auf die Most-wanted-Liste setzen.

Ich zupfe ihm am Ärmel, doch er schubst mich weg, als wäre ich ein lästiges Insekt.

»No, Sir, no conditions whatsoever.« Seine Stirn türmt sich zu einem glänzenden Faltengebirge auf. »Yes, Sir, no problem, we could be in Chantilly in …« Er wirft einen besorgten Blick auf seine Datalink.

»Our address?«

Nein, Alter, mach das nicht – sag ihnen nicht, wo wir sind!

Zu spät.

»Yes, it's called the Alpine Chalet Motel …« Mit streberhafter Präzision gibt Nick unsere Adresse und Zimmernummer zu Protokoll. Vielen Dank auch.

Das musste ja kommen: Früher oder später würde uns Nicks verdammte Obrigkeitshörigkeit in Schwierigkeiten bringen. Jetzt ist es so weit. Er hat uns tatsächlich beim NRO verpetzt. Handel mit vertraulichen Informationen, Verschwörung, und obendrauf Behinderung der Strafverfolgungsbehörden, weil wir an der Polizeikontrolle weitergefahren sind.

Die Tagesschau-Meldung über uns ist geritzt. »Auslieferungsantrag für deutsche Touristen in den USA abgelehnt.« Dazu ein paar lauwarme Worte des Bedauerns vom Außenminister. Tja, Pech gehabt, Jungs, oder wie der Ami sagt: Don't do the crime if you can't do the time. In »Family Business« mit Sean Connery und Matthew Broderick haben sie das ja ganz gut übersetzt: Kannst du den Knast nicht überstehen, darfst du keine Dinger drehen.

Dass er unsere Knastkarriere besiegelt, scheint Nick kein bisschen zu stören. Lustvoll reitet er uns mit weiteren »Yes, Sir« und »Sure, Sir« immer tiefer in die Scheiße. Bist du endlich fertig?

Er ist.

»Yes, good night«, sagt er freundlich, so, als würde er den Mann in der Leitung gleich bitten, noch schöne Grüße an die Gattin auszurichten. Klick, er drückt seinen Finger auf die durchsichtigen Plastiknippel, auf denen normalerweise der Hörer ruht.

Und?

Wie üblich nach Entscheidungen, die unser Schicksal bis in alle Ewigkeiten besiegeln, hält es der Beifahrer nicht für nötig, mich mit mehr als einem Minimum an Informationen zu versorgen.

Knapp verkündet Mr. Spock das, was die einzig logische Konsequenz aus all den Dingen ist, die wir die letzten Tage getan haben:

»Sie kommen uns abholen.«

Nintendo®

GAME BOY™

❋40 T-2:04:55

Zuerst ist es nur eine unbedeutende Störung im Soundtrack. Sie wäre leicht zu überhören gewesen, nur eine winzige Variation im sonst so regelmäßigen Atmen des Highways. Einatmen: Etwas rauscht in der Ferne, das Brummen eines Motors. Dann passiert der Wagen das Ortsschild, Details treten hervor, der Wind flüstert um die Zierleisten. Schließlich kommt das Tutti: Das Auto donnert am Motel vorbei, Country Music plärrt aus dem Fenster und die Geigen wimmern mit dem Doppler-Effekt um die Wette. Dann wieder ausatmen: Der Fahrer cruist im vorgeschriebenen Kriechtempo über die Dorfstraße, gibt irgendwann sachte Gas und der Motor geht wieder im Grundrauschen der Nacht unter. Attack, Decay, Sustain, Release.

Nur diesmal warten die Hörnerven vergeblich auf das erlösende Release, auf das leise Ausklingen des Motors in der Ferne. Dieses eine Motorgeräusch wird komischerweise nicht leiser.

Das Auto hat also vor dem Motel gehalten.

Nick hört es auch, logisch. Normalerweise funktioniert er ja zuverlässig wie eine Schlafbarbie – bei Rückenlage klappen sofort seine Klüsen zu und er fährt das System runter. Aber heute nicht. Der kleine Plausch mit den Satellitenfritzen hat ihn zu sehr aufgekratzt, als dass er jetzt schlafen könnte. Also quälen wir uns synchron durch die Nacht, werfen uns abwechselnd herum, knüllen das deutlich zu weiche Kopfkissen zusammen oder zupfen die Decke zurecht. Gefühlte zwei Stunden läuft die Marter jetzt schon. *Sie kommen uns abholen* – ja toll, Alter, aber wann? Jetzt etwa schon? Bestimmt nicht.

Trotzdem geht das Geräusch nicht weg. Der Motor brummelt immer noch im Hof. Vielleicht ist es nur ein Gast, der beim Motelbesitzer nach einem Zimmer fragt und dafür nicht extra den Wagen abstellt. Bestimmt sind es zwei gute christliche Teenager, die zwar wissen, dass »wahre Liebe warten kann«, wie es immer auf den Plakaten heißt – aber nicht unbedingt warten muss.

Scheint ein großer Wagen zu sein, das Bett vibriert richtig unter dem Blubbern des Big-Block-Motors, so, als stünde er direkt vor unserer Tür. Jetzt mach halt endlich die Scheiß-Karre aus, du Idiot!

Geht doch. Ein paar finale Explosionen wummern durch die Zylinder, der Motor gurgelt aus. Ah, gut, man hört wieder das Jaulen der Hunde in der Nacht. Sie müssen irgendwo hinter dem Bach sitzen, tiefer im Wald, da haben sich bestimmt ein paar Dorfschrate mit ihren Wohnwagen versteckt. Die wissen einfach, wo es gut ist: Die Luft vorhin beim Aussteigen roch gut, nach Harz, Tannennadeln und Weihnachten mit der Familie.

Stille.

Nein – doch nicht. Eine Autotür geht auf. Ding-ding-ding-ding, der Autogong warnt einen weiteren U.S.-Bürger davor, dass sein Leben lebensgefährlich ist. Fump, die Tür wird zugeworfen. Jemand ist ausgestiegen. Kies knirscht unter festen Sohlen. Die Füße schleifen über den Boden, schieben bergeweise Steinchen vor sich her. Der Angreifer scheint müde zu sein – oder total abgefüllt. Ich muss unbedingt den Beifahrer alarmieren, so leise, wie es irgendwie geht.

»Scht.«

»Habs gehört«, brummelt Nick zurück. Gott sei Dank, er ist wach.

»Und?«

»Sachen an«, befiehlt er. Würde seine Stimme nicht so zittern, könnte es nach einer besonnenen Anweisung klingen.

Vorsichtig schiebe ich meine Beine seitlich aus der Decke raus – ungefähr so vorsichtig wie in der ersten Nacht mit einem Mädchen, wenn man noch so tut, als sei man ein Geschöpf aus reiner Liebe – und kein Mensch, der eine Blase hat. Okay, jetzt mit den Zehenspitzen den Boden abtasten, die verfluchte Hose suchen. Ja, Mutter, hätte ich sie vorhin auf den Stuhl gelegt, müsste ich jetzt nicht suchen. Ja, ich weiß, wie es im Zimmer aussieht, so sieht es im Kopf aus.

Endlich, die Hose. Beine rein, ich taste mich zur Knopfleiste hoch. Nick raschelt auf seiner Seite heftig rum.

Klonk, klonk, klonk. Sohlen raspeln über die verwitterten Holzstufen der Veranda. Jetzt ist er oben, direkt unter dem kleinen Vordach, vielleicht zwei oder drei Zimmer weiter rechts.

Vielleicht ist es schon ein Agent des NRO? Dann wären die Jungs aber wirklich schnell gewesen. Wer weiß, was die mit uns vorhaben, wenn sie erst mal aufgekreuzt sind. Da, wo sie uns hinbringen, wird uns Andie, die Göttin, sicher nicht mit einem schnellen Ticket rausholen können. Wenn die Sache vorbei ist, rufe ich sie an und frage nach einem Date. Oder einem Frühstück. Ja, klar.

Dielen knarren. Da, er hat angehalten, wahrscheinlich, um auf die Zimmernummer zu schauen. Genau, du bist erst bei der 107, du musst noch zwei Türen weiter.

»Fertig«, zischt Nick.

»Nur noch die Schuhe«, flüstere ich zurück. Weiter den Boden abtasten. Die langen Haare des siffigen Teppichs gleiten zwischen meinen Fingern durch. Sie fühlen sich speckig an wie das Fell von Opas Dackel, nachdem er eine halbe Stunde lang Stöckchen geholt hat.

Was sollen wir eigentlich machen, wenn wir fertig angezogen sind – vielleicht eine Waffe suchen oder so? Wenn wir früher in den ganz miesen Buden abgestiegen sind, hat sich Nick manchmal den zusammengeklappten Wagenheber auf den Nachttisch gelegt. Hab ihn immer damit aufgezogen, Security-Nick und so. Aber hier im Zimmer ist absolut *nichts,* was man als Waffe verwenden könnte. Der Fernseher jedenfalls nicht, ist zu schwer zum Werfen. Der Stuhl vielleicht?

Klonk, klonk, klonk. Klonk. Jetzt steht der Angreifer direkt vor unserer Tür. Nur noch drei Zentimeter mitteldichte Holzfaserplatte halten ihn davon ab, uns die Kehle zuzudrücken.

Die Scheiße ist, dass wir nicht nach hinten Richtung Bach rausschlüpfen können, dafür ist der Schlitz im Badezimmerfenster viel zu klein. Wir sitzen in der Falle. Wie bei *Doom,* wenn du in einem dieser kleinen geheimen Räume rumgetrödelt hast, dich umdrehst und eine ganze Armee Monster über dich herfällt. »Bsssssst« macht es immer, wenn sie dir mit ihren Pranken eine verpassen, als ob man einen Hochspannungsmast anfasst. Spätestens danach gibts kein Entkommen mehr: Hinter dir ist die Wand, vor dir der sichere Tod.

Wir müssen was tun.

»Möbel vor die Tür?«, raune ich rüber. Der Klassiker. Was Besseres fällt uns nie ein.

Dieses Quietschen, Gott, der Angreifer dreht wirklich am Türknauf, erst ganz sachte, dann ruckelt er richtig dran. Jetzt oder nie: Wir müssen die Tür verrammeln, irgendwas davorstellen, Zeit schinden.

Nick verliert die Nerven.

»Kommode davor – go!«, ruft er und poltert los. Alter, das war viel zu laut, das hat der Typ draußen mit Sicherheit gehört! Na, auch egal.

Ich haste nach vorne zur kleinen Kommode neben dem Fernseher, versuche sie anzuheben. Scheiße, ist das Ding schwer, dabei sah sie doch nur nach Sperrholz aus. Nick friemelt seine Finger unter die Beine der Kommode, ächzt in mein Ohr. Er drückt ein »Los« raus, wir hieven die Kommode kurz an, doch meine Finger glitschen ab und sie kracht mit voller Wucht auf den Boden zurück.

In diesem Moment hören wir ihn.

»Guys?«

Es ist eine bekannte Stimme.

Es ist die Stimme von John.

Nintendo®

GAME BOY™

#41 T-2:04:51

Major Tom ist zurück, von jetzt an kann alles nur noch gut werden.

Im Türspalt taucht sein geschundenes Gesicht auf.

»Guten Abend, meine Herren.«

John ringt sich ein Lächeln ab, was bei dem ganzen Kram, der an seiner Stirn klebt, bestimmt nicht einfach ist.

Nick reißt die Tür auf und springt wie vom Schlag getroffen zur Seite, damit er Platz hat, reinzukommen.

»Wir sind ja so froh ...«, stottert er los. Ohne auf sein Gefasel zu achten, humpelt John an ihm vorbei schnurstracks ins Zimmer.

Er hat es tatsächlich geschafft: Er hat den Absturz im Wald überlebt. Unglaublich. Wäre es okay, ihm auf die Schulter zu klopfen? Sicher nicht, er ist ja immer noch unser Chef.

Der Beifahrer verliert natürlich keine Zeit, mit dem *brown nosing* anzufangen, wie der taktvolle Engländer die einzige Tätigkeit nennt, bei der man sich als Angestellter eine braune Nase holt. Dienstbeflissen platziert er einen Stuhl zwischen unseren Bettkanten und weist John mit der Hand an, sich zu setzen.

Der sonst so schwerelose Astronaut lässt sich stöhnend ins Stuhlpolster plumpsen.

»You're looking great!«, jubiliert Nick.

Doppelte Ekelpunktzahl für Arschkriechen in einer Fremdsprache, mein Freund.

Dabei sieht John ja *wirklich* großartig aus – zumindest wenn man bedenkt, dass wir ihn im schlechtesten Fall für tot gehalten haben. Legt man den Standard »lebender Mensch« an, fällt das Urteil schon anders aus. Dann sieht er nicht großartig aus, sondern wie ein Zombie.

Das liegt vor allem an diesem Pflaster auf seiner Stirn. Es ist derart groß, dass man nicht anders kann, als ständig hinzustarren. Auch sonst ist vom makellosen Major Tom früherer Tage nichts übrig: Sein dunkelblauer Anzug wirft tiefe Falten, so, als ob jemand einen ganzen Transatlantikflug lang draufgesessen hätte, und aus dem zerknitterten linken Ärmel lugt unten eine Art von medizinischer Schiene raus. Vielleicht hat er sich den Arm gebrochen? Das wäre in dem engen Cockpit kein Wunder. Mit seinen Rippen scheint auch was nicht zu stimmen, sonst würde er nicht so schräg auf dem Stuhl lehnen.

Sogar an seinem sonst so stählernen Fitnesspanzer scheinen die bewegungslosen Tage im Krankenhausbett genagt zu haben. Unter dem Licht der Neonröhre werfen nicht – wie sonst – die mühsam aufgebauten Brustmuskeln den größten Schatten, sondern eine kleine Wölbung direkt über dem Hosenbund.

Der Beifahrer stolpert zum Bad, um aus dem Waschbecken, das wir mit Eiswürfeln aus der moteleigenen Icebox gefüllt haben, ein kühles Miller zu holen. Totale Quatschaktion, Alter, bei den ganzen Verletzungen, die John sich zugezogen hat, ist er wahrscheinlich randvoll mit Schmerzmitteln und darf nichts trinken.

Oh, er darf doch. Wortlos dreht unser Chef den Kronkorken auf und hält uns die Flasche hin. Wir tippen sie zärtlich mit den Bäuchen unserer Flaschen an, sodass es ein ganz sachtes »Kling« gibt, und nehmen einen höflichen Schluck, obwohl wir beide eigentlich keinen Bock mehr auf Bier haben. Aber wenn der Chef trinkt, dann trinken halt alle.

Willkommen zurück auf der Erde, Major Tom.

Irgendwann in der elften oder zwölften Klasse, da haben die Lehrer gemerkt, dass wir eben doch nicht nur Amöben mit einem Penis sind, die sich über das »buse« in »Doktor Mabuse« wegschmeißen können, sondern Menschen, mit denen sich ein Gespräch tatsächlich lohnen könnte. Und plötzlich fingen sie auch an, uns wie Menschen zu behandeln. Anstatt so von oben runterzugucken, wollten sie plötzlich *unsere* Einschätzung zu dieser oder jener Sache hören. Sie fragten dich, ob du auch einen Kaffee haben möchtest, und plauderten – Schauder! – über Privates, oder – Doppelschauder! – über ihr Eheleben. Auf einmal begegnete man sich fast auf Augenhöhe, die Distanz verschwand und wurde ersetzt durch gegenseitigen Respekt.

Von diesem Moment an wurde die Schule ziemlich anstrengend. Denn, mein Gott, es waren immer noch deine *Lehrer*!

Endgültige DEFCON ONE in Sachen Zwangsverbrüderung brach auf der Abifahrt aus. Da mussten wir dann abends zusammen mit Linder dem Schinder sitzen und so tun, als seien wir die besten Freunde. Wie sollte das gehen? Der bekackte Sportnazi hatte uns neun Jahre lang um den Ascheplatz gehetzt und keine Gelegenheit ausgelassen, uns nonchalant zu demütigen.

Jetzt wollte er also unser Freund sein. Und wir nur noch weg.

Klar, John ist nicht so. Trotzdem fühlt es sich ein bisschen so an wie damals: Im Raum wabert das gleiche Unbehagen herum, dieses beklemmende Gefühl, dieser Wunsch, möglichst schnell weit wegzulaufen und nicht mehr zurückzukommen.

Wie ein paar versprengte Pfadfinder sitzen wir im Dreieck vor dem ausgeschalteten Fernseher und schweigen uns an, obwohl es ja reichlich Sachen zu besprechen gäbe. Nicht mal Nick fallen ein paar gekünstelte Kumpelphrasen ein, mit denen er das kleine Treffen unter Jetlag-Untoten auflockern könnte.

Schließlich bricht John das Eis.

»Nick, Kee – Sie haben sicher eine Menge Fragen ...« Obwohl er uns mit unseren Login-Namen anspricht, bleibt er seltsamerweise immer beim »Sie«. Ja, Sir, wir haben in der Tat eine Menge Fragen.

»... aber wir haben kaum noch Zeit – so here's the deal: Ich nehme an, Sie haben das Tape erhalten?« John schaut erst Nick und dann mich fragend an.

Wir nicken.

»Und Sie waren bei Joseph?«

Wir nicken nochmals, als wären wir Wackeldackel auf der Rückbank eines Audi 80. So hat uns John also gefunden: Er hat geahnt, dass seine sauberen Kollegen von der Datacorp alle IBM einundfünfzig-zehn in Deutschland aus dem Verkehr ziehen würden. Und er wusste, dass Nick bei seinem letzten Einsatz Josephs Rechnersammlung kennen gelernt hatte und dass wir dort versuchen würden, das Tape auszulesen. Also musste er nur noch ein Motel finden, das möglichst nah am Bruderhof liegt, und auf dem Parkplatz den Mietwagen aus Denver lokalisieren. Für Profis kein Problem, schließlich kann man die Rentals leicht an den kleinen Strichcodes hinter der Windschutzscheibe erkennen. Und um die Zimmernummer zum Wagen herauszufinden, reicht in der Regel ein kleines Gespräch mit dem Motelbesitzer. Clever, unser Chef.

Stolz präsentiert der Beifahrer unsere Ausdrucke.

John lässt den Daumen wohlwollend über die Ecken der Blätter gleiten. »Die Daten vom Tape? Great! We'll get that OCR'd.« Optical Character Recognition – er will die Seiten also einscannen lassen, um so an die Daten zu kommen.

Major Tom macht trotz seines ramponierten Äußeren einen zufriedenen Eindruck. Er beginnt, die Papiere zwischen seinen Beinen zusammenzurollen, während er die Hintergrundstory runterrattert.

»Die Sache ist so: Die amerikanische Regierung hat ein kleines Problem mit ihren, äh, *National Technical Means of Verification*.« Er zögert kurz. Dann fällt ihm wohl ein, dass wir längst wissen, welchen Zweck die Daten auf dem alten Band haben und dass es gar keinen Grund mehr gibt, irgendwelche Tarnworte zu benutzen. Also schaltet er auf Klartext um. »Es scheint ein Problem mit einem alten Satelliten der Keyhole-Serie zu geben ...«

Seine Geschichte klingt unglaublicher, als Nick sie sich jemals hätte ausdenken können. Und das will echt was heißen.

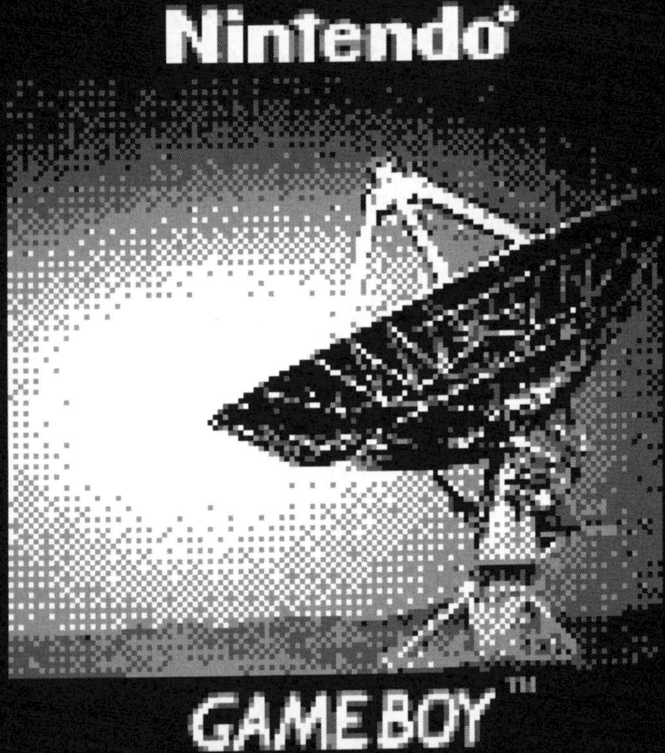
Nintendo®
GAME BOY™

#42 T-2:04:49

Hat er gekokst? Oder vielleicht Speed eingeworfen? Genau, dazu würde sein Verhalten passen: Erst quasselt er hyperselbstbewusst herum, als ob er drei Meter groß und kugelsicher wäre, und im nächsten Moment klingt er jammerig wie ein Selbstmordkandidat. Wahrscheinlich sind daran nur die Medikamente schuld, mit denen sie ihn im Krankenhaus vollgepumpt haben. Erstaunlich, was das Zeug aus einem souveränen, ja übermenschlichen Mann macht. Jedenfalls ist es schwierig, aus Johns wirrem Gefasel herauszuhören, worum es geht, zumal er ständig zwischen Englisch und Deutsch wechselt. Trotzdem hält das Nick nicht davon ab, strebermäßig jeden seiner Sätze mit einem »klar« oder »hm-hm« zu quittieren.

Nur eine Sache kommt klar rüber: Die Kacke ist am Dampfen. Einer der Aufklärungssatelliten, die die Amis Anfang der Achtziger hochgeschossen haben, reagiert nicht mehr auf die Kommandos der Bodenstation. Als Zwangsempfänger von Sput-Nicks gesammelten Nasa-Dönekes weiß ich natürlich, dass das ständig passiert und andauernd irgendwelche antiken Satelliten in den Zombie-Modus verfallen. Doch die allermeisten stürzen dann einfach nur ab oder verglühen in der Atmosphäre. Keyhole 11/9 scheint anders zu sein. Das fliegende Teleskop taumelt da oben durch die Dunkelheit und wird in wenigen Stunden mit einem anderen Satelliten zusammenstoßen.

John schaut auf seine Uhr, eine teure Breguet. »Es bleiben nur noch ungefähr zwei Tage, um den Satelliten auf eine sichere Flugbahn zu bringen – sonst droht eine Kollision.«

Nick setzt seine verständnisvolle Das-Ende-der-Welt-ist-nah-Miene auf.

»Reden wir hier über einen Event der Klasse Cosmos-Iridium?«

»Im besten Fall ...«, orakelt John und setzt die Flasche an. Seine stecknadelkopfgroßen Pupillen rasen die Decke entlang und bleiben am Rauchdetektor hängen.

Nick nutzt die Pause, um mir eine Erklärung zuzuraunen. »Ende der Nuller ist ein alter russischer Cosmos-Kommunikationssatellit mit einem der Teile von Iridium zusammengestoßen – du weißt schon: Über diese Dinger laufen die Satellitentelefone mit den klobigen Antennen. Jedenfalls hat niemand die Kollision kommen sehen – und *Boom*«, er schlägt die Fäuste zusammen, »auf einmal waren zweitausend Trümmerteile mehr im Orbit unterwegs, die andere Satelliten oder die ISS in Stücke hätten blasen können. Die Folge wären weitere Kollisionen, die weitere Trümmerteile produzieren, die weitere Kollisionen verursachen, und so weiter.« Sein Zeigerfinger fährt aus. »Du musst immer dran denken: Alles, was da oben rumfliegt, ist so schnell wie eine Gewehrkugel; da wirkt ein zehn Zentimeter großer Splitter wie sieben Tonnen Sprengstoff. Und jetzt stell dir mal vor, dass die Trümmer von Keyhole 11/9 einen oder mehrere GPS-Satelliten wegputzen: Sofort wäre alles außer Gefecht gesetzt – Schiffe, Lkw-Flotten, automatische Containerbrücken. Die Erde würde stillstehen.«

John nickt vor sich hin und überfliegt währenddessen die Ausdrucke in seiner Hand: vier Seiten mit kleinen grünen Streifen und ein paar Zahlen aus dem Nadeldrucker, nicht auffälliger als eine Tankquittung. Und diese läppischen vier Seiten sollen die Katastrophe verhindern?

John schreckt hoch, als ob ihn jemand aufgeweckt hätte.

»Äh, die Leute vom NRO vermuten, dass es einen Fehler in dem Programm gibt, das die Flugbahn des 11/9 steuert«, fährt John fort,

»und da die Software nur noch auf Tape zu bekommen war, wurde die Datacorp – wie sagt man? – *approached*. Wir sollten die Daten auslesen und den Fehler korrigieren, der dafür sorgt, dass Keyhole die Befehle der Bodenstation ignoriert. Teil eins der Aufgabe haben Sie ja schon mit Bravour erledigt, meine Herren ...« John ringt sich ein wohlwollendes Lächeln ab. Das ist genau der Motivations-Scheiß, bei dem wir sonst immer das Kotzen kriegen.

Da Nick weiter in Chef-Huldigungsstarre verharrt, schieße ich quer.

»Wo kam das Tape her?«

Major Tom wirft mir einen feindseligen Blick zu.

»Sagen wir so, die amerikanische *Intelligence Community* ist schon seit vielen Jahren an einigen Stellen der Bundesrepublik präsent, auch mit Bodenstationen.«

Aha, er hat das Tape also in einer Horchstation an der ehemaligen Zonengrenze aufgetan und wollte es dann rüber zu uns nach Ehemalistan schaffen. Dabei müssen ihn die bösen Jungs von der Datacorp erwischt haben. Wahrscheinlich sollte ihm der Pilot die Kassette abnehmen, es kam zum Kampf – und Crash.

John stellt sein leeres Bier auf den Boden und klopft sich mit einer Hand auf den Oberschenkel, das Signal zum Aufbruch.

»Alright. Denken Sie, Sie können den Fehler *hier drin* finden – und zwar bis morgen um zehn?« Er winkt mit den Ausdrucken. »Dann haben wir nämlich ein Meeting mit den Herren vom National Reconnaissance Office.«

Nick reckt stolz den Hals hoch.

»Nicht nötig – wie haben das NRO schon angerufen!«

John schießt von seinem Stuhl hoch.

»You did *what*?« Sein Schreien gellt durch die vertäfelte Hölle. Stille. Im Zimmer nebenan brummelt der Applaus einer Sportübertragung vor sich hin. Wir haben Scheiße gebaut, aber warum?

Jetzt bloß nicht John ansehen, immer schön an seinen Augen vorbeigucken, am besten auf die Stirn. Oh shit, beim Hochspringen muss die Wunde unter dem Pflaster aufgeplatzt sein: Ein kleiner roter Punkt sprießt in der Mitte aus dem weißen Zellstoff.

»... sie sagten, sie kämen uns abholen«, flüstert Nick.

»Sie haben dem NRO gesagt, wo wir sind?« Johns Stimme überschlägt sich hysterisch. Seine Hand mit den zusammengerollten Ausdrucken zittert unkontrolliert.

Nick versucht, die Wogen zu glätten. »Ja, wir dachten ...«

Doch John hört gar nicht mehr hin. Er humpelt zur Tür rüber und reißt sie mit einem lauten Krachen auf.

Er weist mit dem Kinn nach draußen.

»Go!«

Doch Nick zögert. So leicht will er sich das Treffen mit den Geheimtypen vom NRO nicht verhageln lassen.

»Ja, aber ...«

In diesem Moment rastet John endgültig aus. Er holt tief Luft und schreit dem Beifahrer so laut er kann ins Gesicht.

»If you don't fucking move you'll never see your wife again!«

Ein kleiner Faden Blut hat den Verband auf seiner Stirn verlassen und zieht sich das Nasenbein runter.

❋43 T-2:04:36

Silke Bischoff, so hieß doch das Mädchen, das damals bei der Geiselnahme in Gladbeck gestorben ist. Sie war blond und schön, und am Schluss hat sie einer der Drecksäcke erschossen, beim Shootout mit dem Sondereinsatzkommando auf der Autobahn. Das Foto hat sich irgendwie eingebrannt: der 500er Mercedes – damals gabs die lächerliche Einteilung in A-bis-Z-Klasse bei Benz ja noch nicht. Also der 500er des SEK stand mitten auf der Autobahn, mit aufgerissenen Türen. Daneben lag ein Körper auf der Fahrbahn, mit einem weißen Tuch abgedeckt. Der Körper des Mädchens. Das männliche Gedächtnis ist ein chauvinistisches Arschloch. Wäre sie nicht achtzehn und blond gewesen, hätte ihr das Erinnerungszentrum keine einzige Hirnzelle spendiert.

Seit dreißig Sekunden sind *wir* nun Opfer einer Geiselnahme, Erpressung oder was auch immer das hier ist. Der Mann, den wir immer für unseren Verbündeten hielten, steht in Wirklichkeit auf der anderen Seite. Unfassbar.

John atmet schwer aus, als er sich in den Fahrersitz fallen lässt. Vielleicht sind es nur die Schmerzmittel, die ihn so seltsam machen, und wir haben in Wirklichkeit alles nur falsch verstanden. Hat er Nick wirklich gedroht? Mit fahrigen Bewegungen tastet John nach dem Zündschloss, dreht den Schlüssel rum und knallt am Lenkradhebel den Vorwärtsgang rein. Der riesige Motor reißt den Chevy-Lieferwagen brutal nach vorne, sodass Nick zur Seite kippt und mit seiner Schulter voll gegen meine Rippen stößt. John peitscht den Van vom Motelparkplatz runter, raus auf den dunklen Highway.

Achtlos feuert er die Ausdrucke über die mittlere Sitzbank hinweg zu uns nach hinten.

»You better start right now!«

Seine Stimme klingt so kalt, als ob er uns erst vor einer Minute kennen gelernt hätte. Nick langt mechanisch zum Himmel, um das Funzellicht über der Rückbank anzuknipsen. Alles ist mit taubengrauem Veloursleder ausgelegt, die billige Mietwagen-Variante. Der Van scheint noch nicht viele Meilen drauf zu haben, alles atmet noch diesen aggressiven Autohaus-Duft aus. Ich schaue zu Nick rüber. In seinen Augen stehen Tränen, kein Wunder, für ihn geht es jetzt ums Ganze. In diesem Moment steht wahrscheinlich einer von Johns Leuten vor dem Haus von Sabinas Mom und wartet auf Befehle.

Wie konnten wir uns nur so irren, wie konnten wir übersehen, dass wir die ganze Zeit mit dem Bad Cop im Bett waren? Klar, Menschen zu verstehen ist nicht so unser Ding, überhaupt sind Menschen nicht so unser Ding, aber derart grob daneben zu liegen – das muss uns erst mal einer nachmachen. John hat sich auf die Dunkle Seite geschlagen und plötzlich steht alles Kopf.

Und doch macht es Sinn, wenn man erst mal drüber nachdenkt: John hockte uns während der ganzen Zeit bei der Datacorp auf der Pelle, kontrollierte jeden Schritt – und tauchte genau dann auf, wenn es darum ging, uns den Arsch zu retten, so wie bei der Aktion seinerzeit im Atomraketensilo. Klar haben wir uns insgeheim gefragt, woher er wusste, dass uns exakt in dieser Sekunde ein durchgeknallter Datacorp-Sklave seine Pistole an die Stirn halten würde.

Doch wir haben nie ein Wort darüber verloren, vermutlich aus Angst davor, unser Extraleben endgültig zu verspielen. Weil es ohne John geheißen hätte: zurück ins ewige Praktikum, verurteilt zum lebenslänglichen Studi-Dasein. Dann lieber an den edlen Major Tom glauben, der so integer und souverän über den Dingen schwebt.

Auf einmal passt alles zusammen. Der Hubschrauber in Denver – den haben die *guten* Jungs bei der Company losgeschickt, um zu verhindern, dass diese verrückten Germans ihrem Chef, der außer Kontrolle geraten ist, auch noch helfen. Jetzt ist auch klar, warum Andie gesagt hat »that's good«, als ich ihr erzählte, dass John nach dem Absturz im Krankenhaus gelandet ist. Vielleicht wusste sie zu diesem Zeitpunkt schon was und freute sich, dass der große Maulwurf außer Gefecht gesetzt war.

Zoom! Auf der Gegenspur rasen drei schwarze Ford-Limousinen vorbei, wie ein Schwarm Torpedos. Ich schaue zu Nick rüber. Er kneift resigniert den Mund zusammen. Ja, Alter, das war das Empfangskommando des National Reconnaissance Office. Wären wir nur eine Minute länger im Motel geblieben, hätten sie uns noch erwischt. Und wir wären Helden gewesen, Männer, die die amerikanische Raumfahrt vor einer Katastrophe bewahrt haben. Mindestens die Kongressmedaille hätten wir dafür kassiert – oder zumindest die Telefonnummer von der Lady mit der Uzi.

Jetzt sind wir nur noch die Komplizen eines Mannes, der die U.S.-Regierung erpressen will.

Nintendo®

GAME BOY™

Solange es irgendwie ging, haben wir den Rücklichtern der Wagenkolonne hinterhergestarrt. Doch irgendwann wurden sie vom Schwarz geschluckt, egal, wie sehr wir uns auch die Hälse verrenkten. Nick atmete aus, und zum ersten Mal, seit wir uns kennen, klang es, als sei auch das letzte bisschen Hoffnung aus seinem Körper entwichen. Die Rücklichter der Autos, das waren die Positionslichter eines Suchflugzeugs, das eine letzte Runde über unsere einsame Insel geflogen war, ohne unser Signalfeuer zu bemerken.

Wir kauern in unserem aschgrauen rollenden Käfig und kippen im Rhythmus der Kurven von links nach rechts.

John ist auf die Interstate nach Westen eingebogen. Das kann bedeuten, er will zur Pazifikküste, vielleicht nach Seattle. Wir sind die Strecke schon zigmal gefahren, es gibt keinen schnelleren Weg durch die Rocky Mountains, wenn man sich nicht über die Serpentinen der Pässe quälen will. Die Interstate hier oben ist eine dieser brachialen Schnellstraßen, die heutzutage keiner mehr wagen würde zu bauen: Ohne Rücksicht auf Dörfer oder Flüsse quetscht sich das Asphaltband auf Stelzen durch die früher einmal beschaulichen Täler. An manchen Stellen schrappt die Straße so dicht an den steilen Felswänden vorbei, dass immer wieder kleine Brocken auf die Standspur regnen.

John ist kein Idiot. Er weiß, dass die Strecke das perfekte Revier für jeden jungen Highway-Bullen ist, der mal seine Radarpistole antesten will – kurvig, unübersichtlich und mit ständig wechselnden Tempolimits. Und wer erwartet schon um halb zwei nachts eine Kontrolle? Deshalb befolgt er penibel jedes Schild, bremst brav vor jeder Kurve runter, lässt jedes Auto, das auch nur halbwegs schneller ist, sofort vorbei. Nur nicht auffallen, so kurz vom dem Ziel.

Ob wir wohl reden dürfen? Mal probieren.

Ich stupse Nick an.

»Und?«

Kurz die Luft anhalten – nein, Johns Nacken zwei Reihen vor uns bewegt sich nicht; es scheint ihm egal zu sein, was wir machen, solange der Job erledigt wird. Seit wir eingestiegen sind, hat er kein Wort mehr verloren. Gespenstisch. Erstaunlich, wie konzentriert er fährt, und das ohne Schlaf. Wahrscheinlich hat er wirklich was eingeworfen, so wie die Typen in Gladbeck.

Nick schüttelt gedankenverloren den Kopf, ohne seinen Blick von den Ausdrucken zu lösen. Von meinem Platz aus ist nur eine Wüste aus zweistelligen Hexadezimal-Zahlen zu erkennen, völlig unverständlicher Salat. F8 12 B8 F8 34 A8 08 D0 CD 7B 38 76 30 00 oder so.

»Alter, wo soll ich anfangen?«, murmelt Nick resigniert. »Ich hab doch keine Ahnung, was für ein Prozessor in einem Spionage-satelliten aus den Achtzigern steckt! Oder was so ein Fluglageprogramm macht.«

Okay, dann sollte ich ihn besser nicht weiter stören.

Wie schön wäre es, in diesem Moment etwas beitragen zu können, einen »sachdienlichen Hinweis« geben können, wie es bei Ede Zimmermann immer hieß? Doch mir bleibt nichts zu tun, als aus dem Rückfenster zu schauen, auf das erste Grau des Morgens am Horizont zu warten – und darauf, dass Nick eine zündende Idee hat. Ich bin nur noch der Beifahrer des Beifahrers, absolut nutzlos.

Im Prinzip war mir schon immer klar, warum sich Nick mit mir abgibt: weil er durch und durch Nostalgiker ist. Für ihn kann das einzig Wahre nur in der Vergangenheit liegen. Er will die alten Rechner, die alten Charthits, die alte Flamme – und den alten Freund. Ich gehöre zum Betriebssystem seiner Jugend und bin deshalb unersetzlich.

Was John wohl bei der Sache verdient?

In meinem Kopf ist der Deal ganz simpel, wie eine Story aus einem alten Jerry-Cotton-Heftchen – eigentlich die einzige Prosa, der ich mit meinem Vorabendserien-Gucker-Hirn immer problemlos folgen konnte. Also, John sagt: »Liebes NRO, klar besorgen wir euch die prähistorische Software, die euer Satellit braucht. Und sicher, wir entfernen auch die Fehler. Allerdings nur, wenn vorher eine Summe X auf meinem Konto bei der *Great Caiman Bank* eingeht.« Dann bringt er die Idioten aus Germany dazu, das Tape auszulesen und das Debugging zu übernehmen. Und damit die auch bis zum Schluss mitspielen, nimmt man die Familie des Superhirns ins Visier, als Druckmittel für Notfälle. Elegant, das passt wieder. Schließlich würde sich ein weißer angelsächsischer Protestant wie Major Tom niemals dazu herablassen, so etwas Unkultiviertes zu tun wie uns eine Waffe an den Kopf zu halten, um zu kriegen, was er will. So was tun nur Proleten aus Gladbeck.

Natürlich gäbe es einen ganz einfachen Weg, diese Sache hier zu beenden, doch das würde selbst Nick mir niemals verzeihen.

Auf einmal wird der Beifahrer unruhig. Er sortiert hektisch die zweite Seite nach oben, dann die dritte, dann holt er wieder die erste nach vorne, so, als vergleiche er die Zahlenkolonnen miteinander. Je mehr er raschelt, desto schneller wippt sein Knie auf und ab. Klare Sache, er wittert was. So aufgekratzt war er das letzte Mal, als die ersten Szenen aus »Episode I« im Netz auftauchten und auf dem Cover von *Wired* stand: »Believe the Hype!« Hoffentlich wird die Enttäuschung diesmal nicht so schlimm.

Er zögert nochmal kurz, dann schiebt er die erste Seite der Ausdrucke rüber.

»Alter, das isses!«, platzt er heraus.

Irgendwas scheint ihn so aufzuwühlen, dass er sogar vergisst, weiter in Beichtstuhl-Lautstärke zu reden. Johns nass geschwitzte Nackenfalte zuckt beim überraschend lauten »Alter« kurz, doch er dreht sich nicht um.

»Was ist was?«, flüstere ich rüber.

»Der Code! Ich weiß, für welchen Prozessor der ist. Das gibts ja nicht ...«

»Spucks aus.«

»Erinnerst du dich noch an die RCA Studio II?«

»Diese Schimmel-Konsole, auf der ich im Büro zocken musste?«

»Diese *klassische* Konsole, auf der du zocken *durftest*.« Er scheißt wieder klug, das macht Mut.

»Und was ist mit der?«

Er fährt sich mit der Hand durch die fettigen Haare und stammelt los. »Also, die funzte ja nicht richtig, und deshalb habe ich mir mal den Code angeschaut ... und äh ... jedenfalls steckte in der Konsole ein RCA-1802-Prozessor, und die Op-Codes in dem Spiel, die sahen genau aus wie *das* hier.« Sein Zeigefinger trommelt auf eine der Zahlenreihen.

Halt, halt, halt – Bullshit-Alarm.

»Alter, du willst sagen, dass ein Multimillionen-Dollar-Satellit, der so groß ist wie ein bekackter Bus, von einem 8-Bit-Chip aus einer Billig-Spielkonsole gesteuert wird?«

»Exakt!«

Der Beifahrer verschränkt die Arme trotzig vor der Brust, als wäre er ein Rapper aus den Neunzigern. Er gibt die Trotzpose aber sofort wieder auf, weil er weiter aufgeregt auf das Papier klopfen muss.

»Sooo unwahrscheinlich ist das nicht: Die Nasa hat in ihre Galileo-Sonde auch 1802-Prozessoren eingebaut – kein Scheiß! Die verbrauchen halt superwenig Strom und außerdem sitzen die Transistoren so weit auseinander, dass ihnen die kosmische Strahlung nichts anhaben kann. Und diese Silizium-Dinosaurier haben wun-der-bar ihren Job gemacht, bis die Sonde 2003 kontrolliert in den Jupiter gecrasht wurde. Ach ja, und die Flugsteuerungssoftware hat die Nasa auf einem IBM programmiert, das passt also auch.«

Gehen ihm jemals mal die Totschlagargumente aus? Es muss doch irgendwas geben, das gegen diese total hanebüchene Theorie spricht?

»Aber reichen die paar Byte aus, um so einen Koloss zu steuern?«, gebe ich mal wieder zu denken, »Sind dafür nicht total komplizierte Triangulationen oder was weiß ich nötig?«

»Ja klar.« Nick legt den Kopf schief, als ob er den Gedanken einmal durchs Hirn sickern lassen will. »So 'n Satellit ist mit Sensoren vollgestopft. Einer checkt die Position der Sonne, ein Sextant überwacht die Stellung der Sterne, dann gibts noch einen Radar-Höhenmesser, und sobald die Systeme merken, dass der Satellit von seinem Orbit abweicht, springen kurz die Steuerdüsen an. Werden mit Hydrazin befeuert, ziemlich giftiges Zeug.« Leichtes Kopfschütteln. »Ja, ja, klar ist das alles kompliziert, aber wir haben ja hier auch nur ein kleines Bröckchen Software, die irgendein Subsystem steuert, das ...«

Oh Gott, wenn ich nicht dazwischengehe, labert er weiter bis Seattle.

»Machs kurz: Kannst du das Programm entziffern und den Fehler rausmachen?«

Nick wirft die Stirn in Falten und blättert nochmal alle Seiten durch.

»Hm, denke schon. Ich habe damals im Büro natürlich nicht alle Prozessor-Op-Codes nachgeschlagen, vor allem, *weil ein gewisser Herr meinte, dass das ja total überflüssiges Wissen sei und ich das nieeeeee wieder im Leben bräuchte …*«

Ich könnte kotzen, er könnte kotzen, alles ist wieder im Lot.

»Ja, blabla, dann fang mal an«, bügele ich ihn ab. Manchmal braucht er einfach eine ordentliche Tasse Shut-the-fuck-up.

Vermutlich denkt er über mich in diesem Moment genau dasselbe, jedenfalls biegt sich sein Mundwinkel ein bisschen hoch, als er einen Kuli aus seiner Hosentasche fischt. Dann fängt er an, auf der Rückseite der Ausdrucke wild rumzukrakeln.

Soll er mal machen. Ich spüre das eckige Gehäuse meines Telefons in der Hosentasche. Wenn er bis zum Sonnenaufgang den Bug nicht gefunden hat, ist es Zeit, den Joker zu ziehen. Sorry, Sabina.

#45 T-2:00:45

Wie viel Meter werden das sein – von hier aus bis zum Bullenwagen? Vielleicht zwanzig, sicher nicht mehr. Wir müssten nur vom Grundstück der Tanke, auf der John geparkt hat, runterrennen, über die menschenleere Straße sprinten und rein in das Restaurant, vor dem der Cop parkt. In ein paar Sekunden könnten wir da sein – falls John den Wagen nicht so verrammelt hat, dass wir nicht rauskommen. Dafür müsste er aber an dem Lieferwagen rumgeschraubt haben, denn alle Ami-Autos kann man von innen entriegeln, auch wenn von draußen abgeschlossen wurde, damit man bei einem Unfall nicht drin verreckt. Diese Sperre hätte Major Tom erst mal deaktivieren müssen, aber so eine Schrauberei passt nicht zu ihm, dafür ist er viel zu digital.

Der Beifahrer kaut konzentriert auf der Kappe seines Kulis rum. Die letzten drei Stunden hat er keinen Ton von sich gegeben, sondern mit dem Papier geraschelt und gekritzelt, während ich dazu verdammt war, zum Fenster rauszustarren und Angst zu haben.

Mittlerweile sehen die Bögen auf der Rückseite fast schwarz aus, weil er so viel in seiner mikrofichegroßen Streberschrift draufgeschrieben hat. Unser ehemals so heiliges Tape, auf dem die Daten drauf waren, rutscht mittlerweile unbeachtet durch den Fußraum.

Was solls, wir müssen es probieren.

Ich trete Nick gegen seinen Fuß.

»Alter?«

»Hm.«

»Siehst du den Cop, der da drüben parkt?«

Nick schaut beiläufig raus. Seine Augen brauchen ein paar Sekunden, um sich ans Halbdunkel zu gewöhnen, dann lässt er ein bestätigendes Grunzen ab.

»Bis da sind es doch nur ein paar Meter«, nerve ich weiter, »sollten wir nicht rüberlaufen, dann wäre die Sache endlich vorbei.«

Er legt den Kuli hin und durchbohrt mich mit seinem Was-bist-du-denn-für-ein-Arschloch-Blick.

»Bist du bescheuert? Keine Chance. Solange ich nicht weiß, dass Sabina in Sicherheit ist, geht hier niemand irgendwo hin.«

Er hat natürlich recht, aber es wäre doch so schön einfach.

Anscheinend glaubt er nicht, dass ich seinen Punkt schon verstanden habe, denn er krempelt umständlich den Gurt zur Seite, damit er sich mit seinem ganzen Körper zu mir umdrehen kann. »Also, pass auf.« Er fährt den Zeigefinger wie zum Duell aus. »Ich werde dieses Programm entwursteln, bis ich den Bug gefunden habe, John kassiert seine Löhnung, übergibt die Papiere dem NRO, die bringen ihren Sat wieder auf Kurs und dann fahren wir alle schön friedlich nach Hause und nichts ist passiert. Klar?«

»Klar«, knicke ich ein.

Die Tür der Tanke schwingt auf und ein Glatzkopf mit einem kurzärmeligen, hellblauen Hemd schaukelt seine gewaltige Wampe über den Vorplatz. In seinem Ohr steckt ein schnurloses Headset – das untrüglichste Spacken-Erkennungszeichen, das die Menschheit jemals hervorgebracht hat. Auf dem Kaffeebecher, den er vor sich herträgt, kippelt obendrauf ein Donut herum. Vermutlich ist er ein sehr tüchtiger Salesman, der Saatgut, Kompressoren oder so was an den Mann bringt.

John scheint sich ziemlich sicher zu sein, dass seine Einschüchterungen von wegen »If you want to see your wife again« bei uns gewirkt haben, sonst hätte er uns nicht hier alleine sitzen lassen, völlig unbewacht, direkt vor dem Eingang zur Tanke. Und sie hat ja auch gewirkt, denn keiner von uns würde auch nur wagen, einen der verchromten Türhebel zu berühren.

Neben Nicks Fenster, auf dem Parkplatz für Trucks, drängen sich die Zugmaschinen Tür an Tür, wie schlafende Elefanten. Zahllose Dieselaggregate schnarchen monoton vor sich hin. Für uns europäische Umweltweicheier unfassbar: Die Trucker machen den Motor grundsätzlich nie aus, weil es hier – auf dem halben Weg nach Alaska – selbst im Hochsommer nachts frieren kann.

Scheiße, der Himmel ist schon dunkelblau. So hoch im Norden bedeutet das, die Nacht ist in wenigen Minuten vorbei. Noch bevor der Salesman seinen Kaffee runtergestürzt hat, wird die Sonne aufgegangen sein. Nick bleiben nur ärmliche fünf Stunden, um den Fehler zu finden.

Da, John stolpert aus dem Laden. Mein Gott, weiß er denn nicht, wie er aussieht? Von seinem Pflaster auf der Stirn zieht sich ein dunkelbrauner Strich aus Schorf die halbe Nase runter, er sieht aus, als wäre er gerade aus einem Autowrack gekrochen. Jeder halbwegs wache Typ in dem Laden wird sich an ihn erinnern können. Ja, da war dieser Typ, dem lief das Blut quer durchs Gesicht, kann mich noch genau erinnern, Officer, er trug einen Anzug, der war schwarz, fast wie für eine Trauerprozession.

John kippt im Laufen ein kleines rotes Fläschchen *5 Hour Energy* runter, so einen Hokuspokus-Saft, der neben jeder Tankenkasse liegt und der einen angeblich wach hält. Red Bull für Trucker – das soll alles sein? Die echten Wachmacher, Provigil oder so, hat er sicher vorher auf der Toilette eingeworfen. Für den letzten Schluck hält er kurz an, dann reißt er seine Tür auf und schwingt sich ächzend in seinen Sitz.

Anscheinend hat John eine halbe Palette Wachmacher gekauft, jedenfalls räumt er eine halbe Ewigkeit vorne im Handschuhfach rum, Flaschen klappern auf den Boden, ein leises »Fuck« rutscht ihm raus.

Schließlich fährt er neben der Kopfstütze seine Hand aus und wedelt mit zwei Plutonium-Sandwiches. Fütterungszeit – wie nett. Warum kann er nicht wenigstens mal was sagen? Zu den Stullen gibts natürlich nichts zu trinken, sonst würden wir ja wertvolle Zeit mit Toilettenstopps verschwenden. Die Banalität des Opferdaseins.

Ich beuge mich nach vorne, um unsere folierten Kohlenhydrate in Empfang zu nehmen.

Und da sehe ich sie: die Waffe im Handschuhfach.

Sie klemmt mit dem Lauf nach vorne zwischen dem Auto-Handbuch und etlichen roten Flaschen, nur das Ende des Magazins ragt ein Stück raus. Doch das reicht. Diesen Gummigriff mit den Fingerkerben haben wir schon viel öfter gesehen, als friedliebende deutsche Menschen das sollten. Scheiße. Eine Glock, Vierziger-Kaliber. Die kriegen beim FBI alle Special Agents an ihrem letzten Schultag, behauptet Nick.

John ist also doch nicht subtil, wie wir dachten. Er vertraut nicht nur darauf, dass seine Einschüchterungen wirken. Er hat einen Plan B. Wenn wir rumzicken, wird er uns – mit einer Kugel im Kopf – irgendwo am Rand des Highways deponieren.

#46 T-2:00:20

Soll ich Nick das mit der Waffe sagen?

Sagen wird eh schwierig, John kann schließlich gut Deutsch, und ich habe das Gefühl, dass er seine Ohren auch hier hinten hat. Ich könnte es dem Beifahrer natürlich aufschreiben, aber was wäre dadurch gewonnen?

Nein, jetzt noch nicht, er ist gerade so gut im Flow.

Sein Sandwich hat er nicht gegessen, sondern eher durch Osmose aufgenommen. Um die Augen nicht von den Ausdrucken loseisen zu müssen, steckte sich Nick immer einen Toastlappen in den Mund und saugte ihn langsam ein, während er weiter kritzelte und blätterte.

Wären die Umstände ein bisschen anders, könnte man sagen: Er ist im Paradies.

Denn wenn der Beifahrer etwas liebt, dann an einem Programm in Maschinensprache rumzudoktern. Maschinensprache, das ist für ihn so was wie ein Heiligtum, die einzig gültige Art, mit einem Computer zu kommunizieren. Sein Loblied auf Assembler hat er schon so oft gesungen, dass ich es auswendig kann. Der Refrain ging das letzte Mal – nach ein paar Bierchen – ungefähr so: »Bei Maschinensprache, da gibts kein lähmendes Betriebssystem, das zwischen dir und dem Rechner steht, keine Fenster oder knuddeligen Icons, nichts. Das ist wie Sex! Der ganze Anwenderscheiß dagegen, das ist im Prinzip, als ob dir einer davon erzählt, wie er 'nen Porno geguckt hat.«

Deshalb geht ihm insgeheim bestimmt einer ab, weil er sich durch den Maschinensprache-Code des Satelliten wurschteln darf.

Im Prinzip ist die Sache simpel: Jede der Hexadezimalzahlen auf den Ausdrucken steht für einen Befehl, den der Prozessor ausführt. Hat Nickybaby damals im Büro alles lang und breit erklärt, allerdings ist bei mir von seinem ganzen Vortrag über den 1802-Chip im Allgemeinen und im Besonderen komischerweise nur ein Beispiel hängen geblieben:

Die Hexzahl E steht für den Befehl SEX.

Und SEX steht für Set Execute Buffer oder Secure Execution oder ... keine Ahnung, was auch immer, jedenfalls erledigt der Prozessor dann irgendeine Mini-Aufgabe, addiert eine Zahl oder liest einen Platz im Speicher aus.

Nicks Problem ist: Er muss nicht nur einen einzigen Befehl übersetzen, sondern rauskriegen, was die viertausend Instruktionen auf den Seiten bedeuten – und obendrein einen tödlichen Fehler finden, der in dem Programm steckt. Nadel. Heuhaufen. Und so.

Zuhause, wenn er einen guten Lauf hätte, könnte er das in einer Woche schaffen.

Aber niemals in einer Nacht.

Deshalb werden wir in viereinhalb Stunden sterben.

Im Prinzip hätte das alles ganz anders laufen sollen. Schließlich gehören wir ja zu den ach so begabten Computerkids, und in dieser Funktion hätte uns eine ganz andere Zukunft zugestanden. Wie hat Arthur Clarke, der Vater von »2001«, so schön geschrieben: Jede hinreichend fortschrittliche Technologie ist von Magie nicht zu unterscheiden. Die Technologie hieß Computer, und wir waren die Magier – zumindest eine Zeit lang.

Ich werde niemals den Gesichtsausdruck meines Vaters vergessen, als ich diese debile Demo aus dem Handbuch des C64 fertig abgetippt hatte. Die produzierte einen türkisblauen Ballon-Sprite, der nichts anderes machte, als ständig von links oben nach rechts unten zu wandern. Mein alter Herr starrte zuerst auf seinen geliebten Saba-Fernseher, über den er bis vor wenigen Sekunden noch herrschen durfte, und dann auf mich. »Ganz toll, Junge«, hat er gemurmelt. Dabei schaute er mich an, als wäre ich gerade aus einem Ufo gestiegen.

Spätestens da war mir klar: Das Blatt hatte sich gewendet. Auf einmal stand diese Tarnvorrichtung im Wohnzimmer. Sie tarnte, dass ich im Prinzip nichts drauf hatte. Aber wie jeder Klingone bestätigen kann, ist das die halbe Miete.

Nein, das hätte anders laufen müssen. Wir hätten in den goldenen Netzjahren unsere eigene Software-Bude aufmachen müssen, mit irgendeiner völlig trivialen Sache – vielleicht was mit WAP, das ging ja damals immer. Wir hätten ein paar Inder eingeflogen, ein paar Präsen hingerotzt und die ganz dicke Kohle eingestrichen, weil die Herren mit dem Geld – genau wie mein Dad – immer noch so aussahen, als hätten sie eine Begegnung der Dritten Art, sobald jemand einen Rechner souverän bedienen konnte.

Dann säßen wir heute in Eppendorf, Schwabing oder Hahnwald, eine Trophäen-MILF mit Plastiktitten würde sich an uns rankuscheln, und unsere lieben Kinderlein würden unser Geld auf einer teuren Privatschule weit, weit weg verbrennen.

Das hätten wir garantiert hingekriegt. Leider haben wir die Netzrevolution und das mit dem Geld machen total verpennt, weil wir so damit beschäftigt waren, *Metal Gear Solid* zu zocken.

Nintendo®
GAME BOY™

#47 T-1:23:26

Glaubt Nick wirklich, dass John uns nach der Aktion einfach so abmarschieren lässt? Nachdem wir ihm dabei geholfen haben, eine der geheimsten Geheimorganisation der westlichen Welt über den Tisch zu ziehen? Schließlich wussten selbst die Amerikaner bis Anfang der Neunziger nicht, dass es das National Reconnaissance Office überhaupt *gibt*. Die Satellitenmänner konnten im letzten halben Jahrhundert in die Umlaufbahn schießen, was sie wollten. Und nachdem John diese Jungs aus der schwarzen Zone abgezockt hat, wird er uns, die einzigen Zeugen, sicher nicht zum Feierabend nach Hause schicken.

Er hat Stil – aber er ist kein Idiot. Verdammt schlau: Wir können nicht rausfinden, ob er nur blufft. Hockt in diesem Moment wirklich einer seiner Leute im Wagen vor Sabinas Elternhaus? Unmöglich zu sagen. Und selbst wenn diese Drohkulisse zusammenklappen sollte, hat er immer noch die Pistole im Handschuhfach, um die Nerds in Schach zu halten. Vielleicht sollte ich Nick wirklich langsam von meiner Entdeckung erzählen.

Der Sonnenaufgang kam schnell. In der Zeit, die der Himmel gebraucht hat, um sich von orange über pink bis zu hellblau umzufärben, sind wir gerade mal an drei Ausfahrten vorbeigerauscht. Vorhin, als es noch dunkel war, müssen wir die Staatsgrenze passiert haben, denn die Berge von Montana sind endgültig verschwunden. Jetzt schaukelt der Van durch die endlosen Äcker von Washington, geradewegs auf den Pazifik zu. Weil die Dreitausender direkt hinter der Küste den Regen vom Meer abfangen, ist das Wetter hier meistens gut. Eine Apfelplantage jagt die nächste, und neben den Straßenkreuzungen stehen kleine Obststände, an denen die zehnjährigen Töchter der Farmer erste Erfahrungen mit dem Kapitalismus sammeln dürfen. »Farm Fresh Cherries 5 $« steht mit krakeliger Schrift auf den improvisierten Schildern. Ich bilde mir ein, dass der Duft der frischen Kirschen durch den kleinen Spalt vorne in Johns Fenster reinzieht, aber das ist natürlich nur Einbildung, reiner Übersprung.

Die ganze Landschaft wirkt so frisch, dass man denkt, an jedem Blatt müsste ein Tautropfen runterperlen – wie an einem Bierglas in der Werbung. Frieden und Ruhe liegen über den Feldern, fast wie früher bei uns im »Alten Land«. An so einem Tag wären wir direkt nach der Schule in die Plantagen gerannt – also in der analogen Zeit, als Nick noch nicht in unser Nest gezogen war. Wir Jungs hätten uns in einen der schmalen Streifen zwischen den Erdbeerpflanzen gelegt, der mit Stroh bestreut ist, hätten in den Himmel geguckt und darüber geredet, wie stark es wäre, hier auf der Erde mit einem *Adler* von der Mondbasis Alpha Eins rumfliegen zu können.

Was ist das? Vorne tut sich was.

Johns Telefon fiept. Shit, wenn er sein blödes Fenster hochmachen würde, könnte man vielleicht was verstehen. So schluckt das Rauschen des Fahrtwinds alles bis auf ein paar seiner Wortfetzen.

»... they probably think we're already heading for Schriever.« John lacht heiser.

Autsch, unsere Blicke haben sich im Rückspiegel getroffen. Seine Iriden, schwarz wie reife Oliven, schwimmen mittlerweile in einem Meer aus roten Adern. Sofort schraubt John die Lautstärke runter, damit ich nichts mehr verstehen kann. Ein paar weitere Sätze Gemurmel, denn hebt unser Ex-Chef die Stimme, um das Gespräch zu beenden.

»... and keep an eye on those transfers, okay.«

Alles klar, das Jerry-Cotton-Zentrum im Kopf übersetzt die Informationen: Major Tom wartet nur noch auf den »transfer«, die Überweisung vom NRO, danach will er die Satelliten-Software an ihren rechtmäßigen Eigentümer übergeben. Und damit die Bullen ihn bei der Übergabe nicht einkassieren, hat er dem NRO erzählt, dass er die Daten zur Schriever Air Force Base in Colorado bringt. Auf dieser Luftwaffenbasis betreibt das *Office* seine Bodenstation, von der aus alle Spionagesatelliten gesteuert werden – das behaupten jedenfalls Nicks total glaubwürdige Mit-Verschwörungstheoretiker im Netz.

Doch wir fahren nicht zu dieser Air Force Base in Colorado, wir fahren in die komplett andere Richtung.

John will also woanders hin.

Das Telefon in der Hosentasche drückt weiter gegen meinen Oberschenkel. Ob John nur vergessen hat, es mir abzunehmen? Oder vertraut er einfach darauf, dass ich das Leben von Sabina, der Frau meines besten und einzigen Freundes, nicht aufs Spiel setzten werde?

Dabei wäre es nur ein Handgriff. Nur kurz den Powerknopf antippen, blind den PIN eingeben – und bei der Datacorp würden die Alarmglocken schrillen. Sie hätten das Telefon innerhalb von ein paar Sekunden angepeilt, schließlich ist hier auf der Interstate die Netzabdeckung immer bestens. Und falls es bei der Company noch irgendeinen Menschen gibt, der nicht völlig kriminell ist, würde er jemanden losschicken, der Johns Erpressungsaktion stoppt und uns hier rausholt.

Andie zum Beispiel, die ist doch schlau, die blickt doch durch. Okay, sie hat einen MBA, aber das bedeutet doch nicht automatisch, dass sie für einen völlig korrupten Haufen arbeitet.

Nein, sie gehört zu den Guten, und sie würde uns befreien, wenn sie nur wüsste, wo wir sind.

Es wäre so leicht. Ich müsste bloß mit ein paar Fingerbewegungen dafür sorgen, dass an diesem Klumpen von Leiterbahnen eine Spannung von 3,6 Volt anliegt.

Der Rand des Ein-Schalters fühlt sich gut an, kantig und hoch, als würde er zentimeterweit aus dem Gehäuse herausragen. Ich lasse die Fingerkuppe drüberwandern und spüre, wie die Kante durch die Täler meiner Fingerabdrücke holpert. Nur kurz den Feuerknopf drücken, die Gravity Gun abfeuern, und schon wären wir frei.

Nick hat seit Ewigkeiten nicht mehr hochgeschaut. Ab und zu presst er ein Stöhnen zwischen den Lippen raus, ansonsten fixiert er weiter die Blätter. Sich stundenlang konzentrieren, das konnte er schon immer gut, der alte Streber.

Er tut tatsächlich so, als ob er eine Chance hätte, diesen Endboss zu besiegen.

Im Grunde genommen hätte Sabina nie zu mir gepasst. Schon ihre Optik war niemals kompatibel: Sie ist klein und blond, mein Hirn beharrt darauf, dunkel und groß zu mögen. Obwohl sie bei unserem letzten Treffen – damals bei der Babybesichtigung – echt gut aussah, zugegebenermaßen. Sie hatte da schon diesen Mutter-Look installiert, der auf eine unaufdringliche Weise sexy sein kann. Ihre kleinen Füße steckten in dunkelbraunen Wildlederpumps mit halbhohen Absätzen; dazu trug sie einen knielangen hellbraunen Rock, der sie in der Taille ein bisschen einschnürte und ihr – zusammen mit der gigantischen Still-Oberweite – die Silhouette einer Sanduhr verpasste. Okay, ums kurz zu machen: MILF.

Vor allem aber war sie so lieb, dass es einem die Tränen in die Augen trieb. Ständig setzte sie mir das Baby auf den Arm, nur um dem Hauklotz Kee ein paar Papa-Gefühle zu entlocken – damit der auch mal spürt, wie toll das alles ist.

Meine Mutter fände Sabina vermutlich sehr »patent«, wenn ich sie als meine Verlobte vorstellen würde. Dieser Zug ist aber schon vor langer Zeit abgefahren, da hieß der Zug noch Bundesbahn. Nachdem Nick mit ihr zusammengekommen war, verbot es das Kumpelgesetz natürlich, weitere Versuche zu starten. Theoretisch hätte ich nochmal freie Bahn gehabt, als sie vorletztes Jahr ihre kleine Beziehungspause eingelegt haben – doch wie arschlochmäßig wäre das gewesen? Also blieb weiter nur die Bewunderung aus der Ferne.

Eine Familienkutsche mit zwei Jet-Skis hinten auf dem Anhänger schert vor uns ein. Auf der Rückbank sitzen zwei pausbackige amerikanische Blagen und winken uns zu. Ja, Mutter Natur, ich habe verstanden, dass ich mich fortpflanzen soll! Wie bizarr wäre es, wenn John jetzt zurückwinken würde? Hallo Kinderlein, herzliche Grüße aus dem Geisel-Express. Ja, wir wünschen euch auch eine schöne Fahrt.

Zurück zu den Fakten. Richtig unterhalten konnten wir uns nie, Sabina und ich, ganz einfach weil es nichts gibt, das uns beide interessiert. Ihre einzige echte Freizeitbeschäftigung besteht darin, sich einmal im Jahr ein Burgfräulein-Kostüm überzuwerfen und einen Mittelalter-Ringelpiez aufzuführen. Armer Beifahrer. Und worüber soll man noch reden? Nerd-Themen? Die braucht man bei ihr überhaupt nicht anzuschneiden, wie bei allen Frauen eben.

Können Frauen überhaupt Nerds sein? Eher nicht, denn Nerd-Sein ist eine Art von Extremismus. Du musst deine ganze Existenz einer einzigen Sache widmen, und du kannst erst ruhen, wenn du über diese Sache wirklich *alles* weißt, bis ins kleinste Detail. Dein Wissen muss so umfassend sein, dass es einem Außenstehenden völlig hirnrissig vorkommt. Du musst eins werden mit deinem Projekt, selbst wenn das bedeutet, fünf Wochen lang jede Nacht daran zu arbeiten, einen BBS-Server auf dem Commodore 64 laufen zu lassen. So brutal würden Frauen niemals ihre Lebenszeit verschwenden. Die würden sich nach zwei Stunden abseilen, um mit ihren Freundinnen im so genannten realen Leben einen Kaffee zu trinken.

Kalt ist es hier drinnen, dabei fühlt sich der Luftzug aus Johns Fenster ziemlich warm an; das wird heute ein astreiner Hochsommertag, da werden die Kids mit ihren Jet-Skis richtig Spaß haben.

Natürlich, die Gänsehaut am Arm kommt davon, dass wir ewig nicht gepennt haben. Wir nähern uns langsam dem kritischen Limit, und jeder Schlaflose weiß, was als Nächstes kommt. In ein paar Stunden werden wir anfangen, durchzudrehen: Wir werden uns wegen Kleinigkeiten an die Gurgel gehen, nur noch Scheiß reden, weil das Sprachzentrum allmählich runterfährt. Dann kommen die Sehstörungen, irgendwann die Halluzinationen und schließlich bricht das Immunsystem zusammen.

Wäre es okay, ein bisschen mit dem Game Boy rumzuspielen? Nick hat ihn samt Kameramodul automatisch eingesteckt, als John uns vorhin aus dem Zimmer gescheucht hat. Jetzt hüpft das graue Kästchen, Jahrgang 1989, auf den Sitzpolstern rum und verstärkt bei unserem Ex-Chef vermutlich den Eindruck, es mit totalen Versagern zu tun zu haben. Nein, es wäre natürlich nicht okay, jetzt zu zocken – während Nick sich den Arsch aufreißt, um uns hier rauszuhauen. Das würde die Kumpelsolidarität untergraben. Er hat ja auch nie geschlafen, während ich gefahren bin, bis auf das eine Mal, als er krank war. Nein, mir bleibt nichts übrig, als weiter aus dem Fenster zu starren und zu warten.

Das nächste Kaff kündigt sich mit einem haushohen Schild an, auf dem steht, dass man sich als »Apfelhauptstadt der Welt« verstehe. Liebenswerte amerikanische Provinzhybris.

Obwohl: So richtig rausgekommen sind wir ja auch nicht aus unserem Alten Land. Gerade mal bis in die nächste Unistadt haben wir es geschafft, und selbst diese Aktion endete mit einem epischen Scheitern, wie man in den Nullern gesagt hätte. Studium versägt, ewiger Prakti geworden.

Dass mein halbherziger Flirt mit den Wirtschaftswissenschaften schnell vorbei sein würde, hätte so ziemlich jeder vorhersehen können. Bis heute kapiere ich nicht, warum ich das überhaupt angefangen habe. Ich schiebe es auf die Achtziger: Vermutlich bin ich einer diffusen Gordon-Gecko-ich-werde-stinkreich-Vision hinterhergerannt.

Weniger selbstverständlich war, dass Nick sein Informatikding nicht durchhalten würde. Ein Fünkchen Wille hätte bei ihm völlig ausgereicht, um das Studium mit Anstand zu Ende zu bringen. Aber etwas in ihm drin sträubte sich dagegen: Vielleicht war es die Angst davor, endgültig mit der geliebten Jugend abschließen zu müssen – oder er wollte nur seinem Alten eins auswischen. Jedenfalls war es eine hirnrissige Verschwendung.

Seine Augen zucken über die Zahlenkolonnen. Dass ihm noch ein halbes Toast an der Unterlippe hängt, scheint er nicht bemerkt zu haben.

Schon witzig, dass ausgerechnet *wir* den Schrott aus dem Kalten Krieg im Orbit wegräumen sollen – schließlich wollte uns die Bundesprüfstelle damals ja nicht mal *Raid over Moscow* zocken lassen, weil die Herrschaften das für ethisch-moralisch unzumutbar hielten.

Komm schon, nachdenken. Wie kommen wir hier raus? Nick. Sabina. Mein Telefon. Die Ausdrucke. Was passiert mit uns, wenn John sein Geld hat?

Es fängt an, der Schlafentzug kickt rein. Das Hirn jongliert nur noch mit den immer gleichen Gedanken, anstatt neue zu produzieren. Noch drei Stunden bis zum Treffen mit den Satellitentypen.

#48 T-1:20:26

So, Alter, die Geschichte hier ist gegessen, jetzt hör schon auf, Löcher ins Papier zu starren. Ich nehme jetzt mein Telefon und rufe die guten Jungs von Datacorp an oder die Bullen oder, wenn es sein muss, auch BigSis. Wir müssen hier raus, bevor Major Tom seine Kohle gekriegt hat. Denn dann hat er keinen Grund mehr, uns durch die Gegend zu kutschieren, und wird uns entsorgen. Verstehst du das nicht?

Komisch, obwohl es nur logisch wäre, John zu hassen, fällt es mir schwer, ihn als Feind zu akzeptieren. Selbst die Waffe im Handschuhfach ändert daran nichts. Auf eine kranke Art ist es eben schade, den alten Major Tom zu verlieren. Es war gut, jemanden zu kennen, der über den Dingen stand.

Ihn schien zum Beispiel niemals zu interessieren, wie »das Spiel« ausgegangen ist. Alle anderen Amis müssen ja ständig immer irgendein »Spiel« gucken und so reden, als ob ihr Leben davon abhinge. Über so was hat John nie ein Wort verloren, College Football und anderer Jock-Scheiß schien ihn nie zu interessieren. Der war wie Mister Big in dieser Frauenserie – einer, der weder über Geld redet noch über Autos oder Gefühle. So gesehen war er, hinter Nick vielleicht, der perfekte Beifahrer.

Später in der Serie wurde ja dann verraten, wie Mister Big in echt heißt. Totaler Mist, warum durfte er nicht weiter das Enigma ohne Namen sein? Frauen wollen immer alles entzaubern, die können es nicht ertragen, wenn jemand Geheimnisse hat.

John war John, unser Mann im All, ein Überirdischer, zu dem wir aufschauen konnten. Jetzt schwitzt er, muss pissen und jagt dem schnellen Dollar hinterher. Erbärmlich.

Zum Heulen. Vor allem, weil für viele Sachen jetzt keine Zeit mehr bleibt: Andie treffen, mit Sabina mal richtig reden, BigSis sagen, dass ich ohne sie verdammt einsam auf diesem Felsen im Weltall wäre, obwohl wir so gut wie nichts mehr miteinander zu tun haben.

Zusammenreißen. Das ist nur der Schlafentzug, der bringt einen triefender drauf als 'ne Merci-Werbung.

Was ist? Der Beifahrer strahlt mich an.

»Alter, das isses!«, stottert er.

»Was ist was?«

»Ich hab den Fehler.«

Und dann beharkt er mich mit Wortsalven, als ob er all den Kram, der sich in seinem Kopf in den letzten Stunden aufgestaut hat, auf einmal loswerden müsste.

»Also, was wir hier haben ...« *Wir*, sehr lustig! »... ist ein Problem wie beim Apple Lisa. Du weißt schon: Bei dem kann man als Datum in der Systemuhr auch nur die Jahre 1981 bis 1995 eingeben, weil der Zähler nur vier Bit hat und eben nur fünfzehn Jahre darstellen kann. Genau den gleichen Fehler haben die Programmierer bei der Software für Keyhole gemacht.«

Bei dem Satelliten da oben ist also nur das falsche Datum eingestellt? Will er das damit sagen?

Nick bohrt den Finger in sein unlesbar winziges Gekritzel. »Also *hiiiier* gibt es eine Routine, die im Speicher auf einen 5-Bit-Wert zugreift. Ich vermute mal, da ist die Jahreszahl der Systemuhr hinterlegt. Und fünf Bit reichen nur, um die Zahlen null bis 31 darzustellen, also 31 Jahre. Wurde der Keyhole nun Anfang der Achtziger hochgeschossen ...«

»... das heißt, Ende der Nuller war das Jahr mit der Nummer 32 erreicht. Da aber kein Bit mehr für das Datum übrig war, sprang die Systemuhr auf null, der Prozessor stürzte ab oder landete in einer Endlosschleife«, ergänze ich, der brave Schüler im Informatik-Einführungskurs. Kann es so banal sein?

Vom großen Lehrer kriege ich heute jedoch kein Sternchen unter meine Hausaufgaben gemalt. Nick runzelt die Stirn.

»Nein, ich glaube der Prozessor ist hierher gesprungen.« Er hält mir den nächsten Ausdruck unter die Nase.

»Und was ist da?«

»Wohl eine Art von Wartungsmodus. Der Satellit denkt, dass er wieder auf der Abschussrampe steht, und deaktiviert alle Steuerdüsen, damit er nicht zusammen mit der Trägerrakete in die Luft fliegt.«

Okay, jetzt fängt es endgültig an, nach einer Story aus M.P., Meister Plattmachers rasantem Magazin, zu riechen. Wie immer. Und wie immer bremst das nicht im Geringsten Nicks Redefluss.

»Guck nicht so!«, protestiert er. »Das wäre nichts Ungewöhnliches, die meisten großen Katastrophen fangen mit läppischem Kleinscheiß ein. Den Russen zum Beispiel ist Ende der Achtziger mit einer ihrer Mars-Sonden was ganz Ähnliches passiert. Einer der Programmierer hatte sich damals vertippt und die Software trotzdem hochgefunkt, und – zack! – schon fiel die Sonde namens Fobos Eins in einen tiefen Dornröschenschlaf. Die Steuerdüsen ließen sich nicht mehr starten, die Solarzellen waren nicht mehr auf die Sonne gerichtet. Ende. Fobos Eins ward nie mehr gesehen. Und all das nur, weil jemand aus Versehen einen Delimiter falsch platziert hatte.«

Einen was? Egal, es ist halb zehn, in einer halben Stunde muss John die korrigierte Software der NRO übergeben, für weitere Ergüsse bleibt also keine Zeit. Leider scheint Nick die Zeit etwas aus den Augen verloren zu haben, denn er schwafelt ungebremst weiter.

»Was mich allerdings wundert, ist, dass der Satellit nicht längst verglüht ist, denn normalerweise werden die Teile auf eine ziemlich niedrige Umlaufbahn geschossen, sodass sie nach ein paar Jahren ganz von selbst abstürzen. Weißt du: Spionagesatelliten kreisen auf einem so genannten Recon-Orbit, das heißt, sie fliegen über die Pole und die Erde darunter dreht sich. So können sie alles mal ...«

»Du kannst den Bug also rausmachen?«, fahre ich dazwischen.

»Was heißt denn *rausmachen*?« Angewiderter Blick wegen a) der Unterbrechung und b) meiner unfachmännischen Ausdrucksweise. Nick macht mit dem Hals so eine gekünstelte Bewegung, als würde er sich den Hals einrenken.

»Also, im Prinzip ist die Sache trivial: Das NRO muss nur diese Ausdrucke scannen und die Software nochmal zu Keyhole hochfunken – für den Fall, dass durch den Bug irgendwelche Programmteile überschrieben wurden. Danach würde es reichen, die Elektronik des Satelliten neu zu starten und seine Systemuhr auf, sagen wir mal, 1995 zu stellen. Dann würde die Kiste denken, sie sei auf einer normalen Mission und würde wieder den Befehlen der Bodenstation gehorchen. Die Jungs vom NRO müssten nur kurz die Steuerdüsen zünden und Keyhole auf einen sicheren Absturzkurs bringen, bei dem er nicht mit anderen Satelliten zusammendonnert.«

Lustig. Have you tried turning it off and on again? *Schalt doch mal aus und dann wieder an* – genau das sage ich auch immer BigSis, wenn sie mal wieder mit einem Computerzipperlein anklingelt. Und in 99 Prozent der Fälle ist danach alles wieder gut. Unglaublich, dass das auch mit einem Millionen-Dollar-Aufklärungssatelliten funktionieren soll.

Nick hat Seite eins der Ausdrucke rausgekramt und fängt an, auf Englisch irgendwas draufzuklieren.

Plötzlich taucht Johns Gesicht hinter der Fahrerbank auf.

»Can you write down some instructions?«

Der Beifahrer nickt so heftig, dass ich aus purer Solidarität anfange, mitzunicken, obwohl ich mir nicht sicher bin, dass wir das wirklich können.

»That's good«, murmelt John, und dann nochmal, wie ein alter Opa, der geistig immer noch im Schützengraben kauert, »that's good.«

Fieeep, sein Telefon plärrt so laut durchs Auto, als ob jemand mit 'ner Flex das Dach bearbeitet. Da kann man wirklich nicht meckern: Alles, was die Datacorp benutzt, hat *industrial strength*. Da gibts kein Weichgeflöte aus dem Telefon oder – unvorstellbar – das voreingestellte Klingelgeräusch für zwölfjährige Mädchen mit Zahnspange, sondern nur akustisches Hardcore. Hoch qualifizierte Ingenieure haben dieses *Fieeep* wahrscheinlich so zusammengebaut, dass man es selbst dann noch hört, wenn man sich gerade aus einem Chinook-Hubschrauber abseilt. Als Jungs haben wir die Helikopter beim Quartettspielen immer Bananen genannt.

John nimmt ab, sagt aber nichts, sondern wackelt nur zustimmend mit dem Kopf. Gleichzeitig fängt er, sich hektisch nach links umzudrehen, so, als suche er etwas, das am Straßenrand liegen geblieben ist.

Wonach kann der hier nur Ausschau halten? Von den romantischen Obstplantagen ist schon lange nichts mehr zu sehen, stattdessen windet sich die Interstate jetzt durch karge Hügel. Steile, rote Felswände ziehen vorbei, als ob wir durch eine Miniversion des Grand Canyon rasen.

Wir verrenken uns sofort auch die Hälse, um zu erkennen, was ihn so interessiert, doch außer Steinen und gelbem Wüstengestrüpp gibt es nichts zu sehen.

Major Tom nuschelt irgendwas vor sich hin, bellt »affirmative« und legt sein Telefon weg.

Nick tippt mich an.

Auf der linken Seite öffnet sich eine Schlucht, und dann sehe ich es auch, unser Ziel.

#49 T-1:19:58

Auf einmal geht alles schnell.

John zieht den Van hektisch auf die Abbiegespur rüber.

MILITARY AREA steht auf dem Schild vor der Ausfahrt, wo normalerweise FOOD, LODGING oder der Name des nächsten Orts vermerkt ist.

Wir donnern mit über 50 Sachen die Rampe runter, viel zu schnell, Mann! Der Wagen fängt an zu schlingern, Nick kippt zur Seite und kann in letzter Sekunde den Haltegriff schnappen; die Ausdrucke flattern in den Fußraum.

Endlich, John tritt auf die Bremse. Scharfe Rechtskurve, dann gibt er sofort wieder Vollgas. Was soll der Scheiß? Das ist genau die Art, auf die man sich einem militärischen Checkpoint *nicht* nähern sollte. Die Navy Seals ballern doch sofort los, wenn einer so angerast kommt. Und mit Sicherheit schieben da die Navy Seals Wache, allein schon deshalb, weil in unserer Vorstellung die amerikanische Armee ausschließlich aus knallharten Spezialeinheiten besteht.

John umkrampft das Lenkrad. Seine Fingergelenke sind schon ganz weiß, weil er so fest zudrückt.

Er dreht den Kopf halb zur Seite und schreit zu uns nach hinten.

»Sie bleiben im Wagen, egal, was passiert!«

Immerhin kramt er zur Feier des Tages wieder sein Deutsch raus; bei ihm ist das immer ein Zeichen dafür, dass er die Fassung zurückgewinnt.

Der Asphalt sieht auf einmal neu und pechschwarz aus, als wäre er gestern erst ausgerollt worden. Dabei führt die Straße durch die totale Leere. Das riecht nach verbrannter Staatsknete, und zwar reichlich.

In der Ferne ist die Bodenstation zu erkennen. Eine graue Baracke, umringt von vier Antennen, die gleichmäßig über die Talsohle verteilt wurden. Drei Antennen stecken in solchen weißen Kugelgehäusen, die aus Dreiecken bestehen, so im Buckminster-Fuller-Stil. Die vierte, eine Parabolantenne, ist so hoch wie vier Baracken übereinander und zeigt nach Nordwesten. Selbst auf die Entfernung sieht sie gigantisch aus, so groß wie das Radioteleskop, das wir mit der Schule mal besucht haben. Links und rechts schirmen baumlose Hügel die Installation gegen neugierige Blicke ab.

Wie immer, wenn er sich etwas Militärischem nähert, geht Nick einer ab:

»Alter! Ist 'ne Echelon-Station, damit belauschen *sie* die Kommunikation über dem Pazifik. Wusste gar nicht, dass von da aus auch die Satelliten gesteuert werden.« Er ist so aus dem Häuschen, dass er zusammen mit diesem Hinweis noch ein paar Tropfen Spucke in mein Ohr abfeuert.

Wenn er Netz hätte, würde er diese Neuigkeiten sicher sofort den anderen Paranoikern mitteilen, selbst wenn es das Letzte ist, was er auf dieser Erde machen könnte. Aber vielleicht gibts ja noch eine andere Erde, auf der dunklen Seite des Mondes oder so. Hatte er nicht mal so was erwähnt?

Schon seltsam, unsere Begeisterung für den militärisch-industriellen Komplex – dabei haben wir ja nicht mal gedient! Aber vielleicht ist es gerade das: Wir müssen kompensieren, dass wir nicht selbst MG schießen durften.

Beim Thema Militär sind wir wirklich schizophren: Uns ist völlig klar, dass das ganze Zeug massive Geldverschwendung ist, dass damit Kinder in die Luft gesprengt werden und im Prinzip nur Jocks Waffen gut finden. Theoretisch. Trotzdem kriegen wir in der Nähe von Sperrgebieten vor Aufregung feuchte Hände, vor allem, wenn da irgendwas passiert, in dem das Wort »stealth« vorkommt.

Deshalb war ja auch die ganze Rambo-Sache so geil. Eine Hälfte des Hirns mahnte ständig »Das ist Müll«, aber die andere kreischte uns ins Ohr »Pfeile mit Explosivspitze! Kann Scheiße in die Luft sprengen!«. Militärkram findet sich natürlich leicht geil, wenn der engste Kontakt, den man jemals zum Krieg hatte, eine Runde *River Raid* auf dem Commodore 64 war.

Das Ende der Straße kommt näher. Ein Zaun, ein kleines Wachhäuschen, ein Wald aus grellroten Warnschildern. USE OF DEADLY FORCE AUTHORIZED.

An dieser Stelle würden wir normalerweise umdrehen und den Höhepunkt eines weiteren Zaun-Abenteuers zelebrieren: Teleobjektiv raus, Foto von Zaun und Warnschild schießen, mit etwas Mut würde Nick sogar den Typen in seiner Tarnkombi knipsen, der *gerade aus dem Wachhäuschen kommt*! Nicht gut, nicht gut, er hat seine Maschinenpistole schon im Anschlag.

Hat John ihn auch gesehen? Ja, er hält an.

»Die Printouts bitte«, sagt er, den Arm nach hinten ausgestreckt. Seit seinem Ausraster gestern Abend ist sein Ton Minute für Minute höflicher geworden, er zwängt sich wieder in seine alte Gentleman-Haut zurück.

Nick rafft die Ausdrucke hektisch zusammen und setzt aus den Tiefen des Fußraum zu einer längeren Erklärung an.

»Äh, yes, I added some comments on how to ...«

»I'm sure they will appreciate it«, beruhigt ihn John mit leicht gelangweiltem Unterton. Er rafft die Papiere aus Nicks Hand und steigt aus. Einfach so, ohne den Wagen auszumachen oder seinen Mitarbeitern des Monats mitzuteilen, was sie jetzt tun sollen. Und am Handschuhfach war er auch nicht mehr.

Es ist Punkt zehn. Wir sitzen da und lauschen dem Motor.

Okay, jetzt oder nie. Also die Optionen durchspielen.

Möglichkeit eins: Wir steigen aus, holen uns vorne aus dem Handschuhfach Johns Waffe und laufen so schnell weg, wie es geht. Mit seinem Gehumpel holt er uns niemals ein. Dagegen spricht: Falls er wirklich in Deutschland einen Agenten auf Sabina angesetzt hat, braucht er nur sein Telefon rauszuholen und ihm das »Go« zu geben. Nicks Leben wäre zerstört.

Bleibt nur Möglichkeit zwei: Ich schalte das Telefon ein, die guten Jungs von der Firma – falls es die noch gibt – orten uns und rufen die Bullen. Und die Cops greifen so schnell zu, dass John keine Zeit mehr bleibt, zu telefonieren.

Klare Entscheidung, Option zwei: Wenn wir ein Notsignal absetzen wollen, dann ist der Moment gekommen; John braucht mindestens eine Minute bis zum Schlagbaum, für den Rückweg nochmal so lange. Ich ziehe mein Telefon halb aus der Tasche, sodass der Beifahrer es gerade sehen kann.

»Alter?«

Nicks Pupillen gleiten kurz drüber, er scheint überhaupt nicht überrascht zu sein. Klar, Mister Spock hat nicht nur auf die Papiere gestarrt, sondern wie immer im Interrupt alle Fluchtmöglichkeiten durchgespielt.

»Okay.«

Seine Stimme klingt weder resigniert noch euphorisch. Das »Okay« scheint für ihn eher eine Feststellung zu sein, eine logische Schlussfolgerung.

Ich drücke auf den Power-Knopf, PIN rein, Eingabe. Noch ein paar Sekunden, und die Datacorp weiß wieder, wo wir sind.

Höchste Zeit, den Beifahrer aufzuklären.

»Ach ja, John hat vorne eine Glock im Handschuhfach; habe ich gesehen.«

Nick sieht kein bisschen überrascht aus.

»War doch klar.« Er schaut auf mein Telefon. »Isses an?«

Ich nicke. Er lehnt sich zurück.

Nintendo®

GAME BOY™

#50 T-1:16:52

Meine Augen brauchen ein paar Sekunden, um sich an die Dunkelheit zu gewöhnen.

Ohne seine Füße zu heben, torkelt Nick auf die nächstgelegene Wand zu. Seine Schritte wirbeln Schwärme von Staubmäusen auf und lassen sie über den ölverschmierten Betonboden tanzen. Nachdem er die Wellblechwand erreicht hat, lehnt er sich dagegen und geht in die Hocke. Dann fischt er ein zerknülltes Stück Papier aus seiner Tasche und fängt an, es von einer Hand in die andere zu werfen, immer wieder. Dabei stiert er zur Ausgangstür, die vor zehn Sekunden ins Schloss gefallen ist.

Unsere Dienstreise war leider doch nicht so schnell vorbei, wie wir dachten.

Genau! »Gesprengte Ketten«, so hieß der Film, in dem Steve McQueen ständig aus einem Gefangenenlager ausbricht, wieder von den Nazis eingefangen wird und sich dann in seine Zelle setzt und einen Baseball gegen die Wand wirft, ganz seelenruhig, weil er weiß, dass es nur eine Frage der Zeit ist, bis ihm endgültig die Flucht gelingt.

Klar, der Beifahrer spielt gerade McQueen nach. Nur dass er nicht so verschmitzt zuversichtlich guckt.

Die Übergabe des Satellitenprogramms bei der Bodenstation lief völlig geräuschlos ab, zumindest das, was wir aus dem Van heraus erkennen konnten. Ein echtes Zaun-Abenteuer, wie wir selbst es nicht unspektakulärer hingekriegt hätten. John humpelte mit den Ausdrucken einfach zum Wachhäuschen hin. Es gab einen kurzen Wortwechsel mit dem G.I., dann machte er kehrt und stapfte mit so einem verkrampft höflichen Lächeln im Gesicht zu uns zurück. Wahrscheinlich haben sie ihn für einen irren Penner gehalten oder so, mit dem ganzen Blut an seiner Stirn.

Kaum war John wieder im Wagen, ging die Hektik weiter. Er prügelte den Lieferwagen zurück auf die Schnellstraße, pflaumte dabei nonstop irgendwen am Telefon an. Klar: Er musste auf die Tube drücken, denn hinter uns würde in dieser Sekunde eine Kettenreaktion losgehen: Der Wachmann würde die Papiere seinem Vorgesetzten in der Bodenstation übergeben. Der wiederum wüsste nicht weiter und würde beim NRO-Hauptquartier anfragen, was es damit auf sich hat. Dort würde man aus allen Wolken fallen und sofort Großalarm geben – schließlich geht es darum, eine verheerende Kollision in der Umlaufbahn abzuwenden. Die Wachleute von der Bodenstation würden ausschwärmen, um den Erpresser in dem Lieferwagen noch zu fassen. John musste also zusehen, da möglichst schnell wegzukommen.

Ich folge Nicks Fußstapfen durch die Halle und sinke neben ihm auf den Boden, links natürlich, auf der Fahrerseite.

Nachdem John ausreichend Meilen zwischen uns und die Bodenstation gebracht hatte, war die Sache leider noch nicht ausgestanden – aber was anderes haben wir auch nicht erwartet. Zwei Stunden lang jagte er den Van noch über die Highways. Wir hatten beide keine Kraft mehr, um zu verfolgen, wohin. Selbst der Beifahrer begnügte sich damit, mit glasigen Augen vor sich hinzubrüten.

Angehalten haben wir schließlich vor einem alten Flughafen, weit draußen auf dem Land, mitten in einem dieser riesigen Lavafelder, die hier oben ganze Countys bedecken. Die Mondlandschaft drum herum war so schwarz, dass wir die Piste zuerst gar nicht erkannt haben.

Das ist jetzt also unsere Endstation. Wo der Flughafen liegt? Keine Ahnung. Die Sonne stand während der ganzen Fahrt auf Nicks Seite – also im Osten, wir könnten also fast an der kanadischen Grenze sein. Vielleicht ist das eine dieser geheimen Pisten, von denen Nick immer erzählt, wo nachts Schmuggler aus Kanada landen, um Ecstasy und Gras für *god's own country* auszuladen.

John musste extra ein altes Tor aufschließen, um auf das Gelände fahren zu können. Viel Betrieb scheint hier nicht zu sein. Der Van holperte über aufgesprungenen Asphalt, vorbei an ein paar windschiefen Schuppen.

Auf den ersten Blick sah alles völlig abgefuckt und verlassen aus. Auf den zweiten allerdings waren die Spuren der Datacorp sofort zu erkennen. Während uns John wie Kühe quer über das Gelände scheuchte, konnten wir sehen, dass an den Ecken der angerosteten Hangars Kameras installiert sind. Und an den Türen hängen Codeschlösser – nicht der Achtziger-Scheiß wie in der Botschaft, sondern die modernste Bauart, mit Edelstahlblende. Da kann man nicht einfach mal gucken, welche Tasten am meisten abgewetzt sind, und die Zahlenkombi raten.

Endgültige Endstation war schließlich vor einem alten Flugzeughangar. John tippte – mit verdeckter Hand – den Code neben der Tür ein, dann machte er eine galante Handbewegung, so, als wollte er uns in die Vielflieger-Wartelounge am Flughafen einladen.

»Darf ich Sie bitten zu warten. Ich versichere Ihnen, dass Sie bald Ihre Rückreise antreten können.« Mittlerweile hatte sich seine Nervosität gelegt. Die Ware war übergeben, das Lösegeld kassiert. Es gab also keinen Grund mehr für weitere Unhöflichkeiten, er konnte uns wieder wie Gäste – und nicht wie Geiseln – behandeln.

»Es dauert nicht lange«, wiederholte er, wodurch die Ankündigung noch bedrohlicher klang. Danach ließ er die Tür mit einem satten *Schlock* ins Schloss fallen und wir waren gefangen im Halbdunkel.

Vielleicht will John nur abwarten, bis das Programm den Satelliten wirklich aus seinem Koma aufweckt. Angenommen, das NRO hat die Steuerungssoftware schon hochgefunkt, dann dürfte der Weltuntergang so gut wie abgewendet sein. Sie könnten die Steuerdüsen zünden, und Keyhole 11/9 würde in sicherer Entfernung an allen anderen Satelliten vorbei auf die gute alte Erde zurasen und verglühen. In ziemlich genau 41 Stunden. Vorausgesetzt, Nick hat wirklich den richtigen Fehler gefunden, was ungefähr so wahrscheinlich ist wie, dass er mal bei einem elektronischen Gerät die Fabrikeinstellung benutzt.

Und nun die ehrliche Version. Wir werden uns in ein paar Minuten mit John zu dritt in einen Flieger setzen – und er wird alleine in Deutschland landen. Weil er uns, die lästigen Zeugen, irgendwo über dem Pazifik entsorgt, so wie die Navy damals Bin Laden.

Es sei denn, wir kommen hier vorher irgendwie raus. Doch die Chancen stehen schlecht: Der Hangar ist ratzekahl leergeräumt, keine Ausbruchswerkzeuge weit und breit in Sicht. Bis auf eine riesige schwarze Öllache auf dem Boden, gesprenkelt mit weißem Vogeldreck, gibt es nichts, woran das Auge hängen bleiben könnte.

Große Flugzeuge würden hier nicht reinpassen; mit drei hintereinander geparkten Autos wäre die Halle schon voll. Die großen Schiebetore für die Flugzeuge hat jemand mit Stahlträgern zugeschweißt, und die Tür, durch die wir reingekommen sind, sieht auch ziemlich massiv aus. Ein Brute-Force-Ausbruch wäre völlig sinnlos. Davon abgesehen geben unsere ausgetrockneten Nerd-Körper ohnehin keine Brute Force mehr her.

Ich leere meine Taschen.

Zuerst das Telefon. War ja klar, kein Empfang.

Ich zeige Nick das Display.

Er schnaubt nur kurz verächtlich und knüllt seine Papierkugel noch fester zusammen, bevor er wieder mit seiner Jonglage beginnt. Ihm scheint alles scheißegal zu sein. Die Apathie erwischt ihn langsam, war ja absehbar.

Ich krame in der anderen Tasche, der Game Boy mit der Kamera fällt raus.

Irgendwie muss ich grinsen. Dass wir ausgerechnet mit diesem Passagier auf unsere letzte Etappe gehen, ist mehr als angemessen. *Gaming 24/7*, zocken bis zum Schluss.

Ich schiebe den An-Schalter nach rechts. Das typische Game-Boy-Geräusch fiept aus den Schlitzen des grauen Gehäuses und schreckt ein paar Tauben auf, die unter der Decke gekauert haben. Sie flattern aufgeregt in eine andere Ecke des Hangars. Wahrscheinlich stinkt es hier drinnen mördermäßig nach Taubenkacke, aber zu riechen ist nichts, weil die Kerosindämpfe, die der Betonboden ausschwitzt, alle Schleimhäute betäuben.

In einem fahlen Lichtstrahl, der durch das verdreckte Oberlicht fällt, schwebt eine Feder in Zeitlupe Richtung Boden. Ridley Scott hätte es nicht besser inszenieren können.

Nick hält seine Papierkugel fest, um mit seinen blutunterlaufenen Augen einen Blick rüber zu werfen. Der Pawlow'sche Nerd-Reflex hat sein Hirn wachgerüttelt: *8-Bit-Signal, muss Quelle lokalisieren!*

»Dassde den noch hast ...«, flüstert er. Seine Stimme klingt wie Reibeisen, kein Wunder, wir haben seit zehn Stunden nichts mehr zu trinken gekriegt.

»Kleines Erinnerungsfoto?«, schlage ich vor.

Der Beifahrer rückt wortlos ein Stück rüber, damit wir beide drauf sind.

Da sitzen wir also. Player One links, Player Two rechts, wie in der alten Zeit, als noch alles gut war.

Start. Unsere interne Rangliste bei Games war immer klar, darüber musste kein Wort verloren werden:

Platz drei: Spiele, bei denen man abwechselnd zockt. Laaaangweilig.

Platz zwei: Spiele, bei denen man zusammen den Gegner fertigmacht, wie *Cabal* oder *Raiden*. Hach, herrlich, dieses Teamplay – vor allem, wenn der andere krepierte und man sich alle seine Bomben und Waffen unter den Nagel reißen konnte.

Klarer Platz eins: Spiele, bei denen man zusammen den Gegner fertigmachen, sich aber auch gegenseitig zanken kann, wie *Double Dragon*. Endete immer damit, dass die Computergegner arbeitslos durch die Gegend zuckelten, weil wir vollauf damit beschäftigt waren, uns gegenseitig die Eisenkette über den Schädel zu ziehen.

»Bereit?«, frage ich.

Nick antwortet nicht. Er hat den Kopf zwischen seine Arme gesteckt und schluchzt, erst ganz leise, dann immer stärker, bis sein Oberkörper richtig zusammenzuckt. Kein Problem, Alter, ich warte noch 'ne Sekunde.

Der Game Boy dudelt vor sich hin.

Wir sind an einer Stelle in diesem Leben einfach falsch abgebogen: Wir hätten niemals den Nerd-Pfad verlassen dürfen, den der große Ringrichter für uns vorgesehen hat. Dann säßen wir jetzt schön als SysAd in irgendeiner Versicherung, könnten abends zocken, uns Quaxis reinschieben und das Karrieremachen anderen Menschen überlassen, die im Grunde genommen kreuzunglücklich sind. Leider haben wir uns entschieden, die Global Player zu mimen, und wenn John das nächste Mal die Tür aufmacht, kriegen wir die Rechnung dafür präsentiert. So was passiert, wenn man denkt, dass das Leben ein Game ist.

Der Beifahrer fängt sich langsam wieder. Er hat den Kopf gehoben und schmiert sich mit zittriger Hand die Tränen von der Backe. Ich schaue in die andere Richtung, weil er das an meiner Stelle auch tun würde. Ich weiß, Alter, dir ist nur was ins Auge geflogen.

»Nun mach schon«, ranzt er rüber.

Ich drehe die kugelige Kamera am Game Boy so um, dass sie uns direkt anstarrt.

»Bereit?«, sage ich.

»Bereit!«, sagt er und legt mir die Hand auf die Schulter, als ob wir Jungs in einer Bande wären, die gerade heimlich hinterm Spielplatz ihre erste Bierdose gekillt haben und sich furchtbar betrunken fühlen.

Ich drücke auf den A-Knopf. Aus dem Game Boy kommt erst ein hohes Fiepen, dann drei Töne.

Das Foto ist im Kasten.

Wir stecken sofort unsere Köpfe über dem Display zusammen, damit wir in der Scheiß-Dunkelheit irgendwas erkennen können.

Auf dem Display sind zwei Panda-Bären zu sehen.

Nein: Auf dem Display ist ein Foto von zwei Panda-Bären zu sehen, das dreimal hin und her gefaxt wurde, so schlecht ist die Auflösung der Kamera. Und weil das Licht von so schräg oben kommt, sind von unseren Augen nur die schwarzen Höhlen zu sehen. Deshalb sehen wir aus wie zwei ziemlich verliebte Panda-Bären.

Der Beifahrer fängt zu kichern an, auf diese leicht irre Art, wie sonst, wenn er einen im Tee hat.

Ich checke nochmal die Pandas ab und muss mitlachen.

Wir sind die Dudes.

Nein, scheiß auf den ganzen Ami-Quatsch.

Wir sind Freunde.

Auf einmal tippt der Beifahrer die Kamera an.

»Das ist doch eine Art von digitalem Aufzeichnungsgerät, oder?«

Blöde Frage, Alter, du kennst die Kiste doch besser als ich. Sicher ist das ein digitales Aufzeichnungsgerät. Der Chip in dem Modul greift die einzelnen Bildpunkte von der Kamera ab und speichert sie als Bits und Bytes. Was soll die Frage?

Nick ignoriert meinen leeren Blick und drückt die Zunge so von innen gegen seine rechte Backe, dass eine dicke Beule an der Seite rauswächst.

»Meinst du, du könntest John dazu bringen, uns hier nochmal kurz Gesellschaft zu leisten?« Er klingt unverbindlich wie ein Kellner, der fragt, ob er noch ein Bier bringen soll.

Natürlich! Das meint er ...

»Denke schon«, plausche ich zurück.

Nick steht auf.

»Na dann, an die Arbeit.«

Alter, du bist ein Genie.

*51 T-1:16:40

Wir sind völlig high und turnen mit letzter Kraft durch die Halle, als ob uns Kevin Bacon gerade das Tanzen beigebracht hätte. Der Schlafentzug, der Durst – alles vergessen. Dabei hauen wir uns gegenseitig Befehle um die Ohren, die uns wichtige Menschen wie Chuck Norris oder Steven Seagal beigebracht haben.

»Isolierung freigelegt?«

»Positiv.«

»Kontakte lokalisieren.«

»Copy.«

Nick hat sich selbst übertroffen. Von allen durchgeknallten Plänen, die mir von ihm in den letzten fünfundzwanzig Jahren präsentiert wurden, hat dieser es echt am meisten verdient, aufzugehen. Wir werden aus diesem Scheiß-Hangar ausbrechen, bevor John uns über dem Meer entsorgen kann, und zwar mithilfe des Game Boys.

Theoretisch ist alles ganz simpel. Unser Angriffsziel ist das Codeschloss. Es gibt zwei Tastenfelder – eins draußen neben der Tür und eins seltsamerweise hier drin. Wer zur Hölle schützt einen Raum *von innen* mit einem Codeschloss? Antwort: zum Beispiel jemand, der hier drinnen Verhörmethoden anwenden will, die von der Genfer Konvention nicht gedeckt sind. Genau – vielleicht ist das eins von den »schwarzen« Gefängnissen, die die CIA heimlich rund um die Welt betreibt, um die bösen Jungs ganz ungestört durch den Wolf drehen zu können.

Konzentrieren, zurück zur Sache. Am Codeschloss selbst können wir nichts machen, das ist vom Typ *Eingang zum Biowaffen-Labor*, rundherum mit Stahl zugepappt, da kannste mit der Panzerfaust draufballern und es geht trotzdem nicht auf.

Aber wie üblich hat die Datacorp nicht so gründlich gearbeitet, wie wir immer dachten. Die Amis liefern eben kein German Engineering. In der Ecke des Hangars, direkt über dem Boden, vereinigt sich der stahlverkleidete Kabelstrang aus dem Codeschloss mit den Kabeln von draußen. Und genau da hat Nick eine Schwachstelle gefunden: einen halben Zentimeter ohne Abschirmung.

Es hat gut zehn Minuten gedauert, bis wir die Gummi-Isolierung mit dem Autoschlüssel abgehobelt hatten, aber jetzt ist die Luke frei, über die wir ins elektronische System einsteigen können: Drei Kabel ragen aus der Alu-Abschirmung raus: ein rotes, ein schwarzes und ein weißes.

Gott sei Dank scheint Nick nicht den geringsten Zweifel darüber zu haben, was jetzt was ist.

»Okay, das Codeschloss hängt an 'ner RS-485, das heißt, wir nehmen die positive Datenleitung, und die negative ...« Er biegt das rote und das schwarze Kabel nach vorne und brabbelt weiter in seinen fleckigen Dreitagebart. »Sobald jemand auf dem Tastenfeld auf Eingabe drückt, geht der Code *hier* durch – und wir werden zuhören.«

Ich reiche ihm unsere Waffe: den Game Boy.

Warum haben die Idioten bei Nintendo das Kameramodul nur mit diesen bescheuerten Schrauben zugemacht, die oben *drei* Schlitze drin haben? So blieb mir nichts anderes übrig, als die Kamera vorsichtig oben abzubrechen. Jetzt ist der Weg zu den Innereien des Moduls frei.

Am Rand der Platine hängt eine Leiste, aus der ein ganzer Strauß von lila Kabeln rausquillt; wie das Rückenmark eines Geköpften, sagt das vom tausendfachen Splatter abgestumpfte Hirn.

Nick zählt die Game-Boy-Anschlüsse leise durch. »... fünf, sechs, sieben – den nehmen wir – und die Acht.« Er biegt die Kabel vorsichtig nach vorne, bis sie direkt an die aufgerissene Datenleitung vom Codeschloss ranreichen. Dann zwirbelt er die Litzen zusammen.

»So, jetzt nur *V-out* und *Read* an *Data plus* und *Data minus* ran – und schon hören wir mit.«

Wenn du es sagst, Alter. Prinzipiell ist die Sache klar: Wir haben das geköpfte Kameramodul mit dem Datenkabel des Codeschlosses verbunden. Und so schnappt die Falle zu: Sobald John draußen die Zahlenkombination eintippt und die Daten mit Enter an den zentralen Server rausschickt, wird der Game Boy denken, jemand hat ein Foto gemacht und eine dreißigstel Sekunde lang alle Bilddaten aufzeichnen – und damit auch den Türcode. Scheißbrillant.

Alles, was wir dann noch machen müssen, ist, die Pixel auf dem Game-Boy-Bildschirm genau unter die Lupe zu nehmen: Jedes »1«-Bit wird vermutlich als kleiner schwarzer Balken zu sehen sein, bei einer »0« bleibt die Bildschirmzeile leer. Mit ein bisschen Glück müsste sich aus dem Pixelsalat die Zahlenkombination ablesen lassen. Dann steht einem Ausbruch nichts mehr im Weg: Wir geben den Code ein und verpissen uns heimlich – und John muss ohne uns abfliegen.

Doch das alles klappt natürlich nur, wenn wir unseren lieben Ex-Chef dazu kriegen, noch einmal den Tür-Code einzugeben.

Ich schaue zu Nick rüber.

Er liegt mit dem Bauch auf dem Boden und nestelt am Game Boy rum.

»Moment«, stöhnt er. Weil wir – haha – nichts zum Löten haben, besteht unser Codeknacker aus einem Geflecht von zusammengeknoteten Kabelchen, die beim geringsten Windstoß wie ein Mikadospiel auseinanderfallen. »Okay, jetzt bloß nichts mehr bewegen«, murmelt Nick und robbt erst vorsichtig ein Stück zurück, bevor er aufsteht.

»System scharf«, er klopft sich demonstrativ den Staub von den Händen, »dein Einsatz.«

Also los, wer weiß, wie lange die Game-Boy-Batterien mitmachen.

Ich bollere mit voller Kraft gegen die Tür.

Überraschung. Die Stahltür gibt unter meiner Faust ein bisschen nach, so richtig ausbruchsicher scheint die Sache nicht zu sein.

Okay, jetzt dreimal draufhauen, dann fünf Sekunden Pause und wieder von vorne.

Wumm, wumm, wumm.

Nick schleicht sich neben mich und streckt den *Alles okay*-Daumen aus.

Ich haue nochmal zu: wumm, wumm, wumm.

Warten, hören. Noch nichts, also nochmal.

Wumm, wumm, wumm.

Wieder warten.

John kriecht bestimmt am anderen Ende des Flugfeldes rum, da braucht er ein bisschen, um rüberzukommen.

Wumm, wumm, wumm.

Nichts. Also von vorne.

Nick packt meinen Arm.

»Da!«, flüstert er.

Wirklich, Ledersohlen klappern über den Vorplatz. Okay, jetzt müssen wir ganz locker tun. Nick streicht sich die Haare glatt und versucht, die Falten aus seinem T-Shirt rauszuziehen. Wohin mit den Armen? Wir bauen uns direkt hinter der Tür auf und sehen vermutlich wie zwei Jungs aus, die vor dem Büro des Schuldirektors stehen.

Die Schritte stoppen. Jemand steht direkt vor der Tür, berührt das Tastenfeld. Jetzt kommt es drauf an: Wenn unser kleiner Freund von 1989 nicht aufpasst, haben wir unsere letzte Munition verballert.

Klick, das Türrelais knarrt und die Mittagssonne knallt wie eine Supernova in den Hangar.

»Ja, bitte?«, sagt der schwarze Umriss im Türrahmen.

»Ja, äh, can we get something to drink«, stottere ich.

»Es tut mir leid. Aber wie ich schon sagte: Sie müssen sich noch kurz gedulden«, gibt John genervt zurück, »sorry«. Noch bevor unsere Pupillen die Chance haben, sich auf Stecknadelkopfgröße zusammenzuziehen, schmeißt er die Tür wieder zu.

Immerhin hat er den Code eingegeben, darauf kam es an.

Jetzt noch ein bisschen warten, damit wir sicher sein können, dass John auch wirklich weg ist und nicht in ein paar Sekunden mit einer Gallone Wasser in der Hand die Tür aufreißt.

In unserem ach so tollen Hack stecken natürlich einige »Wenns« drin. Was ist, wenn das rote Kabel gar nicht das tut, was Nick denkt, sondern was völlig anderes? Was ist, wenn das Codeschloss so schnell Daten sendet, dass der Game Boy nicht mitkommt – oder so langsam, dass unsere dreißigstel Sekunde nicht ausreicht, um alles aufzunehmen? Und was ist ... ist ja auch egal. Mit der Game-Boy-Cam jedenfalls kennt sich der Beifahrer wirklich aus, er hat die Bilder zuhause sogar mit 'nem Mikrocontroller mal auf eine normale Foto-Speicherkarte rübergezogen.

Okay, genug gewartet. John scheint wirklich abgezogen zu sein, um uns hier verdursten zu lassen, der Drecksack.

Wir stürmen in die Ecke und werfen uns sofort vor dem Game Boy auf den Boden. Vorsichtig wie Mel Gibson beim

Bombenentschärfen drücke ich mich durch die Menüs. VIEW, ALBUM, Foto anwählen.

»Und?«, drängelt Nick.

»Moment, Moment«, halte ich ihn hin.

Er schnauft mir direkt in den Nacken. »Komm schon, komm schon, kleiner Schlagmann, mach mit!« Vergiss es, auch Ferris kann die Sache nicht beschleunigen.

Mann, Alter. Ich schubse ihn weg.

Vor lauter Aufregung ist er an die Drähte gekommen und hat den Game Boy von der Netzwerkleitung getrennt. Egal, wir brauchen den Aufbau ohnehin nicht mehr, denn John wird sicher nicht nochmal kommen, da können wir trommeln, solange wir wollen.

Ich hebe den Game Boy hoch und halte ihn genau in den Lichtstrahl, der vom Dach reinfunzelt. Der Hintergrund des Displays sieht vergilbt wie Zeitungspapier aus, das ein Jahr lang in der Sonne gelegen hat. Doch es ist nicht leer. Breite Fäden aus Flüssigkristallen ziehen sich durch das Display, als ob man einen Strichcode breit gekloppt hätte.

Bingo, das sind die Daten, die das Codeschloss rausgeschickt hat.

Wir sind wieder im Spiel.

Er will es einfach nicht wahrhaben.

Er will nicht wahrhaben, dass er weitsichtig wird.

Dabei weiß ich es und er weiß es. Seit mindestens einem halben Jahr hält er seine uralten LCD-Games so komisch weit weg, wenn er sie mal wieder rauskramt, um sich zu beweisen, dass er es immer noch drauf hat. Bei *Dr. Dental* zum Beispiel, diesem Teil, bei dem man verhindern muss, dass die Zähne vom Karies weggeknuspert werden: Da muss er den Arm schon richtig durchdrücken, um noch alles richtig erkennen zu können.

Trotzdem sieht es der Herr nicht ein, dass er nicht mehr Häuptling Adlerauge ist.

Nick piekst so doll gegen den Bildschirm, dass mir der Game Boy fast aus der Hand fällt. »Das vierte Byte ist *definitiv* eine Sieben: Guck doch mal: Weiß, weiß, schwarz, schwarz, weiß, schwarz, schwarz, schwarz! Ich sags dir, das Muster kenne ich: Der Code für das Schloss endet mit einer Sieben!«

Wenn ich eine Sache nicht ab kann, dann, dass er auch noch mein letztes Fitzelchen Wissen mit seinem analfixierten Kleingescheiße entwertet.

»Aber ist Sieben in binärer Schreibweise nicht einfach nur fünf Nullen und drei Einsen?«, pflaume ich zurück.

»Jajaaaa ...«, holt Nick aus.

Es folgen: diverse EDV-Belehrungen.

Wenn es nicht total kindisch wäre, würde ich mir am liebsten beide Finger in die Ohren stecken und laut »Lalala« singen, nur um sein Geseiere nicht mehr hören zu müssen.

Ich fahre meinen Ellenbogen aus, damit er mir endlich von der Pelle rückt.

»Du willst mir also sagen, dass die ultrageheimen Megaprofis von der Datacorp bei einem Zahlenschloss so ein Kindergartenhacker-Kürzel als Code benutzen?«

Nick zuckt mit den Schultern. »Die denken halt, sie *wären* die Elite ...«

Warum redet er nicht weiter?

Dieses leise Grummeln – ist das etwa schon die Maschine, mit der uns John wegbringen will? Oder vielleicht nur ein Gewitter? Nein, der Himmel war strahlend blau, als er uns hier reingesteckt hat. Es muss ein Flugzeug sein, klingt nach einem kleinen Jet, vielleicht eine Citation, und er scheint auch nicht einfach nur vorbei zu fliegen, dann würde das Düsengeräusch wieder abschwellen. Es wird aber ganz klar lauter.

Nick dreht seine Handflächen nach außen, als ob er erwartet, dass ich meine Antwort endlich reinwerfe.

»Okay, Alter, wir probieren es mit der Sieben am Schluss!«, lenke ich ein.

»Haben eh nur einen Versuch«, keucht der Beifahrer, während er zum Tastenfeld rüberstürzt.

Ganz ohne das übliche Drama hackt er die Zahlen rein.

Piep, piep, piep, piep.

Dann kann er sich doch nicht verkneifen, die Spannung ein bisschen auszukosten. Er lässt seinen Zeigerfinger in letzter Sekunde über dem Enter-Knopf kreisen und stiert mich mit aufgerissenen Augen an.

»Und wenns klappt? Wohin?«

»Keine Ahnung, raus aufs Lavafeld«, schlage ich vor, »mit dem Van kommt John da nicht durch, und hinterherrennen kann er uns mit seinen ganzen Verletzungen nicht.«

Ich lehne mich schon mal mit der Hand auf die Klinke, für den Fall, dass gleich der Türsummer losrappelt.

Nick trippelt vorsichtig zu mir rüber, bis er direkt hinter mir steht – dabei behält er seinen Finger aber weiter auf dem kleinen Edelstahl-Quadrat, in das ENTER eingraviert ist.

Die Triebwerke dröhnen durchs Oberlicht.

Ich schließe die Augen.

»Wir sehen uns auf der anderen Seite, Alter«, flüstert der Beifahrer.

Was soll das heißen?

Dann drückt er auf die Taste.

Schmerz. Grelles Licht, wie von einer Atomexplosion.

Sarah Connor klammert sich am Zaun fest, bevor ihr der atomare Feuersturm das Fleisch vom Körper reißt.

Keine Sicht, also erst mal Stopp. Weiterrennen wäre Quatsch, sonst knallen wir noch irgendwo gegen.

Au, Scheiße, Alter!

Nick ist mir voll in die Hacken gestiegen, ist einfach weitergerannt.

Das Augenlicht kommt zurück.

Rechts kreischen Turbinen. Richtig getippt, eine Citation, setzt hinten am Ende der Landebahn gerade zum Überflug an. Weiß, unmarkiert, die lange Version mit sieben Fenstern, ziemlich übertrieben für drei Passagiere. Der Pilot lässt den linken Flügel runtersacken, wahrscheinlich um zu checken, ob er auf der zerfurchten Piste überhaupt aufsetzen kann. Wo ist bloß John?

Wenn es nur nicht so beschissen hell wäre. Doch, da ist John, er hastet über das kleine Vorfeld auf die Landebahn zu.

Jetzt reißt er den Kopf herum – und, zack, schon hat er uns gesehen! So viel zu unserer unauffälligen Flucht. Jetzt beginnt also das Rennen. Wie groß ist unser Vorsprung? Keine Ahnung, vielleicht dreißig Meter, das könnte reichen, um ihn auf Distanz zu halten. Lieber Gott, lass ihn keine Waffe haben. Beim Aussteigen vorhin hatte er jedenfalls nicht zum Handschuhfach gegriffen, die Glock müsste also noch drin liegen. Müsste.

»Umkehren, da ist er!«, schreit Nick von hinten. Redundant bis zum Schluss, der Gute.

Also sofort umkehren.

Obwohl – warum? John hat uns zwar gesehen, doch er humpelt vorwärts, und zwar *von uns weg*. Er verrenkt den Hals so, dass er uns weiter im Blick hat. Sein Gesicht ist zu einer angestrengten Fratze verzerrt. Warum schleppt er sich denn bloß weiter, dabei platzt ihm garantiert alles auf, was sie im Krankenhaus gerade erst zusammengeflickt haben. Müsste er nicht auf uns zu laufen, uns aufhalten?

Vielleicht hat er im ganzen Chaos den Überblick verloren. Wir müssen jedenfalls sofort in die andere Richtung rennen, zurück zum Haupttor.

»Alter, zurück zur Straße!«, brülle ich zur Seite.

Warum antwortet er nicht?

Umdrehen.

Nick stolpert weiter mit hochrotem Kopf vorwärts, hinter meinen Fersen her. Dabei schreit er irgendwas.

Wow, das war laut. Der Jet rast direkt vor uns vorbei; er ist schon so tief runter, dass die Räder fast die Landebahn berühren. Scheint aber trotzdem nicht aufsetzen zu wollen, nein, der Pilot drückt den Gashebel bis zum Anschlag nach vorne, als ob er durchstarten will.

Nick reißt den Mund auf. Was ist da, Alter? Vergiss es, ich kann dich immer noch nicht verstehen. Wart noch ne Sekunde, bis der Jet vorbei ist. Der Beifahrer schleudert seinen Arm immer wieder hinter sich, zeigt auf irgendwas.

Ach du meinst *die*!

Dann können wir ja eigentlich auch aufhören zu rennen.

Es sind drei schwarze Umrisse. Sie huschen durch den Schatten des Hangars, in dem wir bis vor einer Minute noch eingesperrt waren. Irgendwie scheinen sie schwerelos zu gleiten, wie die smarten Kugeln in »Runaway« mit Selleck. Sie bewegen sich völlig synchron, als hätten sie sich abgesprochen. Bis auf die vierte Person, die scheint das Tempo nicht mitgehen zu können, sie fällt zurück, während die anderen Schatten weiter wachsen.

Weil diese Leute hier sind, schleppt John sich also weiter zur Piste rüber. Er überlässt ihnen den dreckigen Job, damit er in Ruhe in seinen Jet steigen kann.

Die Umrisse sind hier, um uns zu töten.

Da, sie haben die Ecke des Hangars erreicht, wo gerade noch keine Sonne hinscheint. Sie stellen sich hintereinander auf – vielleicht eine Angriffsformation, damit man nicht sieht, wie viele es sind.

Jetzt hechtet der erste aus dem Schatten: schwarze Klamotten, Springerstiefel, irgendein Helm auf dem Kopf, sieht nach Söldner aus. Die Datacorp überlässt die Sache also den Profis, wir haben keine Chance.

Und der Typ hat eine Schrotpumpe in der Hand.

Das reicht definitiv. Genug gerannt, jetzt ganz sachte den Schritt verlangsamen, bloß keine hektischen Bewegungen machen.

Nick hat ihn auch gesehen. Er lässt sich sofort auf den Boden fallen, Hände hinterm Kopf. Ist vielleicht am klügsten.

Die anderen zwei Umrisse rücken nach, die Typen sind von der gleichen Sorte, schwarzer Overall, Sonnenbrille, Stahlhelm, Pumpgun im Anschlag.

Komisch, die werden überhaupt nicht langsamer, sondern rennen volle Suppe weiter, als ob sie an uns vorbei wollten. Da hätte der Beifahrer sich ja gar nicht hinwerfen müssen.

Der letzte Umriss humpelt ins grelle Sonnenlicht.

Ein Hawaiihemd? War ja klar, dass der Drecksack bei der Aktion dabei ist. Shaun.

Freut sich wahrscheinlich wie bescheuert, mich aus dem Weg räumen zu können, damit er an Andie rankommt. Scheiß Jet, dreht noch 'ne Platzrunde, warum geht der nicht endlich runter? Ja, Shaun-Baby, dadurch, dass du mit den Armen wedelst, verstehe ich dich auch nicht besser. Was soll ich machen?

Über Shauns Gesicht läuft die Suppe in Strömen. Nett, dich zu sehen, Arschloch. Seine Speckwangen glänzen und hüpfen auf und ab, weil er mich so laut anbrüllt. Aus seinem Hals quillen die Adern wie Stromkabel. Keine Chance, Mann, ich kann dich nicht verstehen. Was sagt er bloß? Konzentrieren, auf seine Lippen gucken. Get. Down. Er sagt »get down«, ich soll auf den Boden runter, genau wie Nick.

Okay, dann ist es jetzt so weit.

Der Beton riecht gut, nach heißem Staub, wie die Wege in der Ferienanlage in Südfrankreich, wo Papa immer hinfahren wollte. Das wärs: eine Familie haben, die man da runterkutschieren kann, mitten in der Nacht losfahren, die Kinder schlafen lassen und erst aufwecken, wenn schon die Lavendelfelder vorm Fenster vorbeiziehen.

Wo bleibt John nur? Will er nicht mal zugucken, während seine Jungs ihre Arbeit tun? Ich hätte erwartet, dass er uns – wenn überhaupt – zumindest selbst erledigt. So was zu delegieren passt nicht zu ihm, dem Gentleman.

Seltsam, John scheint gar nicht zu bemerken, was für ein Zauber bei uns hier drüben abläuft. Er stürzt immer weiter auf die Landebahn zu. Sein Sakkozipfel zappelt nervös hin und her, wie ein Wipfel an einem Ausflugsdampfer.

Plopp.

Was war das?

Eine rote Wolke schießt aus Johns Bein. Sein Körper sackt nach vorne, als ob ihm jemand mit einem unsichtbaren Balken ins Kreuz geschlagen hätte. Er stolpert, kann sich nicht mit den Armen abfangen, kracht mit dem Kiefer voll auf den Beton.

Das Geräusch eben, natürlich, das war ein Schuss.

Sie haben ihn erschossen.

Ich drehe mich um.

Nick hat den Kopf auch nach oben gereckt, kneift die Augen angestrengt zusammen. Spucke und Tränen tropfen an seinem

Kinn runter. Er schaut einen Moment lang ungläubig, dann lässt er die Stirn entkräftet auf den Beton sinken.

Der Boden riecht wirklich gut.

Viele Menschen sind hier, auf einmal, ganz viele. Sie berühren uns nicht, aber sie sind da. Der Boden zittert unter ihren Schritten. Ob sie zu John gehören? Nein, das sind die, die ihn erschossen haben.

Im Prinzip war er ja okay, irgendwie.

Ich öffne die Augen nochmal einen Spalt, so wie damals, als ich bei Nick so getan habe, als würde ich nicht hingucken, welchen Weg er zu Josephs Brüdern fährt. Das Gitternetz der Betonfugen verliert sich in der Ferne. Wie ein schlechtes LP-Cover aus den Achtzigern; fehlt noch die Chromkugel auf der Fluchtpunktebene.

John hat es noch bis an den Rand der Runway geschafft, dann hat sein früher so stählerner Astronautenkörper den Dienst quittiert. »It's the saddest moment of my life«, hat Ed White gesagt, als sie ihn nach dem ersten Weltraumspaziergang in die Gemini-Kapsel zurückgezerrt haben.

Der traurigste Moment meines Lebens.

Schwarze Stiefel kreisen um ihn, wie Raben um einen platt gefahrenen Igel auf der Landstraße. John liegt kopfüber auf dem Asphalt; als ob der Wind zeigen will, dass er noch lebt, zerrt er an einem Haarschopf auf seinem Hinterkopf. Ein ziemlich trauriger Ragdoll-Effekt. Doch so sehr sich der Wind auch anstrengt, Major Tom will sich nicht bewegen.

May God's love be with you.

Der Endboss ist bezwungen.

Game Over.

Nintendo®

GAME BOY™

#52 T-0:00:01

Light will now return
and everywhere
life will come back
over the ashes
of the past.
This world was saved.

Okay, es ist nicht Thoreau, sondern nur *Turrican* – der Abspann, nachdem man den letzten Level überstanden hat.

Für einen Moment dachte ich, jetzt wäre der perfekte Moment, die Verse zu zitieren. Doch auf einmal war dieses Verlangen weg, von Sachen zu reden, die schon lange vorbei sind.

Ich sehne mich nicht mehr nach dem warmen Gefühl im Bauch, das sich immer dann breitmacht, wenn jemand die alten Games erwähnt oder in Erinnerungen an das Vorabendprogramm schwelgt. Colt Seavers, Jonathan Hart, Remington Steele – die Zeit mit euch war echt schön, aber jetzt ist der Moment gekommen, endgültig Abschied zu nehmen, von der Droge *Gestern* loszukommen.

Die Jugendzeit ist plötzlich so weit weg, so unendlich weit weg, und zum ersten Mal fühlt es sich an, als ob sie uns endgültig losgelassen hätte. Wen interessierts, das ist doch alles schon ewig her.

Nick hat den Kopf in den Nacken gelegt und lässt sich genüsslich den Nieselregen über die Stirn laufen, den der Himmel über Tokio uns spendet. Der riesige Space Invader über unseren

Köpfen sieht heute Abend nicht bedrohlich aus, sondern eher, als würde er uns zum Abschied zugrinsen. Der Dunst hat um das Neonschild einen roten Heiligenschein gezaubert, genau wie um alle hunderttausend anderen Röhren, Bildschirme, Schriftzeichen. Die Luft über uns glüht, wie ein Wohnzimmer, in dem alle Kerzen am Weihnachtsbaum angezündet sind.

»Schön, oder«, flüstert Nick.

»Ja.«

Und weil es so schön ist, bleiben wir einfach stehen, mit den Händen in den Taschen, und starren raus in die Nacht, während um uns herum das Leben pulsiert. Doch es ist nicht unser Leben, nicht unsere Sprache, nicht unsere Stadt. Wir sind nur zwei Fremde auf der Durchreise, die noch einen Moment durchatmen können, bevor ihr neues Leben beginnt.

Wie sie John abgekarrt haben, mussten wir Gott sei Dank nicht mit ansehen. Ging gottlob im Chaos unter: Bullen mit Kampfhelmen und kugelsicheren Westen rannten durcheinander, irgendwo jaulte eine Sirene. Shaun steckte uns noch neben der Landebahn in eine Limousine, um uns nach Seattle zu karren. Ich hätte gerne gesagt, dass es der Beginn einer wunderbaren Freundschaft werden könnte, doch es fiel mir noch zu schwer, ihn jetzt ins Team der Guten einzusortieren.

Auf der Fahrt packte Shaun jedenfalls die ganze Geschichte aus. Sie war lang und ziemlich detailliert, aber eigentlich hätte man sie in einem Satz zusammenfassen können:

Manchmal imitiert das Leben eben doch Jerry Cotton.

Alles war genauso abgelaufen, wie es das Kinderhirn souffliert hatte.

Tatsächlich muss das National Reconnaissance Office wohl schon vor einigen Monaten die Datacorp kontaktiert haben, weil jemandem durch Zufall aufgefallen war, dass Keyhole 11/9 nicht mehr auf Kommandos reagierte. Große Hektik hatte das in der Company nicht ausgelöst, da so was anscheinend häufiger passiert. Erst kurz zuvor hatten sich wohl die Briten gemeldet, weil sie ihren alten *Prospero*-Satelliten aus den Siebzigern wieder aufwecken wollten, aber alle Wissenschaftler, die gewusst hätten, wie, schon tot waren.

Jedenfalls wurde die Datacorp beauftragt, die letzte Kopie der Steuerungssoftware zu beschaffen. Diese Kopie, gespeichert auf dem antiken IBM-Tape, lagerte in einer geheimen Bodenstation in der Nähe der ehemaligen Zonengrenze. Dort trieb John höchstpersönlich die Datenkassette auf – er hatte den Auftrag zur Chefsache erklärt.

Dann jedoch wurde die Sache von einem Tag auf den anderen heiß: Das U.S. Strategic Command – die Jungs, die den ganzen Weltraumschrott im Auge behalten – schlug Alarm: Keyhole 11/9 war auf Kollisionskurs mit »some commercial satellite«, wie Shaun sich ausdrückte, ein Zusammenstoß war nicht mehr auszuschließen. Auf einmal ging es nicht mehr um ein läppisches Software-Update, sondern darum, einen GAU im Orbit zu verhindern. Plötzlich standen Milliarden auf dem Spiel.

In diesem Moment entschied sich John, Kasse zu machen.

Warum sein Flugzeug im alten Land abgestürzt ist, konnte Shaun nicht so genau erklären, aber anscheinend wollte der Pilot, ein Kollege von der Firma, nicht mitmachen und es gab Streit. Überhaupt klang es so, als wäre die Datacorp immer noch ziemlich baff darüber, wie eiskalt John die Sache durchgezogen hat – und wie leicht er zum Beispiel Kollegen gefunden hat, die ihm bei der Geldübergabe helfen wollten.

Durch den Alleingang steckte die Firma auf einmal in einer peinlichen Lage: Man musste einen eigenen Topmanager aus dem Verkehr ziehen.

Immerhin hatte die Datacorp schnell geschnallt, dass wir nur die ahnungslosen Handlanger in dem Spiel waren.

»Though we had some doubts after the Denver-incident ...«, schäkerte Shaun rum. Damit meinte er natürlich unsere versierte Flucht vor dem Hubschrauber, mit dem sie uns tatsächlich stoppen wollten.

Überhaupt gab er sich ziemlich Mühe, gute Stimmung zu verbreiten. Potenziell unangenehme Details, zum Beispiel, ob John wirklich Sabina hat bespitzeln lassen, sparte er elegant aus. Warum, ist natürlich im Land der unbegrenzten Klagemöglichkeiten klar: Nach der Aktion könnten wir die Company wahrscheinlich bis in die Steinzeit zurückklagen. Und je mehr wir wissen, desto mehr könnten wir auch verlangen.

»Well, we finally picked up the signal from your phone«, schloss Shaun seine Geschichte ab. Die Company verfolgte also das Signal meines Telefons bis kurz vorm Flughafen, dort riss der Kontakt dann mangels Netz ab. Aber zu dem Zeitpunkt hatte man die Sache ohnehin schon den »authorities« übergeben, wie er sich ausdrückte. Und die Behörden machten mit dem Verräter, der das Homeland erpressen wollte, kurzen Prozess; ein SWAT-Team schwärmte zum Flughafen aus, um John mit allen Mitteln zu stoppen. Mission erfüllt. Dass er mit ansehen musste, wie sein Chef erschossen wurde, schien Shaun nicht sonderlich an die Nieren zu gehen.

Nein, alles war wieder cool, Bro! Er sah übrigens genauso scheiße aus, wie wir ihn in Erinnerung hatten: Pornodarsteller-Pferdeschwanz, halb offenes Hawaiihemd, zu allem Überfluss *reingesteckt* in eine knallenge Jeans.

Als Nächstes hat uns unser Liebling noch von Kopf bis Fuß mit Honig eingepinselt; er schleimte rum, wie unglaublich kompetent wir doch vorgegangen seien und so weiter und so toll. Das NRO hätte mithilfe der Ausdrucke – und Nicks Anleitung – Keyhole schon wieder unter Kontrolle gebracht. Der Satellit würde nun »any minute« kontrolliert zum Absturz gebracht – alles nur dank uns. Es hätte nur noch gefehlt, dass er sich auf den Boden wirft und schreit »Ich bin unwürdig, *ich bin unwürdig*!« Wirklich schwer zu ertragen, dass *er* jetzt der Gute sein soll.

Shauns Geschleime war natürlich eiskalt kalkuliert. Nach ein bisschen Rumgeeiere kam er dann zur alles entscheidenden Frage, nämlich, wie wir uns unsere Zukunft denn nun vorstellten. An dieser Stelle drehte er richtig auf, faselte was von Bonuszahlung, Vertragsverlängerung und dass wir selbstverständlich eine bezahlte Auszeit in Anspruch nehmen könnten. Was er meinte, war ganz simpel:

Wir sollten weiter für die Datacorp arbeiten.

Nick reagierte überraschend cool. Er hatte sich das ganze Gesäusel ohnehin nur mit einem Ohr angehört, weil er damit beschäftigt war, die ganze Zeit irgendwelche Nachrichten an Sabina einzutippen. Als Shaun schließlich sein Angebot unterbreitete, sagte er nur, ganz ruhig und ohne hochzugucken:

»No fucking way.«

Damit war das Kapitel Datacorp endgültig zu Ende. Und es fühlte sich gut an.

But now the warrior needs to rest.

Ungefähr eine Minute, nachdem Nick mündlich unsere Kündigung eingereicht hatte, sind wir eingepennt.

Shaun ließ uns direkt zum Flughafen in Seattle kutschieren und packte uns da in die Erste Klasse nach Tokio, wegen irgendwelcher »legal issues«, wie er in seinen Dreitagebart nuschelte.

Direkt nach Deutschland könne er uns nicht fliegen lassen, weil es da noch ein Problem mit einer »Zelle« gäbe, deutete Shaun an. Vermutlich waren sie noch dabei, Johns Helfer einzukassieren, die Nick damals in die Botschaft verschleppt hatten. Egal. Also erst mal nach Tokio.

Immerhin hatte der Beifahrer noch genug Power, Shaun das Versprechen abzuringen, uns im Park Hyatt unterzubringen. »Nur dann geht beim Übersetzen nichts verloren«, wie er meinte. Ein müder Witz für zwei müde Dudes.

All Nippon Airways hat mit uns dann noch einen Super-Schnitt gemacht, weil wir original alle Champagner-Runden und das ganze Sterne-Essen während des Fluges verpennt haben. Am Gate in Tokio schließlich sammelte ein Datacorp-Handlanger unsere ausgelaugten Körper ein, um sie ins Hyatt zu schaffen. Als wir das nächste Mal aufwachten, grüßte uns der japanische Morgen mit Nebel.

Dann war die Zeit gekommen, Tokio zu genießen, und wir taten das, was wir immer tun, wenn wir in eine aufregende, pulsierende Metropole voll unendlicher Möglichkeiten kommen: Wir blieben im Hotelzimmer hocken, ließen uns vom Room Service füttern und schauten den ganzen Tag BBC World.

Gegen Abend wurde der Beifahrer dann doch etwas unruhig.

»Wir sollten wenigstens nach Aki rüberfahren«, meinte er.

Ein absehbarer Vorschlag.

Akibahara, kurz Akiba oder noch kürzer Aki, ist die Welthauptstadt der Geeks. Ein Stadtviertel, das sich selbst im besten Jenglish den Titel »Electric Town« verpasst hat, was jeder Sprachnazi natürlich damit kommentiert, dass es eigentlich »Electronic Town« heißen müsste, weil das Viertel ja nur aus Elektronikläden besteht. Egal. Aki ist jedenfalls vollgestopft mit allem, was

Spaß macht und wo Strom durchfließt. Es gibt keinen Ort auf der Welt, der bladerunneriger ist.

Oder passender wäre für einen Abschied unter Nerds.

Nick meinte, unsere Firmen-Kreditkarte würde sicher noch funktionieren – und er lag richtig. Mit einem freundlichen Lächeln zog das halbe Personal des Park Hyatt unser Plastikgeld von der Datacorp durch, aber in Anbetracht der Tatsache, dass uns unser Arbeitgeber streng genommen entführt hatte, hielten sich unsere Gewissensbisse in Grenzen.

Und so stehen wir jetzt hier, in einer fetten Pfütze mitten in Tokio, mit den teuersten Sneakers, die man in der Lobby des Park Hyatt kaufen kann, und lassen den Regen gemütlich von unten hochziehen.

»Irgendwie feucht hier«, sage ich.

»Hm«, sagt Nick, und ich höre, ohne hinzugucken, dass er grinst.

Wir schauen weiter nach oben und versuchen, im fremden Neonwald irgendwas Bekanntes zu erkennen. Nur ein paar Fetzen Globalesisch gönnt uns der Japaner – Virgin, Video, Duty Free – der Rest geht in den Schriftzeichen unter.

Aus der Kebab-Bude um die Ecke zieht eine fettige Wolke rüber. Die süßen Bedienungen geben sich Mühe, so hoch wie Anime-Charaktere zu piepsen, wenn sie die Bestellungen aufnehmen, weil sie gemerkt haben, dass es die Jungs mit den Flaumbärtchen dann beim Trinkgeld richtig krachen lassen – bevor sie rot werden und wieder auf ihre Bildschirme runterstarren.

In der abgewichsten Pachinko-Bude dudelt jene Art von J-Pop, die auf alte Menschen aus der Alten Welt immer so krankhaft optimistisch wirkt. Zwei Typen mit Halbglatze daddeln in dem Saal weltvergessen vor sich hin, starren auf den Automaten, der so quietschbunt ist, dass ein Regenbogen dagegen nach Graustufen aussieht.

Now enjoy the music
or press space.

Mein Gott, wie viel hätten wir an diesem Ort früher zu tun gehabt. Nick wäre ganz fickrig geworden, allein bei dem Gedanken an die ganzen Raritäten, die er jagen könnte. Wir hätten uns beim *Vie de France* neben der U-Bahn-Station ein Croissant reingeschoben, und dann wären wir mal wieder losgehastet, um den Heiligen Gral zu finden: die goldene *Nintendo World Championships*-Cartridge von 1990 für das NES. Ganze sechsundzwanzig Exemplare dieser legendären Spielkassetten existieren angeblich auf dem Planeten Erde, weil es das Game nur bei einem Wettbewerb zu gewinnen gab. Sammler blättern längst fünfstellige Dollarbeträge dafür hin, Nick träumt trotzdem weiter davon, mal so ein Teil auf dem Boden irgendeines Kartons in irgendeiner abgeranzten Elektronikbude aufzuspüren – im Sonderangebot für eine Hand voll Yen.

Wie immer würden wir die Blaue Mauritius nicht finden und uns aus Frust mit allem eindecken, was alt und billig ist. Schnell, die letzten Artefakte aus der guten Zeit einsacken, bevor sie von der Gegenwart endgültig überrollt werden, von den Petabyte-Rechnern, den unfassbaren Telefonen, die schon lange keine mehr sind, und von den Bildschirmen. Bildschirm, das war früher Singular, in Akiba – und bald auf der ganzen Welt – ist es eine Landschaftsbeschreibung.

Vom wilden Pulsieren der Metropole ist allerdings nicht mehr viel übrig. Wir sind spät dran, schon nach neun, und die Electric Town ist längst eingenickt. Die Otaku-Horden aus aller Herren Länder haben sich mit ihrer Beute in die Hostels zurückgezogen, die meisten Elektronikläden sind mit schweren Metallrollladen verrammelt. Am Rand des sonst so penibel sauberen

Bürgersteigs warten kleine Stapel von Plastiksäcken darauf, von der Müllabfuhr morgen Früh eingesammelt zu werden. Nur die niemals müden Neonschilder glitzern weiter in den Pfützen.

Neben uns verteilt ein einsames Mädel Flyer. Sie versucht, noch ein paar verlorene Seelen in ein Maid-Café zu locken, wo die anderen Mädchen für ein paar Yen eine Stunde lang so tun, als seien sie deine kleine süße Schwester und dir mit Schokoladensauce eine Hello Kitty auf dein Dessert malen. Von ihrer Zimmermädchen-Uniform sieht man nur das Häubchen und die Kniestrümpfe; der Rest verschwindet in einer dicken rosa Jacke, an die sie unten weiße Plüschbären gehängt hat. Wenn niemand sie anguckt, gähnt sie und trippelt mit leerem Blick von einem Bein aufs andere.

Auch sie wäre früher viele Worte wert gewesen. Doch wir sind in Gedanken längst woanders: Nick natürlich zuhause, bei Sabina und der kleinen Gianna. Sie werden ihm einen Kuchen backen, einen Kaffee brühen und so lange vor der Tür stehen, bis sein Taxi in die Wohnstraße eingebogen ist. Morgen Früh geht es für ihn nach Hause.

Und selbst auf den Hauklotz Kee scheint am Ende des Tages tatsächlich noch jemand warten zu wollen. Andie hatte angerufen und gefragt, ob ich sie nicht nächste Woche in L.A. besuchen wolle, wenn alles geregelt sei. Sie würde mich auch am Flughafen abholen. Seitdem bleibt im Kopf nicht mehr viel Platz für andere Gedanken als den: Die Schiebetür geht zur Seite, dahinter steht Andie, mit einem Kee-Schild und einem Lächeln.

Und während wir da so stehen und die seltsamen Gaijins sind, um die alle herumlaufen müssen, passiert es, einfach so.

Zuerst ist es nur ein kleines Licht, nicht heller als das Blinklicht am Ende einer Flugzeug-Tragfläche. Aber plötzlich scheint der

Himmel zu brennen, und ein gleißend heller Streifen zieht sich quer über den Horizont, von Hochhaus zu Hochhaus, als ob ein Düsenjäger über Tokio hinwegrast und eine Containerladung Wunderkerzen abwirft.

»Da!«, schreit Nick.

Aber noch bevor er den Arm richtig hochreißen kann, ist der Feuerschweif schon wieder verglüht. Für ein paar Sekunden leuchtet er noch auf der Netzhaut nach, dann ist er endgültig verschwunden. Mein Magen krampft sich zusammen, weil er den Knall erwartet, der nach einem Blitz kommt. Doch die Nacht bleibt still.

»Eine Sternschnuppe? Kann ich mir was wünschen?«, kreische ich und versuche, wie ein Kind zu klingen, das seinen Wunschzettel fürs Christkind fertig hat und ihn endlich auf die Fensterbank legen will.

Der Beifahrer lacht leise. Viele Wünsche fallen mir allerdings nicht ein. Dass wir noch hier sind reicht eigentlich schon.

Nick schluckt laut.

»Machs gut, Keyhole«, flüstert er, mehr zu sich selbst, »und grüß mir die Achtziger.«

Er hält noch einen Moment still, dann vergräbt er seine Hände wieder in der Regenjacke. Es ist Zeit zu gehen.

Wir wissen beide, dass es der letzte Abend ist, den wir zusammen verbringen werden, und zwar für lange Zeit. Was nach morgen kommt, ist so dunkel wie der Himmel über Akiba. Totaler Reset, mit leerem Bildschirm und einem blinkenden Cursor hinter dem READY.

»Und – sollen wir noch was kaufen?«, schlage ich vor.

»Gerne«, gibt Nick zurück, höflich wie immer. Doch anstatt loszulaufen, zögert er kurz, so als müsste er noch was Wichtiges entscheiden. »Aber zur Abwechslung mal was Neues, okay?«

»Auf jeden Fall, Alter.«

Ich haue ihm auf die Schulter, bis er halb lacht und halb hustet. Dann schlängeln wir uns am Flyer-Mädel vorbei und fädeln uns in die dünne Karawane der Verkäufer und Salarymen ein, die sich den Bürgersteig entlangschiebt.

Mit hochgeschlagenen Kragen stapfen wir durch die Pfützen, und einer der seltenen Momente ist gekommen, in denen man doch gerne eine rauchen würde. Wegen *Boulevard of Broken Dreams* natürlich. Das Bild hing ja früher in so ziemlich jedem Jugendzimmer, war kein Foto, sondern gemalt: Jimmy Dean, mit Fluppe im Mund, wie er über den verregneten Times Square läuft.

Auf einmal wird Nick langsamer.

»Eine Kleinigkeit noch, Alter.«

Er hält mich mit dem Arm sanft zurück, obwohl das eigentlich nicht nötig wäre. Ich bleibe ohnehin sofort auf der Stelle stehen, weil ich weiß, dass eine Kleinigkeit bei ihm niemals eine Kleinigkeit ist. Niemals.

»Eine Sache ist mir noch aufgefallen, mit Keyhole.«

»Und die wäre?«

Normalerweise würde er jetzt den Bildschirm ganz langsam zu mir rüberdrehen, wie er das schon seit einer halben Ewigkeit macht, immer wenn er mir zeigen will, was für eine ungeheuerliche Entdeckung er im Dickicht der Daten gemacht hat.

Stattdessen schaut er nochmal hoch in die Nacht.

»Naja, ich habe keine Ahnung, aber es gab da in dem Programm auf dem Tape etwas, das stimmte nicht richtig.« Er sieht sehr nachdenklich aus. »Etwas in den Datensätzen, die die Fluglage des Satelliten bestimmen.«

»Und was?«

Er wendet seinen Blick vom Himmel ab und sieht mir direkt in die Augen, sodass ich mir nicht sicher bin, ob er es ernst meint oder gleich »reingelegt« brüllt und sich vor Lachen wegschmeißt.

Doch er verzieht keine Miene, sondern atmet nur tief ein, als ob der folgende Satz die ganze Energie kostet, die in seinem Körper steckt.

»Ich glaube, Keyhole 11/9 war niemals auf die Erde gerichtet.«

***** ENDE *****

DANKSAGUNG/ACKNOWLEDGEMENTS

The author wishes to thank the following individuals who provided assistance and invaluable advice on this project:

- Alexander Bahr *(École polytechnique fédérale de Lausanne)*
- René Classen
- Alexander Ehmann
- Tim Weitzel *(Otto-Friedrich-Universität, Bamberg)*
- Hans-Jürgen Rehm *(IBM Deutschland)*
- Werner Glockner
- Irina Gillies
- Sebastian Felzmann *(Staatliche Hochschule für Gestaltung, Karlsruhe)*
- Christian Corti *(Universität Stuttgart, Fakultät Informatik, Elektrotechnik und Informationstechnik)*
- Gert Redlich

QUELLEN

- **Informationen zu GPS-Restriktionen:** *en.wikipedia.org/wiki/CoCom*
- **»The Register«: »My PC is older than yours«**, 19.01.2004, *http://www.theregister.co.uk/2004/01/19/my_pc_is_older_than/*
- **»Intelligent Life«: »TEOTWAWKI«**, Frühjahr 2008, *http://moreintelligentlife.com/story/teotwawki-the-end-of-the-world-as-we-know-it*
- **Adam Rosen: »Tales Of Old Mac Data Retrieval«** auf LowEndMac.com, *http://lowendmac.com/ed/rosen/08ar/old-mac-data-retrieval.html*
- **Michael Nadeau: »Collectible Microcomputers«**, Schiffer Publishing 2002
- **Zum Lisa-Problem:** *http://www.pagetable.com/?m=201010*
- **»Science-Fiction & Fantasy Models International«**, Nummer 45, Seite 20
- **Vortrag von Tom Hall und John Romero auf der Game Developers Conference 2011: »Doom. Post Mortem 2011«**, *http://www.gdcvault.com/play/1014627/Classic-Game-Postmortem*
- **»Wired«: »Communication With 50 Nuke Missiles Dropped in ICBM Snafu«**, 26.10.2010, *http://www.wired.com/dangerroom/2010/10/communications-dropped-to-50-nuke-missiles-in-icbm-snafu/*
- **»Popular Mechanics«: »Behind the Scenes at a Nuclear Alert Facility«**, 13.10.2010, *http://www.popularmechanics.com/technology/military/weapons/behind-the-scenes-at-a-nuclear-alert-facility*

- **Tom Connor: »Peep show: inside the world of unsecured IP security cameras«**, Ars Technica 11.01.2011, *http://arstechnica.com/gadgets/guides/2011/01/one-mans-journey-through-the-world-of-un secured-ip-surveillance-cams.ars*
- **»Pink Tentacle«: »The case of the captured mini-UFO (1972)«**, 30.06.2009, *http://pinktentacle.com/2009/07/the-case-of-the-cap tured-mini- ufo-1972/*
- **Billy Hoffman in »2600 Magazine«: »Campuswide, Wide Open«**, Spring 2002, *http://cryptome.org/campuswide.txt*, Vorlage für die Bildschirmprompts: *http://www.hackcanada.com/homegrown/war dial/wardial-780-425-xxxx.html*
- **»The Orange County Register«: »Man accused of hacking into 911«**, 16.10.2007, *http://www.ocregister.com/news/home-185364-emami-county.html*
- **Michael Nadeau: »Collectible Microcomputers«**, Schiffer Publishing, 2002, Seite 72 ff.
- **»Wired«: »Check Your Car for a GPS Tracker«**, 09.05.2011, *http://how to.wired.com/wiki/Check_Your_Car_for_a_GPS_Tracker*
- **»Cracked.com«: »6 Famous Movies With Mind-Blowing Hidden Meanings«**, 18.01.2011, *http://www.cracked.com/article_18 967_6-famous-movies-with-mind-blowing-hidden-meanings .html*
- **Transformers Wiki:** http://tfwiki.net/wiki/Ethan_Zachary
- **Peter W. Merlin, Tony Moore: »X-Plane Crashes«**, Specialty Press 2008, Seite 108 ff.
- **»Wired«: »Weapons of Mass Detection«**, Juni 2010, Seite 32
- Annie Jacobsen: **»Area 51: An Uncensored History of America's Top Secret Military Base«**, Little, Brown and Company 2011
- **»Pravda«: »Top secret: Terminators of the Soviet Union«**, 19.07.2011, *http://english.pravda.ru/society/stories/19-07-2011/118526-soviet _super_soldiers-0/*

- **Informationen zum Felsen-»X« auf dem Merkur:** *http://messenger.jhuapl.edu/gallery/sciencePhotos/image.php?gallery_id=2&image_id=484*
- **Hank Albarelli: »A Terrible Mistake: The Murder of Frank Olson and the CIA's Secret Cold War Experiments«**, Trine Day 2009
- **Informationen zu den »Nasa-Tapes«:** *http://www.moonviews.com, http://www.thelivingmoon.com/47john_lear/02files/LunarOrbiter_Tapes_Found.html*
- **»The Register«: »Hubble's 486 back-up springs into life«**, 16.10.2008, *http://www.theregister.co.uk/2008/10/16/hubble_back_up/*
- **NASA Contractor Report 182505, James E. Tomayko, Wichita State University: »Computers in Spaceflight: The NASA Experience«**, 1988, Seite 202
- **James E. Tomayko: »Computers in Space«**, Alpha Books 1994, Seite 173
- **Dwayne A. Day et al.: »Eye in the Sky: The Story of the Corona Spy Satellites«**, Smithsonian History of Aviation and Spaceflight Series, 1998, Seite 36
- **»The Register«: »Sat-spotters find secret payload launched by giant US rocket«**, 26.01.2011, *http://www.theregister.co.uk/2011/01/26/nrol_49_located/*
- **Thomas Graham Jr., Keith Hansen: »Spy Satellites and Other Intelligence Technologies That Changed History«**, University of Washington Press 2007, Seite 51
- **»USA Today«: »Disabled spy satellite threatens Earth«**, 26.01.2008, *http://www.usatoday.com/tech/science/space/2008-01-26-satellite_N.htm*
- **Evan Schwartz: »Waste MGMT«** in »Wired«, Juni 2010, Seite 174 ff
- **»Die Welt«: »Oldtimer in der Umlaufbahn«**, 07.09.2011, *http://www.welt.de/print/die_welt/wissen/article13589389/Oldtimer-in-der-Umlaufbahn.html*

Der Spielemacher

Stephans Leben als Produzent von Videospielen ist geprägt vom hohen Arbeitsdruck und künstlerischen Visionen, die vom Alltag schnell entzaubert werden. Naive Träume scheitern an der rauen wirtschaftlichen Realität. Der Preis für Erfolg ist hoch und hinterlässt körperlich wie seelisch Spuren. Ein folgenschwerer Fehler ändert alles und führt ihn nach Indien. Während eines Fluges von Neu Delhi nach München lässt Stephan sein Leben Revue passieren. Eine Vergangenheit – seine Vergangenheit! –, die einem Wirtschaftskrimi gleicht.

Der Autor verarbeitet Insiderkenntnisse aus der Computerspielbranche und ist in hohem Maße authentisch, was das Flair und die wirtschaftlichen Gegebenheiten in der Computerspielbranche angeht.

Johannes Ulbricht
Der Spielemacher
352 Seiten, Paperback, 16,95 Euro [D], www.csw-verlag.de
ISBN 978-3-941287-00-6

Retro

»Retro« bietet neben kompetenten Artikeln über Computersysteme und leserorientierten Features zu einzelnen Videospielen auch interessante Hintergrundinformationen zur Szene und deren Machern sowie erfrischende Reportagen über die diversen Aspekte der digitalen Kultur.

Das Verständnis der Redaktion entspricht der Vorstellung, wonach Computer- und Videospiele als junge, künstlerische Ausdrucksform als allgemeines und gleichberechtigtes Kulturgut mit eigener kulturhistorischer Vergangenheit und zunehmendem Einfluss auf die Gesellschaft wahrgenommen wird.

Vier Mal im Jahr bietet »Retro« auf 92 Seiten jede Menge Unterhaltung.

Retro
Das Videospiel-Kulturmagazin
92 Seiten, erscheint vier Mal jährlich, 6,95 Euro [D], www.csw-verlag.de
ISSN 1862–2348